여성의 다시쓰기

여성의 다시쓰기

고전소설을 읽는 욕망에 관하여

노지승 지음

오월의봄

서문

이 책을 내면서 몇 가지 언급해야 할 것들이 있다. 자기도취적 발언이거나 넋두리일 수도 있지만, 책을 읽으려는 분들에게 미리 고백 내지 실토를 해야 할 것 같다. 우선 이 책은 춘향전, 장화홍련전, 심청전이라는 고전소설들을 분석하지 않는다. 이 책의 관심사는 고전소설 텍스트들 그 자체가 아니다. 이 책이 관심을 두는 지점은 소위 '고전소설'이라 일컬어지는 텍스트들이 20세기 이후에 어떻게 다시 읽히고 다시 쓰이는가이다.

독자들에게는 모든 텍스트를 새롭게 읽어낼 권리가 있다. 그리고 이 책은 그 다시읽기와 다시쓰기의 주체, 서사를 향유하고 즐기는 주체로서 '여성'들을 지목하고 있다. 독자들은 책을 읽으며 다음과 같은 질문을 던질 수도 있을 것이다. 왜 고전소설 그 자체에 보다 깊이 있게 천착하지 않는가, 왜 여성들이 다시 썼다는 텍스트들에 소설이나 영화와 같이 어엿한 장르로 간주되는 텍스트뿐 아니라 떠도는 소문들, 추측된 욕망들, 이름 없는 인물들의 인생사와 같은 미완의 조각난 서사까지 포함하는가, 여성 작가가 다시 쓴 텍스트만이 아니라 왜 남성 감독이나 작가의 텍스트까지도 여성의 다시쓰기에 포함하는가 등등. 이 질문들은 몹시 타당하며 나 역시 이를 질문하며 나름의 답을 구하고자 했다. 혹은 이러한 질문들에 어떤 답을 내리기보다는 질문 자체를 생성해내는 것이 이 책의 목적일 수도 있겠다.

내게 매혹적이었던 것은 춘향, 장화·홍련, 심청과 같은 고전소설의 주인공들이 아니었다. 그보다 나는 고전소설의 이 여성 인물들을 흠모하고 공감하며 이들에게 자신의 상황을 대입했던 어떤 이들에게 매혹되었다. 영문학에서 제인 오스틴이나 브론테 자매의 소설들이 끊임없이 영화로 개작되거나 여타의 다른 텍스트로 지속적으로 살아남는 광경을 떠올려보자. '제인 오스틴 북클럽'은 한국의 20세기와 21세기에도 분명 가능하다. 소설 속 여성들에게 매혹되었던 이들 중에는 여성도 있었고 남성도 있었지만 나는 주로 '여성'에게 주목했고, 남성 작가들의 개작에 대해서는 주로 비판적인 시선으로 바라보았다. 남성 작가들이 춘향과 심청이라는 캐릭터에 주목하여 개작한 텍스트들에 좀처럼 공감할 수 없었기 때문이다. 영화 텍스트가 다성적인 목소리를 드러내는 데 반해 남성 작가들의 문학 텍스트는 (20세기 근현대의 텍스트임에도 불구하고) 대부분 여성 캐릭터에 대해 억압적인 시선을 유지 및 강화했다는 점을 비판하고자 했다. 하지만 그렇다 하더라도 남성들 역시 독자로서 그 소설들을 다시 읽고 쓸 권리가 있다고 믿는다.

다른 한편으로는 이 책이 여성 관객이나 여성 독자로 호칭

되는 어떤 집단을 '여성'이라는 동질적 젠더를 가진 집단으로 일반화했다는 오류를 지적할 수도 있다. 여성 혹은 남성이라는 이원화된 젠더로 인간을 가르는 문제는 이미 현대 페미니즘 이론에서 수없이 다루어져왔다. '여성'은 분명 동질적인 집단이 아니다. '여성'은 계급, 인종, 지역 그리고 성 정체성 등의 측면에서 지닐 수 있는 무수한 차이를 삭제한 추상적인 집합체이지만, 이 책에서는 그러한 차이를 세세히 고려하지 않았다. 차이가 중요하지 않다는 것이 아니다. 물론 차이는 중요하지만, 무수한 차이를 가진 사람들이 서로 동질감을 느끼는 짧지만 강렬한 순간들에 더 주목하고자 했다. 특히 비록 서로 다른 소수자/약자라 할지라도, 소수자로서의 체험에는 서로 통하는 지점이 있다는 것이 나의 생각이다. 춘향, 장화·홍련, 심청은 모두 약자였다. 이 책에서 '여성'으로 통칭한 집단은 고정적인 젠더를 가진 단일한 집단이라기보다는 이러한 약자들(이마저도 추상적이겠지만)을 일컫는 편의적인 지칭이라 생각해도 무방할 것 같다.

이 책의 키워드 중 하나인 '젠더 트라우마'에 대해서도 설명을 덧붙이고 싶다. 이것은 특별한 개념은 아니다. 트라우마는 일상에서도 흔히 쓰일 정도로 친숙한 말이다. 대부분의 사람들은 크고 작은 트라우마를 갖고 있다. 과거의 경험을 바탕으로 생성되는 트라우마는 그 사람으로 하여금 두려움이나 공포를 갖게 한다. 이 책에서는 특별히 젠더적 차별과 불평등으로 인해 생기는 트라우마를 가리켜 '젠더 트라우마'라는 말을 사용했다. 트라우마 개념에는 기본적으로 부정적인 뉘앙스가 내포되어 있지만, 이 책을 통해 나는 트라우마가 어떤 생산적 힘을 갖고 있는지를 들여다보고 싶었다. 무엇인가를 다시 쓰고 싶은 충동과 욕망이 생긴다면 그것은 트라우마를 극복하고자 하는 의지의 표현일 것이다. 미처 못다 한 말, 했어야 하는 말, 하고 싶었던 말들이 다시쓰기를 통해 텍스트 안에 새겨진다. 그 다시쓰기의 의도가 꼭 성공하는 것만은 아니다. 자신이 무엇을 말하고 싶은지 모를 수도 있고 글솜씨가 없어서 의도를 잘 드러내지 못할 수도 있으며, 저항하려 하다가도 마음이 약해져 타협해버릴 수도 있다. 그러나 다시쓰기의 의미는 성공에 있지 않다. 무언가를 하고 싶다는 마음속 열망, 그것을 발견하면 족하다. 반드시 완성된 '글'로 표현되지 않는다 해도, 그것은 이미 다시쓰기이다.

'약자'들은 다시쓰기를 통해 서사의 주체가 된다. 약자들의 다시쓰기는 그 자체로 저항의 행위이다. 저항은 용감한 사람들만의 전유물이 아니다. 어떤 이야기를 자신의 언어로 바꿔 전유하려 한다면, 그것은 이미 주류의 서사에 저항하고 있는 것이다.

약자란 목소리를 내더라도 사회가 잘 듣지 않는 사람들이다. 그리하여 그들의 목소리는 곧잘 묻히곤 한다. '여성'만이 약자는 아니겠지만, 나로서는 여성에 대한 불평등과 억압이 지금과는 또 다른 방식으로 심각했던 식민지 시기와 산업화 시기에 온갖 부당한 폭력에 노출되었던 여성들의 이야기를 지나칠 수 없었다. 물론 현실에서는 주체와 비체 사이에 역동적인 자리 바뀜이 일어나기도 한다. 즉 그 위치나 경계란 고정되어 있지 않지만, 그럼에도 그 시대를 살았던 여성들이 겪었을 젠더 트라우마를 희석시키고 싶지 않았다. 식민지 시대를 살았던 나의 할머니 세대와 산업화 시대에 청춘을 보냈던 어머니 세대의 실제 삶 그리고 내가 그동안 읽어온 다양한 책 속 여성들의 삶이 이 책을 쓰는 데 결정적인 도움을 주었다.

출간이 임박한 지금, 애초 내가 의도했던 것들이 이 책에 얼마나 반영되었는지 문득 의문이 생기기도 한다. 이 책에는 나의 의지가 작용하지 못하는 부분도 분명 있다. 분석이라는 관습화된 글쓰기, 남성들의 다시쓰기에 대한 다소 야박한 해석, 더 많은 다시쓰기 자료들을 부지런히 찾지 못한 게으름 등 아쉬운 점이 있다는 것을 실토한다.

이 책의 내용은 주로 2015~2017년 사이에 집중적으로 연구되었다. 한국연구재단은 때마침 나의 오랜 고민을 책으로 만들어낼 좋은 기회를 주었고 출판사 오월의봄은 몇 년간 붙들고 있던 원고를 책이라는 실물로 만들어주었다. 어느 책이나 저자에게는 의미 있고 소중한 것이기에 이 책을 내면서 아울러 다음의 분들에 대해 깊이 감사드리고 싶다. 지면의 한계가 있어 일일이 성함을 언급하지 못하는 점이 아쉽다. 나에게 삶과 공부에 대해 많은 것을 가르쳐주신 오랜 선후배님들, 많은 깨달음을 몸에 새기게 해주신 스승님들, 변치 않는 우정과 신의를 보여주시는 동료 교수님들, 지식으로 늘 깨어 있게 해주는 아름다운 학생 동지들, 십수 년간 세미나 팀으로 함께한 분들, 해외 혹은 국내의 어느 지역에 떨어져 계셔서 내가 늘 그리워하는 분들, 그리고 나를 필요로 하고 내가 필요로 하는 가족—두 딸과 배우자와 부모님의 얼굴이 떠오른다. 더불어 책을 읽고 쓰게 된 계기들, 연구자로서 살 수 있도록 해준 삶의 모든 우연들에 감사한다.

2022년 2월 인천 송도에서

노지승

차례

프롤로그

다시읽기와 다시쓰기의 여성 욕망

가부장제와 여성 서사

(비련초[illegible])라는 것은 신통한 내용이라고는 할 수 없지만은 현실에 있어서나 어느 때나 몰리고 학대받고 못나게 천대받다가 죽는 것은 여성인데 그 연극만은 못난이의 남자, 심술쟁이의 남자, 욕심꾸러기의 남자, 체면 모르는 남자를 여자 한 사람—즉 작은 처녀의 한 몸으로 이런 덜된 남자들을 완전히 정복하고 자기의 사랑하는 애인과 행복하게 지낸다는 것이었습니다. 이 연극을 하고 나서 남자분네들의 환영보다 여자분네의 갈채를 많이 받은 것만은 사실입니다. 연극을 하는 중에 관중 속에 소리를 지르는 이가 있었으니까요. 그 소리가 여자의 소리일 적엔 제 마음도 오그라지는 듯이 소름이 쪽 끼치도록 즐거웠습니다.[1]

배우 지경순이 묘사하고 있는 이 장면은 매우 사소하다. 여성 관객들이 연극을 보고 흥에 겨워 배우에게 갈채를 보내고 환호했다는 것은 새로울 것 없는 근대의 아주 일상적인 장면 중 하나이기 때문이다. 그러나 이 장면에는 어떤 에너지가 묘사되어 있다. 여성 인물에게 공감하는 여성 관객들의 에너지이다. 물론 관객들이나 독자들이 그들이 보거나 읽는 이야기에 언제나 공감만 하는 것은 아니다. 그들은 어떤 이야기에 대해 비난을 할 수도 있고 공감할 수도, 환호작약할 수도 있다. 그러나 에너지는 비난하거나 환호하는 어느 경우에서나 동일하게 발견된다. 결과는 다르더라도 독자들이 서사 속 인물들에게 자신을 대입하고 등장인물들이 겪는 사건을 자신의 사건으로 가정해 생각해보는 과정은 동일하기 때문이다. 몰입과 동일시가 잘 일어나지 않는다면 그건 독자와 관객에게 별 의미가 없는 인기 없는 이야기라는 뜻이다. 이러한 몰입과 동일시는 바로 독자(관객)들이 한 편의 이야기를 후속 이야기로 다시 만들어내는, 즉 다시읽기와 다시쓰기의 중요한 요건이다.

1930년대 후반, 지경순은 언니 지최순, 동생 지계순과 함께 여배우 세 자매로 유명했다. 이 자매의 아버지는 극단의 대표였으니 연기는 일종의 가업이었다. 지경순은 1936년 토키(유성영화) 〈장화홍련전〉에서 장화의 여동생 홍련 역을 맡기도 했는데, 장화 역을 맡은 배우는 식민지 시기 최고의 인기를 누리던 문예봉이었다. 지경순은 문예봉과 같은 인기를 누리지는 못했지만 연극계에서는 차홍녀와 더불어 1930년대 후반 대중극의 전성

지경순(1915~?)

기를 견인한 인물로 평가할 만하다. 1938년 당시 극단 청춘좌의 전속 배우였던 지경순은 만족스러웠던 연기 경험에 대해 1937년 임선규 작 〈비련초〉에 출연할 당시의 상황을 예로 들어 언급했다. 무엇이 지경순을 만족스럽게 했을까. 그는 연극을 보러 온 여성 관객들과 교감하면서 소름이 끼칠 정도로 매우 짜릿했다고 말한다. '소름이 쪽 끼치도록 즐거웠던' 체험은 바로 관객들과 자신이 '여성'으로서 갖는 공통점 때문이었다고 지경순은 말한다. 현실에서는 여성이라는 이유로 '천대'를 받는다 할지라도 허구의 세계에서는 그렇지 않을 수도 있다는 것, 특히 남성들을 통쾌하게 '정복'하여 이길 수 있다는 가능성을 그 연극이 보여주었기 때문이라는 것이다. 지경순은 한 인터뷰에서 왜 결혼하지 않느냐는 질문에 "연기에 대한 욕심 때문"이라고 당당히 밝힐 정도로 여성으로서 그리고 배우로서의 자의식이 매우 강했다.[2] 그는 〈비련초〉에 관한 언급을 통해 미루어볼 때 관객과의 교감을 중요하게 여긴 듯하다. 관객과 배우가 같은 공간에서 동시에 느낄 수 있는 현장감이야말로 지경순이 좋아한 연극의 묘미가 아니었을까. 1940년, 소속 극단인 청춘좌를 나와 '프리랜서'로 두 번째 출연 영화 〈아내의 윤리〉를 촬영할 당시, 지경순은 관객이 아닌 영화

촬영을 보러 온 '구경꾼'들에게 둘러싸여 연기하는 것에 곤욕스러워하기도 했다.[3] 지경순은 영화 출연에 야심이 있었고 연기 영역을 영화로 넓히고자 했으나 카메라에 찍힌 자신의 모습을 사후에 보는 것에 대해서는 익숙지 않게 생각했다.

지경순이 언급한 연극 〈비련초〉는 말 그대로 그다지 유명한 작품은 아니었지만 이 작품을 쓴 작가이자 여배우 문예봉의 남편인 임선규가 1936년 대중극 〈사랑에 속고 돈에 울고〉로 공전의 히트를 치고 1930년대 최고 인기 대중극 작가가 된 데에는 여성 관객들의 취향과 그들 사이에 흐르는 어떤 에너지를 잘 간파했던 것에 이유가 있었다고 해도 과언이 아니다. 그러나 현실적으로 여성 관객의 취향을 만족시키는 작품들을 흔히 엘리트 비평가들이 '대중적', '통속적'이라고 폄하하는 일은 20세기 예술 비평에서 비일비재했다. 이렇게 여성적 취향이 폄하된 데에는 장르도 한 원인이 되었다. 지경순처럼 자의식 강하고 야심 있는 배우가 영화로 전향하고 싶어 했던 것도 영화 장르가 현대 예술로서 연극보다 더 주목받았기 때문이기도 하지만 당시 여성적 취향을 표준으로 삼았던 대중극이 예술적으로는 열등한 장르로 취급되었기 때문이기도 했다. 여기에는 일종의 순환논법이 작용한다고 볼 수 있는데, 대중극의 주된 소비층이 여성들이어서 대중극이 통속적으로 되었고, 대중극이 통속적이어서 여성들이 주로 좋아하는 장르가 되었다고 보는 것이다. 자연스럽게 1930년대 후반의 대중극들이 여성들이 겪는 가부장제의 모순을 단순한 메시지로 표현하는 것에 대해서도 엘리트 지식인들은 질적인 문제를 제기했다.

여성을 위한 여성들의 이야기에 대한 편견과 폄훼는 분명 그 주된 수요층인 여성들이 문화적 헤게모니에서 밀려나 주변화된 그룹이었다는 점에서 비롯된다. 모든 계층의 여성들이 남자 형제들에 비해 교육받을 기회를 상대적으로 박탈당하고 공적 영역에서 어떤 역할을 부여받기 어려웠던 시절, 남성 엘리트 비평가들의 눈에 여성들의 취향이 사적이고 사소하게 보이는 것은 부당하지만 당연한 일이었을지도 모른다. 그러나 반면에 그 엘리트 비평가들이 중요하다고 생각했던 가치들, 즉 국가, 민족, 공동체에 관한 '진지한' 가치와 대의는 여성들을 내부 식민지로 희생시킨 대가로 만들어진 것이었다. 남성들이 중요하게 여기는 '거창한 큰일'은 식사를 준비하고 옷을 세탁하고 집안을 보살피며 아이를 돌보는 여성들의 '하찮은' 재생산 노동을 당연한 전제로 삼아 만들어졌다. 이탈리아의 페미니스트 활동가인 마리아로사 달라 코스따Mariarosa Dalla Costa는 임노동자가 생겨난 시기에 유례없는 '집단 성학살'이 일어났고 자본주의 시대에 여성은 공적 영역에서 제조업 등의 새로운 일자리에 접근하지 못한 채 결혼 혹은 성매매라는 선택지만을 가질 수 있었다고 말한다.[4] 자본주의의 임노동은 임금이 지급되지 않는 여성의 부불 노동을 통해서 만들어졌지만 여성들은 임금을 받지 않는다는 이유로 아주 오랫동안 '놀고먹는' 사람으로 치부되었다. 이러한 비난은 상대적으로 경제적 여유가 있는 중간계급 이상의 여성들에게 집중되었다. 하층계급 여성들의 경우, 그들은 종종 가족의 필요에 의해 집 밖으로 나가 노동했지만 '놀고먹는' 여성으로 비난받는 것을 면하는 대신, 혹독한 저임금에 시달리고 심각한 성적 폭력에 노출되곤 했다. 하층계급의 여성에게 가정주부가 되는 것은 오히려 사치스러운 일에 가까웠다. 결국 여성들은 결혼을 하든, 하지 않든 하찮은 주변부 종족으로 치부되면서 착취되어왔다.

여성들의 여러 종류의 '사랑'은 가부장제가 여성들을 통제하고 조작하는 효과적인 감정적 장치로 이용되어왔다. 이성애, 모성애, 자매애는 일반적으로 가부장제가 여성들의 노동과 감정을 착취하는 데 중요한 매개, 즉 가부장제의 억압과 통치를 효과적으로 작동시키는 장치이다. 이성애는 결혼 제도 안으로 여성들이 자발적으로 걸어 들어가게 하며 모성애는 헌신적인 돌봄 노동을 여성들에게 내면화시킨다. 한편 자매애는 가족 내에서 벌어지는 여성들 간의 갈등을 무마하고 가부장제가 여성 집단을 분할하여 효과적으로 관리하기 위해 이용되기도 한다. 사랑은 감정이기도 하지만 사회적으로 용인되는 관계와 행위를 포함하는 개념이다. 이성애, 모성애, 자매애 그 자체는 가부장제의 결과물이 아니지만 가부장제는 사랑의 관계와 감정을 여성들의 돌봄 노동과 감정 노동이라는 사적 영역에 대한 의무감과 책임감으로 환치시켰다. 남성에게 사랑받는 여성, 아이를 잘 낳고 잘 키우는 여성, 여성들 간에 적극 협력하는 친절한 여성이라는 여성 이미지는 사랑의 의무감과 책임감에 여성들을 가두는 심리적 감옥이 되었다. 당연히 사적 영역을 착취함으로써 엄청난 이득을 보는 이들은 여러 종류의 '사랑'을 미화하고 예찬하면서도 동시에 '사랑'을 하찮은 것이며 주변화된 종족들의 관심사라고 치부함으로써 '사랑'이 갖는 이데올로기적 성격을 감추려고 했다.

그러나 다른 한편으로 '사랑'은 이와 동시에 가부장제의 이데올로기를 전복할 수 있는 정치적 감정이라는 양면성을 갖고 있다. 자매애의 경우가 그 단적인 예가 될 수 있다. '자매애는 힘이 세다Sisterhood is powerful'라는 1970년대 페미니즘 운동의 모토도 있다시피[5] 자매애는 가부장제의 폭력과 억압에 맞서는 여성들 간의 연대의식이다. 서구의 부르주아 통치를 가능하게 한 프랑스혁명이 남성들의 '형제애'를 기반으로 했듯이 여성들의 자매애는 페미니즘 시대에 여성들 간의 경쟁심을 효과적으로 이용하는 가부장제의 통치 전략을 무너뜨린다. 결혼 제도를 거부하는, 즉 기존의 정해진 성 각본sexual script을 따르지 않는 이성애도 성혁명의 중요한 도구이다.[6] 또한 타자에 대한 강력한 윤리의식을 동반한 모성애의 힘은 가부장제의 폐쇄성을 무너뜨릴 수 있을 정도로 폭발적이다.

소설, 연극 등의 서사 장르 속에서 '소위' 여성적이라고 일컬어지는 취향과 소재는 주로 이성애, 모성애, 자매애가 사적 영역에서 일으키는 갈등과 관련되어 있다. '이야기', 즉 서사는 여러 종류의 사랑을 가부장제의 이데올로기로 작동시키는 데, 혹은 가부장제 이데올로기의 허구와 모순을 내파하는 데 모두 효과적인 도구이다. 서사가 가부장제 이데올로기의 효과적인 도구로 작용하는 경우가 그것을 내파하는 후자의 경우보다 훨씬 흔하다. 여성들에게 이성애든 모성애든 자매애든 온갖 종류의 '사랑'은 여성들을 가부장제의 자발적인 포로로 만든다. 로맨스의 판타지는 결혼 제도에 들어가는 것이 여성에게는 더할 나위 없는 행복이라는 사실을 주지시키며, 모성 신화는 취약한 존재들에 대한 여성들의 측은지심을 어머니의 의무이자 갖추어야 할 미덕으로 만든다. 가족의 평화를 해치는 여성 빌런villain들은 남성들이 아닌 다른 '선량한' 여성들에 의해 징벌을 당한다. 유대감으로 똘똘 뭉친 '선량한' 여성들의 배타적 공동체는 여성 빌런으로부터 자신들의 가족과 아이를 보호하기 위해 초인적인 능력을 발휘하기도 한다.

'이야기'가 가부장제의 이데올로기에 밀착해 있고 그 이데올로기를 재생산하는 것은 사실이지만 동시에 '이야기'가 가부장제에 대한 여성들의 분노와 원망 그리고 여러 형태의 저항을 담을 가능성이 있는 것 또한 사실이다. 여러 종류의 사랑이 가부장제 통치의 도구이자 동시에 효과적인 무기가 될 수 있는 것과 마찬가지의 가능성을 '이야기'의 기능에서도 발견할 수 있다. 특히 '여성 서사'로 불릴 수 있는 여러 종류의 서사는 가부장제에 대한 다양한 저항의 스펙트럼을 갖고 있다. 가장 강한 수위의 서사로부터 거의 저항이나 반발이라고 부를 수 없을 정도로 희미한 부정 의식까지 여성 서사는 넓은 범위에 걸쳐 있다. 여기에서 다시 서두에서 언급한 〈비련초〉의 주연배우 지경순과 여성 관객들에게 관심을 돌려보자. 〈비련초〉는 분명 이성애에 대한 이야기이며 남자와의 사랑을 이루는 전형적인 가부장제 서사이다. 여기에 강한 현실 부정이나 어떤 혁명적인 내용이 들어가 있지 않다는 것은 대체로 짐작 가능하다. 그러나 여성 위에 군림하는 남성들을 여성이 제압한다는 서사의 설정이 여성들에게 어떤 쾌감을 느끼게 한 것으로 보인다. 전체적으로 이 서사는 가부장제와 성차별 구도에 어떤 위해를 가할 수 있을 정도로 위협적이지는 않지만 여성들이 '하고 싶은 이야기'를 대변해준 것만은 분명하다. 여성들은 오래전부터 여러 종류의 사랑 이야기를 통해 자신들의 생각을 표현하는 방법을 터득해왔다. 그것이 하찮고 시시한 이야기일수록 오히려 그 이야기가 남성 엘리트의 관심 밖에 있기 때문에 여성들의 분노, 울분, 원망을 표현해내기에 유리했다. 지경순과 여성 관객들은 비록 짧은 순간이지만 서사에 담긴 메시지를 파악하고 공감했던 것이다.

소비자와 생산자를 관통하는 이러한 폭발적인 공감의 에너지는 일시적인 것이 아니라 끊임없이 어떤 텍스트들을 지속적으로 생산하게 한다. 공감의 에너지는 완전히 새로운 텍스트를 생산하기도 하지만 기존에 알고 있는 익숙한 이야기, 즉 고전소설과 같은 이야기를 또 다른 텍스트로 개작시키기도 한다.[7] 그 익숙한 고전소설, 그 가운데서도 춘향전, 장화홍련전, 심청전은 여성들의 여러 사랑의 플롯에 대한 일종의 원형archetype을 제공한다. 이 세 편의 고전소설은 그 자체로 여성들이 고난을 극복하는 승리의 서사이지만 그것은 어디까지나 가부장제의 규칙을 잘 따르는 여성들의 승리였다. 그런데 젠더 관계가 점점 복잡한 양상을 띠는, 즉 여성들이 자신들의 목소리를 점점 더 크게 내고 싶어 하는 20세기에 들어 이 세 편의 소설은 폐기되지 않고 개작이라는 운명을 맞이하게 된다. 이 소설들이 개작될 수 있었던 것은 사랑에 관한 가장 민감한 이슈들을 다루고 있고, 매우 잘 알려져 있기에 이를 통해 여성 집단이 일종의 공감과 해석의 공동체를 이룰 수 있기 때문이었다. 낯선 이야기보다 낯익은 이야기는 그 공동체를 만들기에 더없이 유리했다.

왜 춘향전, 장화홍련전, 심청전인가: 개작이라는 정치적 행위

이 책은 여성이라는 마이너리티가 기존의 잘 알려진 텍스트를 활용한 개작 텍스트 속에서 어떻게 자신의 목소리를 기입하는가에 관한 책이다. 또한 이 책은 텍스트를 지배하는 단일한, 혹은 단일해 보이는 목소리에 여성 수용자들이 어떻게 균열을 만들어 그 텍스트를 다성적이고 불균형한 텍스트로 만드는가에 관한 책이기도 하다. 여성이라고 다 같은 여성은 아니며 계급과 인종, 성적 정체성 등의 기준으로 여러 교차적 자질을 갖는다는 것은 이미 알려진 사실이다. 이질적인 그룹들로 이루어진 여성 집단을 동일한 여성으로 묶는다는 것은 분명 한계가 있고 여성이라는 젠더 집단 내부의 불평등을 은폐하는 결과를 빚기도 한다. 그러나 여성 집단 내의 여러 이질적인 차이에도 불구하고 일시적이나마 가부장제 안의 약자로서, 여성으로서 공통감을 갖는 순간이 있다는 것도 진실이다. 특히 식민지 시기와 해방 후 1970년대까지 교육을 받은 여성들도 있었고 계층적으로 상위 계층에 속한 여성들도 분명 있었지만 대다수는 교육의 기회를 제대로 갖지 못했고 사회적으로 열악한 처우를 받았으며 여성에 대한 성차별을 비일비재하게 겪었다. 여성으로서 갖는 동질감이 현재보다 여성 집단 전체에 훨씬 더 강하게 작용했을 시기라는 것은 충분히 짐작 가능하다. 그 동질성은 지속적이지 않을지라도 영화와 소설 같은 이야기들에 대한 비슷한 해석을 공유하는 짧은 '순간'을 통해 발견된다.

중요한 것은 많은 독자와 관객이 이 소설들을 그저 읽거나 듣는 행위에서 벗어나 자신의 목소리를 텍스트 안에 어떻게 해서든지 기입하려 했다는 것이다. 인터넷 시대에 팬들이 아이돌 스타를 등장시켜 팬픽Fan Fiction을 쓰듯 대중적으로 익숙한 이야기는 독자들에게 표현의 도구가 되기도 한다. 20세기는 인터넷이 문화 생산과 소비에 본격적인 영향을 미치는 21세기와는 분명 다른 점이 있다. 다중의 목소리를 기입하는 데 더 많은 장애가 있어서 그 장애들을 다른 방식으로 극복하거나 우회하는 방식으로 기입해야 했던 것이다. 여성들이 텍스트 생산 전반에 나서는 것도 드물었다. 20세기에 유명 여성 작가가 없었던 것은 아니지만 여성 작가가 주류가 되거나 성공하는 경우는 예외적인 경우에 속했다. 영화감독의 경우에는 더 심했다. 할리우드의 고질적인 성차별을 비유하는 '셀룰로이드 천장'[8]이라는 말이 있듯이 한국 영화계에서도 여성 감독의 존재감은 20세기에 매우 미미했다. 1950년대에 첫 여성 감독인 박남옥이 출현한 이후 특별한 몇몇 경우가 아니고서는 여성 감독이 주목받는 경우는 거의 없었다. 이러한 한계 속에서 20세기의 팬들, 특히 여성 팬들은 스스로 생산자가 되기보다는 관객 혹은 독자라는 자신들의 지위를 적극적으로 활용하는 방식을 택했고 가장 잘 알려진 텍스트를 활용하는 방식을 택했다.

고소설 춘향전, 장화홍련전, 심청전은 20세기 이후 지속적으로 영화 혹은 소설로 개작되어왔다. 여러 예로 알 수 있듯이 20세기 이후에도 '살아남았다'고 표현할 수 있을 정도로 여타의 고전 텍스트들에 비해 상대적으로 높은 빈도로 개작되었다. 각 텍스트마다 개작의 이유는 다르지만 무엇보다 20세기 이후의 변화된 환경에서도 이들 소설에 독자가 공감할 수 있는 요소들 혹은 독자의 욕망을 투사할 수 있는 요소들이 있었기 때문이다. 즉 이들 소설은 독자들에게 린다 허천Linda Hucheon이 말한 "다시 말하기의 갈망"[9]을 불러일으켜 새로운 장르와 미디어로 재생산된 가장 '20세기적인' 텍스트이다. 이 세 편의 소설은 바로 여러 형태의 '사랑'과 여성 서사의 원형적 이야기이다. 그러나 이 개작된 소설들에 늘 여성들의 목소리만 반영된 것은 아니었다. 남성 독자들도 이 소설들을 자신들만의 이유로 좋아했고 특히 춘향전과 심청전을 현대적으로 재해석하는 데 남성 욕망이 적극적으로 투영된 것도 사실이다. 이에 비해 장화홍련전은 상대적으로 남성들의 관심을 끌지 못했는데 자매 간의 우애가 남성들의 관심 밖 영역이었기 때문이다. 결과적으로 20세기의 개작 텍스트들 속에서 상이한 목소리들, 특히 지배 이데올로기의 목소리와 이와 결이 다른 여성들의 목소리는 경합을 벌일 수밖에 없었다. 이 책에서는 이 경합의 방식을 아울러 포착하면서도 다시쓰기라는 개작 행위가 특별히 약자들, 마이너리티들에게 더 큰 의미가 있다는 것을 강조하고자 했다.

다시쓰기는 곧 다시읽기의 욕망이다. 다시쓰기는 새로운 저자들이 기존의 텍스트들에 대한 불만을 적극적으로 드러내고 기존의 잘 알려진 텍스트들을 변형함으로써 그 불만을 해소하는 매우 정치적인 작업이다. 다시 쓰려면 무엇보다 텍스트들을 다시 읽는 작업이 선행되어야 한다. 익숙한 이야기의 다시쓰기는 다시읽기와 한 몸이다. 다시쓰기와 다시읽기의 작업을 가장 적극적으로 하고 싶은 사람들은 사회적 타자들, 특히 주변부로 밀려난 이들일 가능성이 크다. 특히 '여성'이라는 집합적 주체에게 다시읽기와 다시쓰기는 유용하다. 자신들의 목소리를 가지고 어떤 발언을 하고자 할 때 잘 알려진 텍스트들은 매우 유용한 도구가 된다. 그들은 춘향과 장화·홍련 자매 그리고 심청의 이야기에 오랫동안 공감해오면서 춘향과 장화·홍련 자매 그리고 심청이 받는 남의 일 같지 않은 고통에 대해 뭔가 자신들의 '말'을 덧붙이거나 삽입하거나 논평하고 싶은 사람들이다. 다시쓰기는 자신들의 목소리를 지웠던 기존 텍스트들에 대한 주변부 주체들, 즉 서발턴subaltern들의 항의 방식이지만 서발턴들은 다시쓰기의 작업에서도 온전히 텍스트를 장악하면서 펜을 쥐고 글을 쓰는 '작가'가 아니다. 그들은 소비자로서의 권력을 최대한 활용하여 생산에 참여한다. 즉 텍스트를 장악하는 기존의 '작가' 개념으로 이들 서발턴을 생각하면 이들을 절대 발견할 수 없다. 또한 이들은 뭔가 다르게 쓰고 말하고 싶지만 그 내용이 체계적이지도 않으며 그 다시쓰기(다시읽기)의 의도가 잘 정리되어 있지도 않다. 무엇보다 서발턴에 의한 다시쓰기(다시읽기)는 모순적, 분열적이기도 하고 부분적이기도 하다. 이는 다시쓰기(다시읽기)의 텍스트들을 읽을 때 고려해야 하는 특별한 지점이다.

오랫동안 읽기와 쓰기는 특정한 권력 집단에 의해 독점되어왔다. 문화를 생산하고 누리는 권리는 기득권 남성들의 전유물이었다. 문명사의 변화 과정을 일명 문화 민주주의의 역사로 표현할 수 있듯이 테크놀로지와 경제력은 점차 주변부 주체들을 문화의 생산자와 소비자로 호명하기 시작했다. 이 지난한 문화 민주주의의 발전 방향에서 여성과 식민지인은 최후로 호명된 집단 가운데 하나였다. 계급적으로 하층민들과 여성들 그리고 식민지인들에게 대등한 문화 향유의 기회가 주어지기까지는 더 많은 시간이 필요했다.

20세기 이후 한국은 식민 통치로 인해 아주 느리긴 했지만 문화 민주주의의 길을 가게 되었고 20세기 전반부 한국의 여성들은 식민지인이자 젠더적 약자로서 식민지 내부에 자리한 이중의 식민지인이었다. 해방 후 1950년대를 거쳐 전방위적으로 급격한 산업화가 이루어진 시기에도 한국의 여성은 오랫동안 남성과 대등하게 교육받지 못했고 여성이 자기실현을 위해 대도시에 가는 것도 가십거리로 치부되었다. 여성이 집 밖으로 나간다는 것은 대학생이 되어 교육받는 경우를 제외하면 여공으로 일하거나 혹은 질문해서는 안 되는 어떤 업종에 종사하는 것을 의미했기 때문이다. 여성의 대학 진학률은 1980년대에 들어서야 급격히 올라갔다.

고전소설의 20세기 개작들은 이러한 한국의 역사적 상황에서 어떤 의미가 있는 것인가. 춘향전, 장화홍련전, 심청전 등의 고소설은 20세기 이전은 물론이고 20세기 이후에도 한 번도 문화적 주류로 대접받은 적이 없었다. 이 고소설들은 20세기 이전의 신분 사회에서는 그야말로 보잘것없는 평민 문학으로 취급되었다. 신문학이 문화의 새로운 주류가 된 시기에는 전근대적인 구시대의 유물로 폄하되기도 했다. 그러나 한편으로 이들 고소설은 근대적 문학 연구가 시작된 이래로 해방 후 국어국문학과가 전국의 대학에 자리 잡으면서 '고전'으로서 '문학사적' 지분을 갖게 되는 드라마틱한 운명의 변화를 겪는다. 전 국민이 한 번쯤은 이야기를 들어봤거나 읽어봤음 직하다는 의미로 '영예롭게도' 국민문학의 칭호가 부여되기도 했다. 이러한 시대의 흐름 속에서 춘향전, 장화홍련전, 심청전은 연구자들에 의해 '고전'으로 대접받고 진지한 연구 대상이 되는 '영광'을 누리기 시작했지만, 아이러니하게도 정작 이 텍스트들을 적극적으로 즐기고 좋아하는 사람들의 존재는 점점 줄어들고 그 인기도 사그라들어갔다. 한동안 이 소설들을 원작으로 한 영화가 제작되지 않고 있음이 그것을 입증한다. '고전'이라는 단어가 이 고소설들을 우대해주는 듯하지만 실제로는 자발적인 향유와 즐김을 독자들로부터 앗아간 것일까.

분명 자발적인 향유자의 수가 줄어들고 있지만 이들 고소설이 다시 읽고 다시 쓰고자 하는 욕망을 통해 활발하게 재생산되고 소비되었던 어떤 시기가 있음을 분명히 기억할 필요가 있다. 특히 오랫동안 문화적 비주류였지만 이야기의 생산과 소비에 누구보다 강한 전통을 지닌 여성들은 다시 고소설을 20세기에 적극적으로 불러내었다. 소위 1급이라고 숭배받던 근대문학 작가들의 소설과 달리 고소설은 원原 이야기에서 감히 무엇을 변형하거나 빼거나 더 넣어도 크게 문제 되지 않았다. 저자가 없는, 즉 저자의 소유권이 없는 자유로운 텍스트였기 때문이다. 이러한 특성이 20세기에 들어와서 자유로운 '개작adaptation'에 영향을 줬다는 점은 의심의 여지가 없다.

춘향전, 장화홍련전, 심청전은 근대적 인쇄술에 의해 책의 형태로 출판되고 영화나 연극 등의 공연물이나 신문 기사의 형태로도 재생산되면서 그 내용이 크고 작게 변형된다. 이 과정에서 수용자들은 자신들이 보다 원하는 것, 더 보고 싶은 것과 보고 싶은 않은 것에 대한 평가를 새로운 재생산 과정에 반영시킨다. 특정한 텍스트는 한 생산자의 창작물일 수 있지만 이 생산자는 생산의 바로 전 단계에서 고소설의 실제 '독자'였거나 때로는 직접 읽거나 보지 않았지만 입소문을 통해 대강의 내용을 들은 집합적인 수용자 중 한 명일 수도 있다. 고소설의 인물과 스토리 등에 투사된 수용자들의 욕망은 개작 텍스트를 생산해내는 동력으로 작용한다. 따라서 원작 텍스트의 특정한 부분을 삭제, 첨가, 변형하는 개작 행위는 원작 텍스트에 대한 적극적인 해석과 읽기이자 원전 텍스트가 소비되는 과정으로, 당대 수용자들의 참여 속에서 생산된다. 그 참여의 양상은, 수용자들의 의식과 무의식 속에서 원작이라고 상상된 고소설 텍스트가 다양한 층위에서 변형되는 과정을 통해 이루어진다. 따라서 개작된 텍스트들의 해석에는 상호텍스트적으로 원작의 지위를 갖는 텍스트의 간섭과 중첩이 일어난다. 그러나 고소설은 매우 다양한 이본들을 갖고 있어서 원작이라 불릴 수 있는 텍스트는 특정한 유형의 이본이 아니라 스토리에 대한 대중의 집합적 기억이다. 텍스트의 개작에서 특별히 의식해야 하는 존재가 있다면 그것은 저작권을 가진 작가나 오리지널 텍스트가 아니라 오리지널 텍스트를 잘 안다고 생각하는 독자 대중이다. 이 독자 대중이 바로 개작의 주체이자 개작의 기준과 방향을 제시하는 일종의 검열관이다. 수용자들의 텍스트 생산에 대한 참여는 기존의 저자 권력과는 완전히 다른 방식으로 행해진다. 그들은 펜을 들고 작품을 '쓰는' 행위를 통해서만 텍스트를 생산하는 것이 아니라 해당 텍스트에 대한 입소문, 즉 구술적 텍스트를 양산하는 문화 '실천'을 통해서도 텍스트를 생산한다.

불균형적, 다성적, 모순적인 젠더 트라우마

여성들의 다시쓰기 욕망이 고소설들과 조우하게 되는 것은 바로 문화적으로 권력을 갖지 못했던 여성들이 고소설, 특히 춘향전, 장화홍련전, 심청전을 가장 적극적으로 향유했기 때문이다. 여성 수용자들이 이 소설들을 소비하는 것에는 단지 '읽는' 행위뿐만 아니라 누군가의 구술을 '듣는' 행위도 포함된다. 고소설들 가운데서 특별히 여성들의 이야기인 춘향전, 장화홍련전, 심청전은 여성들의 위험한 욕망과 유교적 가부장제 사이에서 아슬아슬하게 줄타기를 하는 텍스트였다. 양반의 처가 되고자 했던, 기생의 딸 춘향의 욕망은 정절을 지키는 열녀로 포장되어야 했고, 가문의 인정을 받아 집안에서의 지위를 지키고자 고투했던 장화·홍련의 계모는 전처의 아이들을 살해한 혐의로 처벌을 받아야 했다. 가난한 집안의 딸인 심청은 아버지의 허세로 인해 인신매매되었지만 '효'라는 명분은 심청의 희생을 미화했다.

20세기에는 이 같은 가치들이 여지없이 의심받고 새로운 의미로 해석되기 시작했지만 가부장제의 위상과 이데올로기는 여전했다. 여성들이 가부장제 이데올로기에 정면으로 반박하는 것은 쉽지 않은 일이었는데 스스로 이 이데올로기에 이미 동화되어 있기 때문이기도 했다. 세 편의 소설—춘향전, 장화홍련전, 심청전은 다른 어떤 고소설 텍스트들보다 활발하게 근대적 텍스트로 개작되면서 근대성의 가장 첨예한 젠더 이데올로기, 즉 사랑, 가족의 친밀성, 노동이라는 개념들과 관련을 맺게 되었다.

이 고소설 텍스트들이 전근대 사회의 젠더 이데올로기와 관련되어 있다면 개작 텍스트들은 새롭게 근대적으로 재배치된 젠더 이데올로기를 드러내 보였다. 근대적 젠더 이데올로기란 이전에 없던 새로운 것의 생성이라기보다는 기존의 것들이 새롭게 재배치되는 과정이자 그 결과이다. 결국 고소설의 근대적 개작은 고소설이라는 텍스트를 밑그림으로 하여 젠더 이데올로기의 근대적 자질들이 (재)배치되는 과정에 다름 아니다.

20세기는 새로운 시대의 시작이었지만 정숙하지 않은 여성들, 가부장제의 질서를 뒤흔드는 여성들은 이전 세기와 마찬가지로 '여전히' 악녀로 취급되었고, 집안 내에서 부모는 딸들에게 가족의 생계와 남자 형제의 교육을 위해 노동하도록 요구하거나 심지어 딸들을 현금화할 수 있는 가용 자산으로 생각했다. 여성들은 이러한 가부장제적 횡포를 의문시했지만 그러면서도 거기에 적응하거나 충성하지 않을 수 없었고 그에 대한 불만과 저항을 다른 방식으로 표현할 방법을 찾기 시작했다. 글을 아는 여성들은 의식적으로 자신의 불만과 고통을 드러내놓고 쓸 수도 있었다. 그러나 그런 여성은 많지 않았다. 익숙한 텍스트를 자신의 방식으로 전유하는 것, 즉 텍스트를 자신의 욕망대로 다시 쓰고 다시 읽어내는 방식이 더 널리 사용된 방식이라 할 수 있다. 익숙한 텍스트일수록, 혹은 익숙한 전개 방식을 가진 서사물일수록 여성들은 거기에 비교적 손쉽게 접근할 수 있었다. 이러한 의미에서 춘향전, 장화홍련전, 심청전과 그 개작 텍스트들은 제임스 C. 스콧James C. Scott이 말하는 일종의 '은닉 대본hidden transcript'[10]에 가깝다. 소문, 가십, 완곡한 표현, 투덜거림, 문화적 재현이나 구술 문화 등으로 이루어진 '은닉 대본'은 가부장제에 대한 전면적 저항이나 전면적 부정이 아니라 가부장제를 슬쩍 속이는 정도의, 비천한 이들의 저항 방식이다. 춘향전, 장화홍련전, 심청전과 그 개작 텍스트들의 주요 소비자가 누구였는지를 생각해보자. 그들은 결코 '엘리트'가 아니었다. 한글을 겨우 읽는 시골 아낙네, '고무신짝'이라고 폄하된 기혼녀, 산업화 시대에는 '공순이'로 불린 생산직 노동자와 '식모'라고 불리며 멸시받은 가사 고용인 그리고 드러내놓고 직업을 말하기 어려웠던 '호스티스'까지, 이들은 저항운동의 주체로서 인정되지 않았다. 물론 여성 노동자들처럼 노동운동에 참여함으로써 저항의 주체로 호명될 수 있는 경우도 있었지만 이 역시 모든 여성 노동자들에게 해당되는 것은 아니었다. 말하자면 페미니즘 운동이나 여권신장, 성평등 등 엘리트 여성들의 정치로부터 멀리 떨어진 일군의 집단들이 바로 이 고소설 개작 텍스트들의 주된 소비층이었다. 물론 하위계급뿐만 아니라 엘리트들과 상위계급의 독자들도 춘향전, 장화홍련전, 심청전을 좋아했다. 이들 고소설과 그 개작 텍스트들의 주요 소비층에 대해서는 보다 자세한 설명이 필요한데, 분화된 주요 소비층의 취향이 개작 텍스트들의 개작 방향에도 영향을 주기 때문이다.

식민지 시기부터 해방 후 1960년대까지 고소설은 이른바 '딱지본'으로 불리는 구활자 인쇄본의 형태로 장기적으로 유행했지만 전반적으로 구활자 인쇄본의 독자들은 점차 줄어들 수

밖에 없었다. 20세기 이후 자본주의 확장, 문맹률 하락, 미디어 발달 등으로 문화적으로 급속하게 이루어진 세대교체는 고소설의 수용이라는 측면에서 보면 기회이자 위기였다. 대중의 문해력이 점점 높아지고 서적의 자본주의적 유통망이 구축됨으로써 문화 상품으로 인쇄된 소설을 읽는 독자를 확보하게 된 것은 일종의 기회였다. 그러나 20세기에 들어 전근대 시기의 문학은 '신문학(근대문학)'이라는 서구에서 유입된 문학 유형에 밀려 점차 새로운 독자를 확보하기가 어려워지면서 위기를 맞는다.

이에 고소설의 개작은 새로운 시대 변화에 대응하여 두 가지의 방향으로 분화된다. 하나는 근대의 문화적 헤게모니 투쟁에서 밀려나 있는, 즉 비식자층 수용자들을 대상으로 한 개작이고, 다른 하나는 상대적으로 고급한 독자들을 대상으로 하여 근대소설 형식으로의 변신을 꾀한 개작이 그것이다. 소수의 교육받은 여성들을 제외한 대부분의 여성들은 비식자층 수용자였다. 전자의 개작이 주로 영화와 연극이라는 대중적 장르를 통해 비식자층 수용자들의 감성을 적극 반영했다면, 후자의 개작은 주로 근대문학 작가들에 의한 근대소설 문체와 형식으로의 변신이었다. 특히 채만식, 최인훈과 같은 엘리트 남성 작가들도 고소설을 열성적으로 개작해 고소설에 반영된 젠더 이데올로기를 20세기적 방식으로 재생산했다. 이와 달리 여성 소비자들은 주로 전자의 방식, 즉 대중적인 장르들을 통해 개작에 간접적으로 영향을 미쳤다. 물론 영화와 같은 대중적 장르도 젠더 이데올로기로부터 자유롭지 않았던 것은 사실이지만 다성적 목소리들을 삽입함으로써 젠더라는 사회적 장치가 여성들을 비롯한 타자들에게 끼친 '트라우마'를 텍스트 구조상의 비약과 불균형, 논리적 모순을 통해 노출시켰다.

이 책의 키워드인 '젠더 트라우마'는 두 가지의 층위에서 사용되었다. 하나는 개작 텍스트들에서 드러나 있는 서사 구조의 불균형, 목소리의 다성성, 논리적 모순과 비약 등 텍스트의 현상적인 측면을 지칭한다. 또 다른 층위로서 이 단어는 이러한 불균형적, 다성적, 모순적 특징의 원인, 즉 지배 이데올로기인 가부장제와 이에 대한 저항적 움직임이 서로 충돌하는 본질적 원인을 지칭한다. 일견 서사 속 여성 인물들은 가부장제 이데올로기에 대해 순응과 저항이라는 딜레마 속에서 갖게 되는 이중성을 가지고 있는 듯 보인다. 또한 개작 텍스트들은 젠더 이데올로기를 민족주의나 사회주의와 같은 이데올로기와 결합시켜 재포장하기도 한다. 그러면서도 텍스트의 어느 부분에서 여성 인물들이 가부장제에 대해 취하는 저항적이고 비타협적인 모습이 부각되기도 한다. 저항의 면모는 물론 매우 조심스럽고 은밀한 방식으로 약호화된다. 한 편의 텍스트는 젠더 이데올로기를 재생산하면서 이러한 재생산에 의문을 표하거나 저항적인 모습을 보이다가도 머뭇대는 복합적인 양태를 갖고 있는 경우가 대부분이다. 특히 영화와 같은 다성적 장르에서 여성 인물들의 태도와 그들의 이야기는 순응, 타협, 저항 사이의 여러 층위에 걸쳐 있다. 이러한 현상은 젠더 트라우마의 결과이기도 하면서 동시에 이 자체가 바로 젠더 트라우마이기도 하다.

개작의 범위

이 책에서는 아울러 춘향전, 장화홍련전, 심청전의 직접적인 개작 텍스트들 이외에도 개작 텍스트들의 외연을 폭넓게 확장하고자 했다. 영화와 소설은 물론, 신문과 잡지의 기사 등 '춘향', '심청', '장화와 홍련'으로 비유되는 세간의 인물들에 대한 이야기도 일종의 개작 텍스트로 다루었다. 신문과 잡지의 기사들은 완결된 서사물은 아니지만 20세기에 춘향, 장화와 홍련, 심청이 어떻게 대중에 의해 비유적으로 회자되었는지를 잘 보여주는 텍스트들이다. 특히 이 책에서는 이른바 '호스티스 멜로드라마'로 지칭되는 일련의 1970년대 영화들을 심청전의 개작된 버전으로 다루며 다른 언어로 개작된 텍스트들, 특히 할리우드 영화 〈안나와 알렉스〉(2009) 그리고 윤이상의 독일어 오페라 〈심청〉(1972)도 문화 번역cultural translation의 관점에서 다룬다. 개작 작업은 시간을 초월하는 것은 물론, 언어와 공간을 초월해서도 이루어진다. 영화 〈장화, 홍련〉(2003)의 할리우드 버전인 〈안나와 알렉스〉는 원작인 장화홍련전과 시공간상 아주 멀리 떨어져 있는 텍스트이지만 초국가적 문화 번역의 흥미로운 예를 제공한다. 장화홍련전을 전혀 다른 문화권의 미국 할리우드 제작자들은 어떻게 읽었을까. 물론 그들은 고소설 장화홍련전을 읽었다기보다는 영화 〈장화, 홍련〉을 보았을 것이다. 아쉽게도 그들이 만들어낸 텍스트 속에서 한국의 여성 독자, 관객이 공감했던 장화홍련전의 여러 요소들은 할리우드식 공포영화 장르 혹은 남성 주체의 성적 판타지 속에서 사라지고 말았다. 장화홍련전의 할리우드 버전은 한국의 오리지널들과 비교해보았을 때 여성 욕망을 삭제된 빈자리로서만 지시하고 있다는 역설을 드러낸다. 단순히 할리우드 공포영화로만 읽어내었을 때와 달리, 할리우드 버전을 한국의 오리지널 텍스트들, 즉 고소설 장화홍련전과 영화 〈장화, 홍련〉과 비교했을 때 오리지널 텍스트들에 내재된 여성주의적 의미가 더욱 선명하게 드러난다. 초국가적 문화번역의 사례는 독일어로 된 윤이상의 오페라 〈심청〉에서도 발견되는데, 특히 독일 작가 하랄트 쿤츠가 쓴 대본에서 심청의 아버지인 심 봉사를 '파우스트'처럼 해석한 대목이 흥미롭다.

이 책은 20세기 초를 시작으로 1970년대까지 새로운 문화가 밀려들면서 사회가 급변했던, 즉 문화 변동이라는 관점에서 한국 사회가 숨 가쁘게 돌아갔던 시기를 다루었다. 백여 년 후인 2020년대에도 문화 변동은 여전히 진행 중이다. 특히 웹툰은 페미니즘이 리부팅되고 있는 시기에 새로운 세대의 욕망을 실어 나르고 있고 '춘향'과 '장화·홍련'과 '심청'은 웹툰의 주인공으로 거듭났다. 웹툰의 수용자인 새로운 세대는 훨씬 더 신랄하게 가부장제의 폭력과 이성애 중심주의에 통렬한 하이킥을 날리고 있다. 그렇다면 새로운 시대의 다시쓰기는 결국 젠더 트라우마의 모순적이고 분열적인 양상을 극복하고 있는 것인가. 여성 혐오적, 여성 억압적이자 타협적이고 저항을 위장하는 전통적인 방식에 비해, 웹툰 장르는 확실히 여성의 목소리에 거대한 스피커를 만들어 달고 있다. 여성의 욕망과 분노가 텍스트 구성의 직접적인 동력이 되면서 고소설을 개작한 웹툰은 SF처럼 완전히 낯선 가상의 시공간으로 독자들을 데려가는 판타지 장르가 되었다. 여성 인물들이 자신들에게 가해지는 억압과 부당함을 시원스레 물리치는 그 낯선 시공간 속에서 독자들은 통쾌한 카타르시스를 느낀다. 그러나 이 새로운 형식은 젠더 트라우마의 완전한 극복이라기보다는 오히려 젠더 트라우마의 새로운 양상을 보여준다. 가부장제의 폭력과 억압, 성차별이 완전히 극복되는 모습이 가상의 시공간을 통해서 펼쳐지기 때문이다. 가부장제가 그만큼 사회구조 속에 깊숙이 뿌리내리고 있기 때문에 가부장제에 대한 통렬한 '비난'과 '복수'는 낯선 시공간의 힘을 빌리지 않으면 안 되는 것일까. 가부장제를 완전히 없을 수 있는 유토피아의 실현은 현실적인 맥락을 고려하면 불가능한 것일까.

20세기에서 21세기에 걸친 춘향전, 장화홍련전, 심청전의 개작 역사로만 보았을 때 가부장제의 위세가 점차 옅어지거나 시대착오적인 것이 되어가는 것만은 분명하다. 그러나 21세기의 웹툰으로 개작된 텍스트를 살펴보았을 때 100년 전의 개작 텍스트들이 갖고 있던 문제의식이 여전히 유효하다는 점을 알 수 있다. 분명한 차이가 있다면 여성들이 목소리를 내는 방식이 이전처럼 은닉 대본의 방식이 아니라 공개적이고 명시적이라는 점에 있다. 인터넷 환경, 특히 소셜 미디어는 여성들이 모든 종류의 성차별과 여성 혐오에 직접적으로 항의하고 분노할 수 있는 환경을 만들어주었다. 21세기의 웹툰은 바로 이러한 여성들의 직접적인 항의와 분노, 저항의 방식에 조응하는 장르가 되고 있다.

고소설을 개작한 웹툰들은 원작의 배경이 되었던 전근대 시대를 21세기의 독자들에게 보여줌으로써 아직도 20세기 페미니즘의 많은 의제들이 21세기에도 유효함을 보여준다. 영국의 페미니즘 저술가 프루던스 체임벌린Prudence Chamberlain은 페미니즘이 왜 '물결wave'이라는 특별한 출현 방식을 갖고 있는지에 대해 질문하면서 '정동affect의 시간성'에 대해 말한다. 정동의 시간성이란 과거와 미래를 현재에 끈끈하게 부착시키게 만드는 동시대적 순간이다.[11] 페미니즘의 물결은 분노와 같은 가부장제에 대한 부정적인 감정을 정동으로 변화시키는 에너지 급등의 순간에 찾아온다. 흔히 한국에서는 페미니즘 리부트라고 불리는 2010년대의 정동의 순간들은 오랜 시간 전에 고소설이 만들어져왔던 폭력적인 가부장제의 시간을 21세기에 다시 소환한다. 전근대 시대의 가부장제가 단지 '과거'인 것만이 아니라 페미니즘의 현재 그리고 미래의 전진을 위한 매우 유용한 불쏘시개임을 우리는 21세기의 개작에서 발견하게 되는 것이다.

누구의 것도 아닌 춘향

1
장

상상된 춘향, 장르 영화로서의 춘향전

1920년대 초부터 지금에 이르기까지, 춘향전은 대략 20여 편의 영화로 제작되었다. 소설을 영화화하는 것은 매우 흔한 일이지만, 춘향전만큼 많은 편수의 영화로 제작된 경우는 드물다. 20세기에 춘향전이 또 다른 버전의 소설로 개작된 사례도 셀 수 없을 정도로 많다. 그러나 개작을 할 때 춘향은 결코 감독이나 작가의 취향대로 창의적으로 고안될 수 있는 인물이 아니다. 춘향이 우리 모두에게 너무나 익숙한 인물이기 때문이다. 한국인들 가운데 춘향에 대해 자기 나름대로 해석하거나 평가해본 적이 없는 사람은 아마 거의 없을 것이다. 그렇기에 춘향전처럼 익히 알려진 고전소설을 새로운 텍스트로 개작하는 작업에는 상당한 도전이 따른다. 그것은 마치 대중의 마음에서 이미 상상된 여러

'춘향'들과 한판 전쟁을 벌이는 것과 같다.

춘향이란 인물은 고전소설에 등장하는 그 어떤 여성 인물보다 특히 남성들에게 '이상적인 여성'으로 추앙받아왔다. 그러나 남성들이 춘향을 흠모하는 이유와 여성들이 춘향을 흠모하는 이유는 유사한 듯하면서도 다르다. 남성들에게 춘향이 오랫동안 공공연한 '사랑과 욕망의 대상'이었던 것에 비해, 여성들이 춘향을 좋아하는 이유에는 남성들이 춘향을 좋아하는 이유보다 훨씬 복잡한 측면이 있다. 남성들이 춘향을 자신들이 꿈꾸는 이상적 여성상으로 꼽았다면 여성들에게 춘향은 숭배의 대상이자 일종의 롤 모델 같은 인물이었다. 남성으로부터 사랑을 받기도 하지만 스스로 사랑을 쟁취하는 여성 그리고 '감히' 권력에 맞선 용감한 여성으로서 춘향은 여성 독자들에게 각별한 의미가 있었다. 그러나 여성들의 견해에 대해서는 대부분 추측을 할 수 있을 뿐이다. 식민지 시기에 본격화된 근대 저널리즘의 장은 언제나 여성에게 발언권을 주는 데 무척 인색하여 여성들이 필자로 참여하기가 어려웠다. 남성들이 편집권을 갖고 있었던 잡지와 신문이 여성들에게 가끔 마이크를 쥐여줄 때 여성들은 춘향을 좋아하는 이유에 대해 '목숨을 걸고' 누구를 진정 사랑했다는 이유를 들곤 했다. 이것은 물론 틀린 말이거나 거짓말은 아니었다. 그러나 여성들이 춘향을 흠모하는 이유의 모든 것이라고 보기는 어렵다.

여성들이 춘향을 흠모하는 이유에 대해서는 잠시 후에 구체적으로 짚어보고자 한다. 여기서는 일단 이유야 어쨌든 춘향

문예봉(1917~1999) 조미령(1929~) 최은희(1926~2018)

이란 인물을 싫어하는 사람은 없다는 사실에서부터 글을 시작해보고자 한다. 모두가 좋아한다는 사실은 특히 시각 장르인 영화를 만드는 사람들에게는 부담으로 다가온다. 대중은 자신이 상상 속에서 그려온 춘향을 스크린에서 확인하고 싶어 하기 때문이다. 그래서 암묵적으로 당대에 가장 인기 있고 아름답다고 여겨지는 여배우를 춘향으로 선정하는 것이 영화를 제작할 때 대중을 실망시키지 않는 가장 안전한 방법이었다. 많은 춘향전 영화들이 있었지만 특히 문예봉(1930년대), 조미령(1950년대), 최은희(1960년대), 이 세 배우가 연기한 춘향의 모습이 대중의 뇌리에 가장 깊숙이 박힌 듯하다. 혹은 아직 나타나지 않은 새로운 춘향이 세상 어딘가에 있을 것이라는 기대도 대중에게 있었다. 1967년 김수용 감독의 연출로 〈춘향〉이 제작될 당시 제작사인 세기상사는 트로이카로 불렸던 고은아, 남정임, 문희 등 1960년대 후반 여성 스타들이 춘향 캐릭터에 맞지 않는다는 이유로 100만 원이라는 (당시로서는 거액의) 상금을 내건 신인 발굴 오디션을 개최하여 신인 배우 홍세미를 발굴했다. 이 보여주기식 이벤트는 이 세상 어딘가에 춘향에 딱 들어맞는 누군가가 있을 것이라는 환상을 부추겼다. 그만큼 당시에는 자신이 상상해온 춘향을 스크린을 통해 확인하고 싶어 하는 대중의 욕망이 컸던 것으로 보인다.

춘향이 모두의 '이상적 여성상'이 된 데에는 해방 이전부터 꾸준히 제작된 영화들이 결정적인 역할을 했다. 춘향을 이상적 여성상으로 삼는다는 발상에는 여성에게 강요되어온 '아름다운 외모'와 '조신한 행실' 그리고 어떤 경우에도 한 번 정해진 남성을 배신하지 않아야 한다는 정절의 의무 등을 내세우는 반反여성주의적 사고가 있었음을 무시할 수 없다. 말하자면 춘향전 영화는 대중의 욕망을 충족시키는 한편, 이런 식으로 보수적인 가치를 널리 퍼뜨리는 역할을 하기도 했다. 이 책이 다룰 세 편의 고전소설 가운데 남성 혹은 지배자의 욕망이 가장 강하게 투사되어 있는 것도 바로 춘향전의 20세기 개작들이다. 20세기에 개작된 춘향전 텍스트들에서 여성들의 목소리와 욕망은 반영되지 않거나 축소되거나 혹은 가부장의 언어에 의존해 타협적으로밖에 표현되지 못했다. 공론장을 장악한 20세기의 수많은 남성들이 이상적인 아름다움, 전통, 변치 않는 사랑 등의 가치를 내세우며 춘향전을 예찬한 탓에, 춘향전에 '본래' 내재되어 있던 다양한 요소들은 삭제되거나 변경될 수밖에 없었다.

20세기 들어 춘향전을 비롯한 고전소설들이 자주 영화화된 것을 문화 산업의 측면에서도 이해해볼 수 있다. 식민지 시기 평론가이자 시인 겸 영화배우였던 임화가 지적했다시피, 조선 영화가 제작되기 시작하던 시기, 춘향전을 비롯한 고전소설들이 영화로 재생산된 것은 당시 조선 영화계의 경제적, 상징적 자본이 매우 취약했기 때문이다.[1] 대중에게 친숙한 이야기인 고전소설을 원작으로 삼아 만든 영화는 근대적 문화자본이 절대적으로 취약한 대중을 관객으로 동원하기에 유리했고 그래서 단기간에 수익을 낼 수 있었다. 그중에서도 어마어마한 관객을 동원한 춘향전의 영향력은 해방 이후까지 지속되었다. 춘향전 영화가 이제 막 커지기 시작하는 대중문화판에 선발투수처럼 등장해 영화계의 어떤 모멘텀을 만들어낸 것이다. 1960년대 초에 이미 "춘향은 국산 영화 발전의 수호신"이라는 평가까지 등장했으니, 한국 영화인들이 춘향전에 얼마만큼 깊이 의지해왔는지 가히 짐작하기 어려울 정도다.[2]

춘향전 영화의 전사全史로 보건대 춘향전 영화가 '늘' 흥행에 성공한 것은 아니었지만, 대체로 1960년대까지 제작된 일련의 춘향전 영화들은 관객 동원 측면에서 비교적 좋은 성적을 기록했다. 그러나 춘향전 영화는 1960년대를 기준으로 성공한 영화와 참패한 영화로 극명하게 갈린다. 식민지 시기에 제작된 두 편의 춘향전 영화와 해방 이후 1960년대에 제작된 춘향전 영화가 성공을 거둔 데 비해 1970년대 이후의 춘향전 영화들은 그렇지 않았다. 1976년 개봉한 〈성춘향전〉은 2만 명에 미치지 못했고(서울 개봉관 기준), 1987년 개봉한 〈성춘향〉은 그보다 한참 모자란 748명의 관객을 동원하는 데 그쳤다.[3] 이러한 결과가 초래된 데에는 춘향전을 즐기던 세대들이 사라진 탓이 컸다. 영화 이외에 대중의 오락거리가 더 많아진 1970년대 이후의 대중문화 장에서 춘향전 영화는 새로운 아이디어로 무장하지 않으면 흥행하기 어려운 상황이었다. 무엇보다 모두가 알고 있는 예측 가능한 결말과 익숙한 장면화로 제작된 춘향전 영화들은 새로운 아이디어와는 거리가 멀었다. 그대신 춘향전은 더 이상 불특정 관객들이 자발적으로 향유하는 이야기가 아니라 '한국의 대표 고전'이라는 권위를 획득하며 기초 교육 과정 수준의 지식이나 학술 연구의 대상 등으로 다뤄지게 되었다.

영화연구자 티모시 코리건Timothy Corrigan은 서구의 20세기 초에 영화가 문학을 각색함으로써 하층계급의 오락거리가 아닌 전통적인 예술 장르 혹은 고상한 문화적 실천으로 거듭날 수 있었다고 말한다.[4] 미국의 영화감독 D. W. 그리피스가 19세기 소설들은 물론 휘트먼과 테니슨의 시를 영화 각색에 가져오기도 했던 것이 그 대표적인 예이다. 이와 유사하게 초기 조선 영화가 문학을 각색에 이용하기 시작한 것은 춘향전에서부터였지만 서구에서처럼 조선의 영화가 보다 품격 있는 장르가 되기 위해 문학을 원전으로 삼은 사례로는 오히려 춘향전 영화가 아닌, 최초의 춘향전 영화보다 2년 뒤에 만들어진 이경손 연출의 〈개척자〉(1925)를 들 수 있다. 당시의 영화계는 〈개척자〉가 고전소설이 아닌 이광수의 소설 《개척자》를 원작으로 했다는 사실을 힘주어 강조했다. 그것은 당시의 문화적 헤게모니를 신문학 작가들이 쥐고 있었고 신문학이 고급 문학으로 인정받았던 분위기 때문이었다. 즉 서구에서 문학을 영화의 각색에 활용함으로써 영화가 하층민들의 오락거리가 아닌 고급한 예술로 대접받고자 했던 것과 비슷한 맥락이다.

이와 달리 고전소설을 원작으로 한 조선 영화들은 분명 문화적 헤게모니나 고급한 문화와는 관련이 적었다. 고전소설을 원작으로 한 조선 영화들은 오히려 신문학 작가들이 가르치고 일깨우려 했던 고전소설의 독자를 적극적으로 극장으로 불러들였다. 익숙한 고전소설의 스토리는 영화를 보고 독해하는 데 필요한 미디어 리터러시가 현저하게 부족했던 당대 관객들에게 영화의 내용을 '안전하게' 전달할 수 있도록 큰 도움을 주었다. 상업 영화에서 '장르'가 영화 스태프 사이의 소통을 돕고 관객들에게 영화를 이해시키는 안내자의 역할을 수행하는 것처럼 고전소설의 익숙한 스토리가 일종의 장르 같은 기능을 했다고도 볼 수 있다. 관객이 영화를 자유롭게 읽는 능력을 약화시키는 억압적인 시스템으로 '장르' 개념을 바라보는 주장도 있지만,[5] 다른 한편으로 장르는 관객들에게 예측 가능한 내용과 안정적인 내러티브의 문법을 제공한다는 점에서 관객의 반응을 조정하는 유용한 소통 도구이다. 이러한 맥락에서 식민지 조선 영화 그리고 해방 후 한국 영화에서까지 '춘향전 영화'라는 한국적인 장르가 존재했다고도 할 수 있을 것이다.

고전소설을 원작으로 한 초기 조선 영화들은 상업적으로 가장 탁월하게 선택된 장르 영화였다. '춘향전'이라는 타이틀은 춘향전 영화들에서 세작자와 소비자 사이의 어떤 소통을 가능케 했다. 원작을 잘 아는 관객들은 각색된 영화 제목에 들어간 '춘향'이란 익숙한 단어를 보는 순간 그 영화에 대한 일정한 기대지평horizon of expectation을 갖게 되며, 그 기대지평에 기댄 채 영화를 보게 된다.[6] 관객들은 춘향전 영화에서 아름다운 춘향과 그의 사랑과 역경 그리고 해피엔딩을 기대했고, 대부분의 춘향전 영화들은 이러한 관객의 기대지평을 대체로 만족시켰다.

필름과 시나리오로 확인할 수 있는 1961년의 춘향전부터 1970년대의 춘향전까지, 리메이크된 춘향전 영화들의 시퀀스는 '만남-사랑-이별-시련-해후'라는 다섯 개 시퀀스를 기본으로 동일하게 구성되어 있으며, 유사한 방식의 인물 형상화와 장면화가 반복된다. 북한에서 제작된 1980년의 〈춘향전〉과 1984년의 〈사랑 사랑 내 사랑〉 역시 몇 가지 사회주의적 요소를 제외하면 남한에서 제작된 춘향전과 흡사한 구성을 띤다.[7]

대부분의 춘향전 영화들은 새로운 장면화나 새로운 플롯이 가미되어 있지 않다. 예외가 있다면 〈탈선 춘향전〉(1960), 〈방자와 향단이〉(1972), 〈방자전〉(2010) 같은 패러디 버전과 〈그 후의 이도령〉(1936) 같은 스핀오프 버전 정도일 것이다. 1936년 대구에 위치한 오양영화사에서 제작하고 이규환이 연출한 〈그 후의 이도령〉은 암행어사가 살인 사건을 해결하는 내용으로, 일반적인 춘향전 영화와는 다르게 구성되어 있다. 〈탈선 춘향전〉과 〈방자와 향단이〉는 코미디 영화로 서사 자체는 춘향전의 본래 포맷을 유지하면서도 방자나 향단이 같은 주변부 인물들의 역할을 강화하거나 현대적 버전으로의 패러디를 시도하고 있다.

기본적으로 코미디 버전들이 원작의 익숙한 결말에 대한 기대를 크게 훼손하지 않는 방식을 선택하고 있는 데 반해, 가장 최근에 제작된 〈방자전〉은 원작의 플롯을 변형하여 관객이 기존의 춘향전 영화에 품고 있었던 기대지평과 예상을 의도적으로 무너뜨린 사례이다.

이 같은 몇 가지 예외를 제외하면 주류 춘향전 영화들은 대부분 식민지 시기 영화들의 장면화를 그대로 따르고 있는 것으로 보인다. 조선 최초의 토키라는 타이틀이 부여된 1935년 〈춘향전〉의 촬영 장면을 지켜봤던 한 기자의 묘사를 인용해보면 다음과 같다.

> 그리고 다시 무대정면을 바라보니 오늘은 제 몇째 막인지 남원부사 잔치날 광경이라 대청정면에는 구관 사또 생일 대연의 격에 맞게 어느 큰 대갓집 잔치상 같이 청황녹백青黃綠白의 온갖 과실을 괴어 놓은 연회상을 버젓하게 차려 놓았고 그 동헌대청 넓은 마당에는 조선권번에서 왔다는 열 칠팔 나는 어여쁜 동기童妓 넷이 옛날식 울긋불긋한 채의彩衣를 입고 가운데 세운 대고大鼓 주위를 빙빙 둘러가며 입으로는
> 「지화-자- 지화자- 지화자 절시구-」를 부르면서 원무圓舞를 한다. 무지개 빛 오색채색 자락이 빙긋 오르는가 하면 어느 새 북에 가 맞아서
> 「둥……」

하고 멋진 북소리를 울리면 그 옆에 성악 전습소에서 왔는지 여섯 구식악사가 삼현육각三絃六角으로 필릴리 불면서 그를 받아 넘긴다. 꿈 같은 광경이다.[8]

1935년 토키 〈춘향전〉의 촬영 현장에 대한 이러한 묘사를 통해 해당 장면을 추측해보면, 과일을 크게 괴어놓은 생일상이 대청에 차려져 있고 동헌 마당에는 큰 북이 있고 기생들이 원무를 돌아가며 춘다. 이런 식의 장면화는 사또의 생일잔치를 묘사하는 이후의 춘향전 영화들과 매우 유사하다.

이러한 장면화는 판소리계 소설인 춘향전의 여러 버전에서 언어로 묘사된 수많은 디테일들을 시각적으로 간명화하여 제시한 결과이다. 소설가이면서 영화감독이자 배우이기도 했던 심훈은 춘향전 영화를 만들고 싶다는 자신의 희망을 밝히면서 다음과 같은 의미심장한 말을 남겼다. "나는 수년 전부터 이 작품을 각색해보려고 고본 춘향전, 일설 춘향전, 지금도 해마다 사오만 부 팔린다는 옥중화, 옥중기연 등 육칠 종의 춘향전을 정독해보았다. 읽은 뒤에 나는 몇 번이나 붓을 던졌다. …… 그 스케일이 너무나 웅대하고 인물의 배치와 장면의 구성이 너무나 복잡해서 여간한 준비를 가지고는 실제로 제작할 엄두가 나지를 않기 때문이다."[9] 심훈은 자신이 읽은 원작을 시각화하기 위해서는 원작에 있는 많은 것을 포기해야 한다는 것을 알고 있었고, 이에 대해 고심했다. 실은 심훈이 이러한 말을 할 당시에 이미 토키 〈춘향전〉이 촬영 중에 있었다. 심훈은 이 〈춘향전〉을 가리켜 '망계妄計'라고 표현했다. 심훈은 자신이 영화로 만들고 싶었던 춘향전이 토키로 제작되고 있다는 소식에 질투를 느껴서 '망계'라는 단어로 토키 〈춘향전〉을 깎아내린 것인지도 모른다. 그러나 심훈의 말을 액면 그대로 받아들인다면 고소설 춘향전은 조선의 향토색과 인정, 풍속을 다루기에 더없이 훌륭한 '국보급 작품'이지만 각색하기에 너무 복잡한 소설임에 틀림없었다. 그리고 그 웅대함을 다 살려서 영화로 만들자면 많은 제작비가 필요하지만 당시 업계의 자본 사정은 여의치 않았다.

춘향전의 시각화란 원작에 내재해 있는 산만해 보이는 여러 요소들을 포기하고 그 요소들을 스토리에 종속시키는 단순화 과정을 필연적으로 동반한다. 그만큼 고소설 춘향전은 묘사와 형상화에서 근대소설의 스토리 전개처럼 선택과 집중이라는 미학적 요소가 없었고 여러 산만한 요소들이 나열되어 있었다. 그리고 원작이 가진 많은 요소들을 다 살려서 장면화하기에는 제작비의 문제가 있었다. 즉 춘향전이 식민지 시기에 영화로 만들어지면서 여러 가지로 현실과 타협해야 했다. 일단 기술과 자본이 부족한 상황에서 원작이 가진 많은 언어들을 대부분 쳐내고 간명하게 만들지 않으면 안 되었다. 고민하던 심훈은 끝내 춘향전을 영화로 만들지 못했다. 각색에서 그가 느꼈던 어려움 탓도 있었겠지만 영화에 대한 혹평을 남긴 지 두 달 후 35세의 이른 나이에 갑작스럽게 사망했기 때문이다.

시각적 페티시즘과 남성 욕망

결과적으로 춘향전 영화들을 소비했던 대다수의 관객은 영화라는 장르가 소설을 시각화하기 위해 선택했던 특정한 요소들을 춘향전 자체라고 생각하는 데 익숙해져갔고 새로움과 자극보다는 익숙함과 예측 가능성을 좋아하는 관객성spectatorship을 갖게 되었다고 볼 수 있다. 좀 더 자세히 말하자면, 식민지 시기에 제작되기 시작한 춘향전 영화들은 한편으로는 당시 영화계의 자본 및 기술 수준이 감당할 만한 내용으로 재구성되었고, 다른 한편으로는 춘향전에 실린 대중의 요구를 반영하고 또 그 반영된 결과로서의 춘향전 영화가 관객성에 영향을 미치는 상호작용이 있었다고 표현하는 것이 옳을 것이다. 그런데 익숙함과 예측 가능성이란 무엇에 '대한' 익숙함과 예측 가능성이다. 즉 익숙함은 단지 영화의 연출이나 연기의 문제인 것만이 아니라 가치와 세계관의 익숙함을 동반한다.

앞서 언급했듯이, 춘향이라는 인물은 대중의 이상적 여성을 상징하는 인물이었다. 요즘 식으로 말하자면 조선인 모두가 좋아하는 소위 '국민 연인'이 된 것인데, 춘향이 이러한 지위를 갖는 데 춘향전 영화가 원인이자 결과로서 혁혁한 공을 세웠다고 할 수 있다. 대중 사회에서 영화는 소설보다 입소문의 측면에서 더 큰 파급력을 가지고 있다. 춘향전 영화가 인기를 끌수록 영화 속의 춘향이 대중 사이에 회자되면서 춘향의 모습이 어떠하다는 공통적인 합의를 도출시켰다. 춘향은 대중, 그중에서도 단연 남성들의 시각적 페티시즘의 대상이었다. 1923년 〈춘향전〉의 춘향 역을 실제 기생이었던 한룡이 맡았고 1935년 토키 〈춘향전〉의 경우, 춘향 역은 전문 배우 문예봉이 맡았지만 주변 인물들에 실제 조선권번의 기생들을 출연시킴으로써 남성들에게 흥미로운 볼거리를 제공하고자 했다. 앞서 인용했듯이 토키 〈춘향전〉 촬영 현장을 지켜본 남성 기자가 '어여쁜 기생들'의 춤에 취해 있었던 것을 상기해보자. 영화뿐만 아니라 허구적 인물을 상상해서 그린 1930년대 춘향의 초상화에도 남성들의 욕망이 투사되었음은 물론이다. 1939년 남원의 광한루에서 춘향의 초상화가 일반에게 공개되자 정황상 남성들로 짐작되는 군중이 이를 보기 위해 우르르 몰려든 광경을 확인할 수 있다.

> 우리 일행이 광한루 안으로 들어가느라고 문이 열리게 되자 문 앞에 몰려든 군중이 모두 제각기 앞을 다투어 문 안에 들어가려는 것이었습니다. 감독하는 사람이 아무리 소리를 질러도 그들은 들은 체도 하지 않고 앞으로 앞으로 밀리기만 했습니다. 나중엔 감독하는 사람도 하는 수 없었든지 커다란 몽둥이를 들고 와서 세넷이 닥치는 대로 두들겨주는 것인데 두들겨도 그들은 얼른 피하지 않는 모양이었습니다. 어쨌든 수없는 매가 그들 몸에 엎었을 때 그들은 엎어지며 자빠지며 문전에서 피하는 것이었습니다. 그제야 우리 일행은 무슨 개선장군 모양으로 그들이 길을 결이시 광한루 안에 들어갔습니다. 하나 마음은 그리 유쾌한

것이 못 되었습니다. 밤을 새우며 몰려온 그들, 그중에도 4, 50리 길을 걸어서 온 그들, 춘향을 보려고 며칠씩 잠을 안 자고 앞일을 미루고 온 골몰한 그들, 자기네에게 있는 모든 것 중에 가장 좋은 것을 입고 좋은 신발을 신고 온 그들, 그들은 확실히 자기네 마을을 떠날 땐 서울로 과거 보려 가는 사람인 양 서슬이 퍼랬을 것입니다. …… 춘향 아가씨는 옛날이나 마찬가지로 말없이 향의 냄새가 고요히 향그러운 제상을 고맙게 받고 앉아 있는 것이었습니다. 제상의 향이 피어가고 누구누구의 축사가 계속되어갈 때 나는 문득 향연 속에 미소하는 춘향을 볼 수 있었습니다. 아마 춘향은 자기의 혼을 곱게 살려준 이당 김은호 화백과 또 그 밖에 자기를 그처럼 추모해 주는 이들이 몹시 고마웠든 모양입니다. 조영(조선영화주식회사—인용자) 촬영반은 때를 놓치지 않느라고 분주히 활동하고 있었습니다. 광한루 아래서 위에서 옆에서 비스듬히 세로로 가로로 카메라맨은 카메라를 들고 땀을 철철 흘리는 정도였고 방송국에서 가신 이헌구 씨는 중계방송으로 분망했습니다마는 나는 오직 향연 속에 곱게 피어나는 춘향이를 보는 것으로 여념이 없었습니다. …… 들은즉 인근 각처로부터 모여든 춘향제에 참석한 군중이 3만 명을 넘었다 하니 옛날의 열녀가 얼마나 시대 청춘 사녀士女의 영혼을 잡아 흔들든지 진실로 춘향은 꺼리지 않는 순정의 불길을 안은 이 겨레의 프리마돈나요 만인의 베아트리체임을 새삼스럽게 느꼈습

니다.[10]

1939년 남원에서 열린 춘향제는 여느 해의 춘향제보다 특별했다. 화가 김은호가 그린 새로운 춘향 초상이 대중에게 공개되는 날이었기 때문이다. 이를 보기 위해 3만 명 남짓한 사람들이 광한루에 운집했다. 오직 춘향을 보겠다는 일념으로 모여든 그들은 춘향 초상이 공개되자 광한루로 몰려들었고, 이 광경을 기록으로 남기기 위해 혹은 극영화에 삽입해 쓸 요령으로 조선영화주식회사('조영')에서는 카메라를 들이대고 방송국에서는 중계방송을 하는 등 북새통을 이뤘다. 마치 춘향의 실물이 공개되기라도 하는 듯한 분위기라고나 할까. 안내 요원들의 몽둥이가 날아드는 상황에서도 군중은 앞을 다퉈 초상화 앞으로 몰려들었다.

화가 김은호가 이때 공개된 춘향 초상을 그리게 된 것은 조선총독부 재무국장 출신으로 당시 조선식산은행 두취(頭取, 은행장)였던 하야시 시게조林繁藏의 제안 때문이었다. 호남을 여행하던 중 춘향의 사당인 춘향사에 들른 하야시는 춘향사에 걸린 춘향 초상이 속악하다 생각하고 호남은행 두취인 현준호에게 새로운 초상을 제안했다. 초상화 비용의 일부를 부담하게 된 현준호는 새로운 춘향 초상을 왕실 화가 출신인 김은호에게 의뢰했다.[11] 하야시의 제안은 최초의 춘향전 영화가 다름 아닌 일본인 감독의 연출이었다는 점을 새삼 떠올리게 한다. 일본인 하야카와 고슈早川孤舟는 무성영화 〈춘향전〉을 만듦으로써 조선의 이야기와 스펙터클을 시각화하여 발 빠르게 상업화한 인물이었다. 그는 춘향 역으로 실제 기생을 기용하고 춘향전의 공간 배경인 남원에서 영화를 찍음으로써 춘향전과 기생과 조선적인 것을 결합시키는 흥행 감각을 갖고 있었다. 조선 기생은 일본인 남성들에게 조선 여성의 섹슈얼리티를 대표하는 집단으로 일본인 남성들이 조선을 관광하고자 할 때 빼놓을 수 없는 일종의 관광상품이었다. 1920년대 초 무성영화 〈춘향전〉의 감독 하야카와나 1930년대 말 춘향전 초상을 다시 그려야 한다고 제안한 하야시에게서 식민지 조선 여성, 특히 기생에게 성적 판타지를 품은 전형적인 남성 제국주의자들의 성향을 확인할 수 있다.

조선의 남성들 역시 춘향에 대한 성적 판타지를 공유하고 있었지만, 조선 남성들은 춘향을 단순한 섹슈얼리티의 대상이라기보다는 일종의 여신처럼 찬미의 대상으로 삼았다. 조선 남성들이 김은호의 춘향 초상화를 두고 '조선의 모나리자'라고 칭하거나 동양미의 정수를 보여준다고 찬양한 것이 그 대표적인 사례이다.[12] 한편으로는 춘향의 모습에서 근대화 이전의 조선적인 것을 발견해내려는 민족주의적 욕망도 있었다. 즉 춘향의 모습에서 20세기 이전의, 혹은 현대화되지 '않은' 조선을 발견하고자 안간힘 쓴 이들도 있었다. 일부 사람들은 김은호의 춘향 초상에 대해서도 춘향의 모습이 뒷머리를 땋은 조선 처녀라기보다는 "눈을 씻고 보아도 신식 뒷머리를 한 현대 여성"으로 보이며 성적인 이미지가 풍긴다는 이유를 들어 비판하기도 했다(즉 춘향이 처녀나 열녀처럼 보이지 않는다는 것이었다).[13] 조선 남성들은 춘향의 모습에서 특히 근대화에 훼손되지 않은 여성의 외양과 성적 보수성을 확인하려 했다. 춘향이라는 인물에 투사된 조선 남성들의 이러한 욕망은 본질적으로 여성의 신체를 시각적 페티시즘의 대상으로 삼는다는 점에서 일본인 남성들의 성적 판타지와 다를 바 없다.

결과적으로 춘향전을 영화화할 때 가장 중요하게 고려된 요소는 남성의 욕망이었던 것으로 보인다. 특히 훼손되지 않은 전통적 가치의 표상으로서의 춘향의 모습은 정치적, 문화적으로 미국화 바람이 불었던 1950년대에 더욱 중요해졌다. 무엇보다 1955년 이규환 감독의 〈춘향전〉은 1950년대 춘향 열풍에서 가장 특기할 만한 사건이었다. 당시 영화계는 개봉한 지 2주 만에 개봉관에서만 8만 명을 동원할 정도로 흥행한 이 영화로 인해 크게 들떠 있었다. 몇몇 스틸 컷을 보면(현재 필름은 남아 있지 않다), 전작 영화들의 구성과 시각화에서 그다지 많이 벗어나 있지 않음을 짐작할 수 있다. 식민지 시기에 이미 〈임자 없는 나룻배〉(1932)와 〈나그네〉(1937)를 연출한 이규환은 이명우 감독의 토키 〈춘향전〉(1935)의 후속작인 〈그 후의 이도령〉(1936)을 연출하기도 했다. 따라서 그가 이명우 감독의 〈춘향전〉을 보았을 것은 거의 확실하다. 이 밖에도 이규환이 참조했을 법한 또 다른 춘향전 영화로는 이병일 감독의 〈반도의 봄〉(1941)을 꼽을 수 있다. 〈반도의 봄〉은 춘향전 영화는 아니지만 춘향전 영화를 제작하는 과정에서 겪을 법한 영화계 사람들의 고민과 어려움을 담은 영화이다. 춘향전 영화를 제작하는 과정 자체를 영화화

1923년 하야카와 고슈 연출의 〈춘향전〉

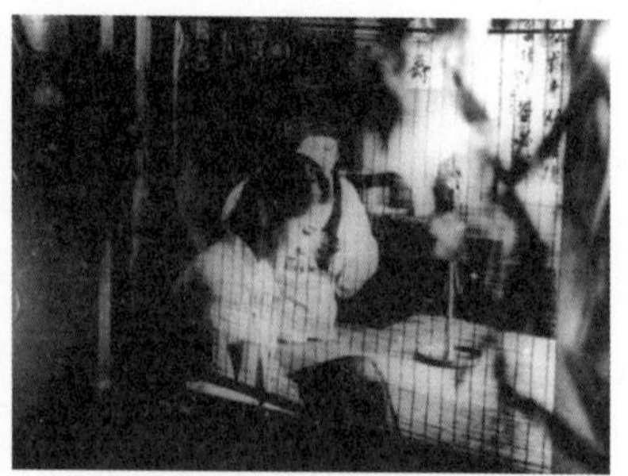

1935년 이명우 연출의 〈춘향전〉

1941년 이병일 연출의 〈반도의 봄〉

1955년 이규환 연출의 〈춘향전〉

1961년 홍성기 연출의 〈춘향전〉

1961년 신상옥 연출의 〈성춘향〉

한 이 작품은 일종의 자기반영성self-reflexivity을 보여주며, 영화 속에서 제작 중인 춘향전의 장면들이 꽤 많은 부분 삽입되어 있다. 1923년부터 1961년까지의 춘향전 영화 스틸 컷들을 비교해보면 식민지 시기와 해방 이후의 춘향전 영화들에서 유사한 시각화가 있었음을 알 수 있다.

식민지 시기는 물론 1950년대 춘향전 영화의 필름들이 소실된 상황에서 스틸 컷만을 비교하는 것은 분명 무리가 있다. 그렇다 하더라도 이 일련의 영화들이 몇 가지 공통적인 시각적 표상을 구성하고 있다는 점만큼은 어렵지 않게 확인할 수 있다. 소설에서의 언어를 통한 묘사가 시각적 묘사로 바뀌면서 옛것이라고 할 수 있는 몇 가지의 것들이 시각적으로 '선택'된다. 인물들의 의상은 물론, 술병과 소반, 가야금, 촛대, 발簾, 고가구 그리고 감옥에서 춘향이 쓰고 있는 칼(형틀)과 같은 소품들, 또는 실제 '광한루'이거나 광한루를 연상하게 하는 장소와 옥지환과 면경을 교환하는 이별 장면은 거의 동일한 시각적 구성을 보여준다. 또한 남성들 앞에서 고개를 들지 못할 정도로 수줍은 성격이지만 마치 '해피엔딩'에 대한 확신을 갖고 있기라도 하듯 변사또의 횡포에 당당하게 항의하는 춘향의 성격까지, 해방 후 1950년대와 1960년대 초의 춘향전 영화들은 새로운 해석을 시도하기보다 이전 영화 텍스트들의 시각적 표상을 반복해서 재현한다.

이런 재현 양상에서 춘향이라는 여성 인물에 대한 페티시즘이 결국 옛것, 소위 '전통'이라고 불릴 수 있는 사물들에 대한 물신숭배, 즉 사물에 대한 페티시즘을 동반하고 있음을 알 수 있다. 물론 당시 영화계의 고질적인 자본난이나 기술 부재도 이런 안이한 시각적 구성에 한몫했다. 1955년 〈춘향전〉의 제작자 이철혁은 "민족문화를 대표하는 춘향전을 그 시대의 의상, 건축 등 화려한 생활 색채를 살려서 천연색으로 촬영하는 것"[14]이 모든 이의 희망 사항이지만, 당시 한국 영화계의 자본과 기술 수준으로는 가능하지 않다고 '고백'한 바 있다. 그는 컬러 영화가 하나의 대안이 될 수 있다고 말했지만, 1961년에 컬러 영화로 제작된 두 편의 춘향전 영화도 별반 다를 바 없었다.

결과적으로 춘향전 영화에서 반복되는 시각적 재현들은 그다지 비판을 받지 않았다. 오히려 반복되는 표상들은 관객에게 어떤 안정감을 부여했다. 관객에게 춘향전 영화는 "동작이 느리고 녹음도 어색한" 기술상의 문제가 있지만 그럼에도 "가슴을 파고드는 것"[15]을 느끼게 하는 영화였다. 영화의 완성도나 새로움과 무관한 재현 방식이 대중에게 어떤 심리적 안정감을 제공한 것이다. 말하자면 춘향전 영화는 현실을 반영하고 비판적으로 바라보는 리얼리티나 끝없는 변화와 혁신을 강요하는 모더니티의 강박에서 자유로운 영화였다.

서구화 혹은 근대화가 진행된 이후로 한국은 20세기 내내 '혁신과 변화'라는 모더니티의 강박에 시달려왔다. 유사한 맥락에서 마샬 버먼Marshall Berman은 자본주의를 지배하는 부르주아 계급의 특성과 멘탈리티를 두고 '혁신적인 자기파괴'라고 부른 바 있다.[16] 이 말은 부르주아사회에서 모든 것들이 파괴되기 위해 건설되는 역설적인 상황을 가리킨다. 작업장의 기계나 일상

복부터 마을, 도시, 국가까지 더 많은 이익을 남길 수 있는 형식이 있다면 기존의 것은 얼마든지 대체될 수 있다. 버먼은 이러한 상황을 언급하며 부르주아사회의 건축물들을 곧 허물어질 운명에 처한 '텐트와 야영장'에 비유한다. 끊임없는 자기부정을 요하는 모더니티적 강박에 비춰볼 때 춘향전 영화들은 혁신적이기는커녕 새로운 구성이나 해석을 필수적으로 요하지 않았다. 심지어 새로운 것을 추구하지 않을 때 춘향전으로 인정받고 관객들에게 심리적 안정감을 부여할 수 있을 정도였다. 춘향전 영화는 오랫동안 그저 '춘향전'이기만 하면 되었다.

식민지 시기에 제작된 두 편의 춘향전 영화는 이후 춘향전 영화의 참조점이 되었다는 점에서 춘향전 영화의 표준으로 여겨도 무방할 듯하다. 그러나 두 편의 〈춘향전〉은 흥행 정도와 무관하게 완성도 면에서는 매우 미흡한 수준이었다. 무성영화 〈춘향전〉은 물론 1935년작 토키 〈춘향전〉에도 '스토리가 잘 이어지지 않을 정도로 편집 상태가 열악해 이미 내용을 알고 있는 사람이 아니라면 이해할 수 없을 정도'라는 비판이 쏟아졌다. 또한 원작에 등장하는 유명한 어구들을 영화의 대사로 사용하지 않은 탓에 원작의 느낌을 희석시켰다는 지적을 받기도 했다.[17] 이후 영화들은 이런 비판들을 의식해 제작되었다. 매끄럽지 못한 전개는 조선의 영화 기술과 연출력이 향상되면서 자연스럽게 보완되었고, 원작의 어구들 역시 영화에 적극 반영되었다. 원작인 판소리계 소설로서의 원형을 재현해야 한다는 강박은 임권택의 〈춘향뎐〉(2000)에서 절정에 이른다. 임권택의 〈춘향뎐〉은 판소리 춘향가를 적극적으로 영화에 활용했고 관객들은 춘향가 완창을 듣는 느낌으로 영화를 볼 수 있었다. 해방 후 춘향전 영화들에도 익숙한 장면들이 반복되는 경향은 여전했으나, 관객들은 자신이 상상하거나 기대한 바를 영화를 통해 반복적으로 확인하는 데 즐거움을 느꼈다. 춘향전 영화에 대한 대중의 이런 애착은 1960년대까지 광범위하게 지속되었으나 이후에 점차 약해졌다.

관객들의 이러한 심리적 안정감에 정당성을 부여한 것은 다름 아닌 남성 지식인들의 담론이었다. (춘향이) "이 나라 선량한 백의민족의 구원의 여상"[18]이라는 예찬, (춘향의 행동이) "윤리적이고 현실적인 의식이 게재되어 있는 미美"[19] 혹은 "인본적이고 항거적인 열절烈節"[20]이라는 예찬 등이 춘향전 영화의 제작과 흥행에 이바지했다. 남성들의 일방적인 욕망에 뿌리내린 이런 해석들이야말로 춘향전 영화들이 새로움과 혁신을 회피하게 만든 것일지도 모른다. 말하자면 춘향전 영화들의 낡음과 비독창성은 일정 부분 의도된 것이었다.

춘향, 사랑과 저항의 아이콘

'성적 불평등'이라는 구조가 깨지지 않는 한, 특정 젠더는 자신들이 다른 젠더를 대상화하여 평가하거나 그들의 행동을 일방적으로 해석할 권리를 '당연히' 갖고 있다고 생각하게 된다. 영화와 소설 같은 내러티브 장르는 남성의 시선과 남성 독자의 쾌락을 암묵적으로 표준적인 것으로 전제하여 여성의 육체를 묘사해왔다. 잘 알려진 로라 멀비Laura Mulvey의 영화 이론을 굳이 떠올리지 않더라도 영화와 소설에서 여성의 육체가 관객과 독자의 관음증을 충족하기 위해 묘사되어왔다는 것은 새삼 언급할 필요도 없다. 그런데 영화와 소설에 묘사된 여성의 모습을 남성들만 보는 것은 아니고 여성들도 똑같이 독자와 관객으로서 보게 된다. 여성 관객, 여성 독자는 내러티브 장르가 암묵적으로 전제하고 있는 남성들의 시선을 그대로 자신들의 시각으로 받아들이는 것일까. 여성 관객들의 쾌락에 대해서는 역시 여러 이론들이 있지만 그 이론들을 여기에서 참조하기보다는 춘향이라는 인물에 대한 당대 여성들의 반응과 해석을 추적해보는 것이 더 생산적이다.

여성 역시 남성과 마찬가지로 재현물 속에 묘사된 여성 인물에 대한 해석의 권리를 당연히 갖고 있다. 문제는 영화든 소설이든 텍스트에 대한 여성들의 해석이 대체로 하찮은 취급을 받거나 제대로 된 해석이 아니라고 의심받는 데 있다. 이러한 이유로 여성은 늘 자신의 의견을 표현하는 데 조심스러울 수밖에 없었으며, 표현하더라도 주류 남성의 의견과 대립되는 것을 꺼리기 마련이었다. 춘향전을 예로 들자면 춘향에 대한 남성들의 판타지를 만약 깨게 된다면 이는 곧 남성 전체를 상대로 싸우겠다고 선언하는 것이나 마찬가지였다. 게다가 신문과 잡지의 편집권을 장악하고 있는 남성 편집장들은 권위와 권력으로 여성들의 이견을 애초부터 걸러내기도 했다. 소위 '배운' 여자라 할 수 있는 여성 작가들조차 남성 작가들의 틈바구니에서 '여류' 작가라는 특별 대우 아닌 특별 대우를 받던 시절이었다. 식민지 시기는 물론 그후로도 한동안 여성들의 의견은 언론에서 늘 소수였기 때문에 공식적인 발언의 이면에 놓인 여성들의 내면을 들여다보는 데는 한계가 있다. 춘향, 장화·홍련, 심청이 여러 텍스트들에서 활발히 재현되고 해석되었던 지난 20세기에 이런 젠더적 불평등성은 의심되지 않았고, 오히려 보편 그 자체로 인식되었다.

이러한 한계를 전제하고 당시의 춘향에 대한 여성들의 생각을 읽어보자면, 춘향은 남성들의 오랜 숭배 대상이면서 동시에 여성들에게는 사랑과 저항의 아이콘이었다. 그러나 사랑이라는 것의 속성이 실제로 여성들의 기대처럼 긍정적인 자질인 것만은 아니었다. 사랑이란 가부장제 사회가 여성을 착취하는 장치에 다름 아니다. 정확하게 말하자면 서로에게 빠져드는 감정적 현상으로서의 사랑 그 자체가 문제라기보다는, 사랑을 남성 지배를 용인하고 여성을 착취하는 장치로 만드는 남녀 간의 불평등한 권력관계가 문제다. 일찍이 이 문제는 1970년대 페미니즘 운동을 주도했던 이들에 의해서도 제기된 바 있다. 슐라미스 파이어스톤Shulamith Firestone은 남성 문화가 남녀 간의 호혜적 관계 없이 여성의 감정적 힘을 일방적으로 먹고 자라는 기생적인 성격이 있다고 지적한 바 있다.[21] 케이트 밀렛Kate Millet 역시 여성들이 '사랑하는' 상황에서만 남성과의 성관계를 스스로 용인한다는 점을 지적하면서 바로 이 점으로 인해 남성들로 하여금 '낭만적 사랑'의 관념을 여성을 정서적으로 조작하는 수단으로 활용할 수 있도록 만든다고 말한다.[22]

20세기 초 식민지 조선의 여성 대부분은 이런 문제들을 간파하지 못했다. 특히 교육받은 여성들의 경우, 사랑을 역경을 이겨낼 수 있는 무기이자 모든 가치에 우선하는 가장 숭고한 가치로 여겼다. 1920년대와 1930년대에 사랑이라는 형태의 남녀 관계가 곧 여성을 예속시킨다고 보았던 사회주의 계열의 혁명적인 여성 투사들도 더러 있었지만 이 경우에도 사회주의 이념은 오히려 여성 투사들에 대한 남성들의 공공연한 성 착취를 합리화하곤 했다. 젊은 여성들, 특히 교육받은 여성들은 대부분 원가족(부모)의 간섭과 통제에서 벗어나 스스로 사랑의 상대를 선택할 수 있는 권리를 갖는 것이 곧 신성한 개인의 권리를 쟁취하는 것이라고 생각했다. 여성들뿐 아니라 남성들에게도 사랑은 중요한 것이었지만 사랑을 쟁취하고 지켜내야 한다는 의무감은 여성들에게 더 많이 부과되었다. 여성들이 사랑을 지키기 위해 목숨을 거는 춘향의 행위를 열렬히 예찬하는 것은 자연스러운 일이었다.

(A)

김동환: 〈춘향전〉 모양으로 꿈 같은 몽룡의 대과 급제가 없었더라면 결국 춘향은 자살함이 최선의 길이었겠고 옥에 찾아간 몽룡이도 그 때 춘향과 함께 정사情死함이 옳지 않

겠어요? 만일 그렇지 않았다면 춘향, 이도령도 모두 흔히 있는 창부 탕자일 뿐이지요.

모윤숙: 그렇지요. 죽어야 옳지요.

이선희: 죽는 길이 둘에게는 가장 행복한 일이겠지요.

최정희: 자아의 신성성과 제 존엄이 여지없이 짓밟혀지는 때, 영靈의 고양이 있서야 하겠지요. 그 고양이란 사死에의 비약일 뿐이라 하겠지요.[23]

(B)

춘향전에 나오는 「춘향」이 아마 내가 가장 좋아하는 여성이리라. 춘향은 그때 사회에 있어 모든 권위에 반항하였다. 돈 있는 사람엔 돈에, 지위 있는 사람엔 지위에, 어쨌든 모든 권위에 가장 대담하게 또 솔직하게 반역하였다. **그가 자유연애를 고조高潮한 것도 반역적 사상 감정의 일단에 다름 아니다.**(작가 최서해의 언급—인용자) …… 조선이 가진 걸작 춘향전의 「히로인」인 춘향—남국정열을 가득 담은 남원 땅의 성춘향이야말로 내가 가장 이상하고 또 좋아하는 여인으로서 첫손을 꼽을 여자이기 때문이다. 그 이유는 첫째, 미천한 신분으로 대관의 아들과 참된 사랑을 맺었다가 작별 뒤까지 그 절개를 지키고자 다음에 오는 위정자—즉 가장 부패하고 탐욕적이었던 「사또」의 청을 거절한 까닭에 모든 사람이 **그의 권력 앞에는 무조건하고 굴복하고야 마는 그때 세상에 있어 일개 연약한 그리고 세상**

물정에 경험이 없는 그 순진한 소녀는 용하게도 모진 매와, 사람으로서는 가히 받지 못할 심한 악형을 받아가면서 또 컴컴한 옥중에서 자기를 동정해주어야 할 주위 사람의 조소를 받아가면서까지 한번 품은 뜻 반석 같은 의사—간악한 위정자에게 한번 든 **반항의 깃발**을 꿋꿋치 세운 채로 사악한 세인의 조소와 곁눈도 안 뜨고 초지를 기어이 관철하고야만 용감한 그 기개 그 절조가 독자로 하여금 가슴을 힘차게 울리게 한다. 이 **꿋꿋한 성격**이 나로 하여금 좋아하게 하는 첫 조건이 될 것이다.(작가 주요한의 언급—인용자)[24]

(C)

자기가 춘향을 존경하는 것은 그 시대의 도덕을 존경하는 것과는 의미가 다르다는 것. 사랑을 위해서라면 모든 것을 바치는 **열렬한 정열과 한번 허락한 약속을 위해서라면 죽음을 내기해서라도** 그것을 지키는 신의—이것은 확실히 사람의 아름다운 점이란 것을 말하였다.[25]

인용문 (A)는 식민지 시기 여성 작가들의 좌담회, (B)는 근대 작가들이 선정한 좋아하는 소설 속 여성 인물에 대한 설문의 일부, (C)는 1930년대의 어느 신여성이 내린 춘향에 대한 평가이다. (B)의 인용문은 1931년 《삼천리》 12월호에 실린 설문 조사의 일부인데, 《삼천리》 편집진이 문인들에게 가장 좋아하는 소설 속 여성 인물이 누구냐고 물었을 때 작가 최서해와 주요한은 춘향을 꼽았다. 춘향이 '반역성'(최서해), '절개'(주요한) 등을 지니고 있다는 이유에서였다.

(A), (B), (C) 인용문 모두 근대 이후 이른바 신학문을 공부한 이들(작가나 기자나 신여성)에게 춘향이라는 캐릭터가 어떻게 이해되었는지를 선명히 보여준다. 춘향의 행위는 자아의 신성성, 자유연애, 권력에 대한 항거, 죽음을 불사하는 열렬한 사랑 등으로 설명된다. 이 키워드들을 모두 종합할 수 있는 상위 개념이 있다면 그것은 바로 '낭만적 사랑'일 것이다. 유일한 사랑, 사욕 없음, 개인의 주권, 개인의 영혼과 육체의 융합, 법적·도덕적 질서에 대한 전복적 힘 등으로 표현되는[26] 낭만적 사랑은 18세기 후반 서구에 등장한 근대성의 핵심 개념 중 하나이다.[27] 문제는 앞서 언급했듯이 이 낭만적 사랑이 젠더 및 계급 불평등 속에서 여성의 희생을 강요하는 논리로 작용했다는 점이다.

위의 인용문들에서 춘향의 행위에 대한 남성과 여성의 평가는 내용상 비슷하지만 어조는 사뭇 상이하다. 여성들은 춘향이라는 인물에게 감정이입 하면서 자신도 춘향처럼 그렇게 해야 마땅하고 춘향처럼 하는 것이 더없이 아름다운 것임을 말한다. 그러면서 이들은 춘향에게 감정이입 된 자신에게 도취되어 있는 듯한 어조로 말한다. 이와 달리, 남성들은 춘향을 평가하는 위치에서 춘향의 행위를 '기특하게' 여긴다. 인용문 (B)의 남성 작가들은 목숨을 걸고 권력에 저항한 춘향의 행위를 높게 평가하지만 춘향에게 자신의 감정을 이입하기보다는 평가자의 위치에서 춘향을 바라보고 있다. 자신이 춘향과 같은 처지에 놓일지도 모른다는 가정이 이들에게는 없다.

당시 사랑에 내재한 불평등한 권력관계를 적극적으로 재해석한 춘향전 개작 텍스트는 없었던 듯하다. 오히려 춘향전은 사랑에 대한 판타지를 남성과 여성 모두에게 심어주는 텍스트로 꾸준히 기능했다. 이몽룡은 신분 차이를 뛰어넘어 춘향과의 사랑을 지켜내지만 결코 목숨이 위태로워지는 위기에 처하지는 않는다. 그는 상층부 양반의 기득권, 즉 세도가의 딸과 결혼할 때 누릴 수 있는 '특권'을 내려놓았을 뿐이다. 반면 춘향은 목숨을 건 모험을 감행한 다음에야 비로소 그 진정성을 인정받는다. 끊임없는 도전과 시험을 이겨내는 여성만이 그 가치와 진정성을 인정받을 수 있다는 구도는 그 자체로 남성 권력을 확인하고 여성에 대한 지배를 강화한다. 춘향이 기생의 딸이라는 유별리 눈에 띄는 계급적 약점을 갖고 있기 때문에 '꽃뱀' 취급을 받지 않으려면 목숨을 내놓고 자신의 진정성을 입증해야 하는 처지에 있었던 것은 사실이다. 그러나 춘향에 비해 딱히 눈에 띄는 약점이 없어 보이는 20세기 조선의 엘리트 여성들, 특히 자신의 엘리트 신분에 걸맞은 지식인 남성과 결혼해야 하는 신여성들 역시 춘향과 별반 다르지 않았다. 오히려 교육을 받았다는 것 자체가 이들에게는 약점 그 자체였다.

춘향의 사랑을 예찬했던 위 인용문의 신여성들은 자유연애의 장에 뛰어들어 직접 사랑하는 남성을 찾고 사랑의 진정성을 입증해야 했다. 그러나 현실은 녹록지 않았다. 연애를 하는 여성들은 평판이 깎이고 명예가 훼손되기 일쑤였으며 때로 남성들에게 손쉽게 성적으로 이용당하기도 했다. 당시에 신문과 잡지를 장식했던 여성 지식인들에 관한 가십만큼 이들의 이중 구속 상태를 잘 보여주는 것도 없다. 여성 지식인들은 사랑의 절대적 가치를 믿었지만 정작 남성과의 관계에서 그 절대적 가치를 실현하기는 매우 어려웠다. 그들이 선택한, 혹은 그들을 선택한 남성들은 조혼한 아내가 있는 유부남인 경우도 있었고 신여성을 성적으로 이용하려는 목적을 가진 남성도 있었고 여성과의 관계 맺음을, 마치 훈장을 단 것처럼 떠벌리고 다니는 남성도 있었다. 식민지 시기 지식인 여성들의 사례를 살펴보면, 사랑이 자신의 영혼을 고양할 수 있을 것이라고 여겼던 그들의 신념과는 달리 정작 사랑이 여성들에게 감옥이 되곤 했던 사실을 종종 확인할 수 있다. 사랑과 결혼의 장에서 여성은 하나의 거대한 피지배 계급이었다. 그들은 자신의 사랑의 진정성을 입증해야 했고 그 과정에서 진정성을 갖추지 못한 여성 타자들—타락한 신여성, 방종한 모던 걸 혹은 돈을 받고 섹스를 파는 매춘부 등과는 '다르게' 성욕이나 돈 때문에 남성을 좋아하는 것이 아니라는 것을 보여주어야 했다. 춘향은 그것을 입증하기 위한 위험천만한 모험에서 살아남아 양반의 아내가 되는 해피엔딩을 맞이했지만 현실의 여성들에게 그런 '해피엔딩'은 쉽게 허락되지 않았다. 그들이 실제로 어떤 삶을 살았는지 말해주는 사례는 너무나도 많다. 한순간의 외도로 모든 것을 빼앗기고 이혼당한 나혜석, 유부남과 사랑에 빠졌다가 그와 함께 현해탄에서 실종된 윤심덕, 온갖 풍파를 겪고 여승이 된 김원주, 호적에 오르지 못한 아내였던 최정희 등의 삶을 보라. 이는 현실 속에서 여성들에게 낭만적 사랑이 매우 위험한 논리였다는 사실을 보여준다.

기생 최봉선, 춘향을 기리다

단언컨대 춘향을 싫어하는 남성도, 여성도 당시에는 없었다. 여성 지식인들도 춘향을 흠모했다. 그렇다면 기생들에게 춘향은 어떤 인물이었을까? 당시의 기생들은 춘향이라는 인물을 어떻게 바라보았을까? 기생들에게도 춘향이 사랑과 저항 정신을 대변하는 아이콘이었을까? 기생들에게 춘향은 보다 더 특별한 인물이었을 것이다. 춘향이 바로 기생의 딸이었기 때문이다.

작품 속의 춘향은 양반인 아버지와 기생인 어머니 사이에서 태어난, 양반의 서녀庶女였다. 하지만 어머니의 신분을 따라야 하는 조선 시대의 종모법從母法에 따라 기생이 될 수밖에 없었다. 그런데 기생은 천민 신분에 속하면서도 다른 천민들과 다른 특별한 지위를 점했다. 기생은 글을 읽을 수 있었고, 때로는 동등하게 양반가 남성들과 예술에 대한 의견을 주고받기도 했다. 당시 남성들이 부르던 해어화解語花, 즉 '말귀를 알아듣는 꽃'이라는 뜻을 지닌 별칭은 이런 맥락에서 등장했다. 또한 기생들은 공동체가 위기에 처할 때 몸소 나서서 어떤 역할을 하는 의식 있는 집단으로 취급되기도 했다. 특히 임진왜란 시기에 활약한 진주의 논개와 평양의 계월향은 용감하고 의식 있는 기생의 대명사로 손꼽힌다.

> 국가를 위하고 민족을 위하야 몸을 희생하던 진주의 논개와 평양의 계월과(속칭 월선) 같은 여장부를 다시 볼 수 없다. 남원의 춘향(사실유무는 별문제), 춘천의 계심이 같은 정절도 볼 수 없다. 전일의 소위 기생재상이라던 평은 변하야 기생비상 기생고생이 되게 되였다. 이것은 시대의 관계도 물론 있지만은 어찌 기생의 타락이라 말하지 아니할까.[28]

위 인용문에 따르면, 기생은 미천한 신분이지만 위기의 순간에 자신을 던져 민족을 위해 공헌하거나, 남성들에게 유흥을 제공하면서도 춘향처럼 절개를 지키는 고결한 면모를 보여주었다. 그러나 인용문의 필자는 세상이 바뀌어 이런 기생의 전통이 사라지고 기생이 비상을 먹고 자살하는 상황에 놓이거나 고생스러운 삶을 살며 또한 그들의 지적 수준도 매우 낮아졌음을 한탄하고 있다. 필자는 논개, 계월향 등을 예찬하고 있지만 이러한 예찬은 결국 기생에 대한 조선조 가부장제의 위선과 이중적 태도를 드러내면서 동시에 이러한 위선과 이중성이 식민지 시기에도 지속되었음을 보여준다. 조선의 최하위계층에 속한 이 '여성 천민'들을 평소에는 천시하다가 나라가 위기에 처할 때 '애국심'을 발휘했다는 이유로 떠받드는 데서 기생에 대한 사회적 이중성이 고스란히 드러나 있기 때문이다.

다른 한편, 위의 기사에서는 시대는 변했지만 당시의 사회가 여전히 기생들에게 일말의 기대를 품고 있었다는 점도 암시되고 있다. 이러한 사회적 기대를 기생들이 의식했기 때문인지, 기생으로서의 자존감 때문인지, 가부장제 사회에서 인정받으려는 욕망 때문인지, 강한 민족주의 의식 때문인지, 실제로 기생들의 사회참여는 식민지 시기까지 활발히 이루어졌다. 3·1 운동 당시 기생들이 집단적으로 만세 운동에 참여한 것이나,[29] 기생들이 각종 기금 마련 행사에 자원하여 모금 운동을 벌인 예들은 매우 흔하게 발견된다. 기생 출신으로 만주에서 독립운동을 한 현계월이나 후일 거물급 사회주의자가 된 정칠성의 사례도 결코 우연히 일어난 것이 아니었다. 물론 이들은 흔히 '예기藝妓'라 불리는 기예 수준이 매우 높은 기생들이었고, 다른 기생들에 비해 기생으로서의 자부심도 강했다.

기생들이 춘향을 특별한 인물로 생각하게 된 것도 바로 이 '예기'들이 지닌 특별한 의식구조와 깊은 연관이 있다. 20세기 일부 기생들은 더 이상 '기생'을 신분으로서 받아들이지 않았고, 자신들의 일을 경제적 자립을 위한 자본주의 사회에서의 한 '직업'으로 인식했다. 하지만 그러면서도 기생에 대한 전통적인 기대(자존감과 품위 유지)를 저버리지 않으려 했고, 자신들이 공동체에 어떤 역할을 해야 한다는 의식을 유지하고자 했다. 이러한 기생들의 의식구조는 춘향이라는 인물을 관통하는 춘향전 서사와 상당 부분 중첩된다. 무엇보다 기생의 딸로 태어났지만 권력에 굴복하지 않는 대담한 면모 등은 당대의 기생들에게 매우 인상 깊게 각인되었을 것이다.

기생들이 식민지 시기에 제작된 토키 〈춘향전〉의 열혈 관객이었다는 것은 식민지 시기의 여러 문헌에서도 간접적으로 등장한다. 박태원은 1936년 《조광》에 연재한 장편소설 《천변풍경》에서 그 풍경을 꽤 생생히 그려냈다. 서울 청계천 주변에 거주하는 다양한 인물 군상을 포착한 이 소설에는 '취옥'이라는 이름의 기생이 등장한다. 소리를 잘해서 라디오 방송에도 출연하곤 하는 취옥은 토키 〈춘향전〉이 제작되었다는 소식을 듣고 기생 동료들과 함께 단체로 영화관에 갈 계획을 세운다. 물론 그 비용을 댄 것은 취옥에게 잔뜩 공을 들이고 있던 한량 '민 주사'였지만 말이다.

기생들이 춘향을 흠모했다는 사실은 지금까지 계승되고 있는 남원 '춘향제'를 발의한 주체가 다름 아닌 기생들이었다는 점을 통해서도 알 수 있다. 기생들이 1931년 광한루 동편에 춘향의 사당을 짓고 매년 단오에 춘향을 기렸던 행사가 오늘날의 지역 축제인 춘향제로 이어졌다.[30] 그 춘향제의 출발점에 남원권번의 기생 최봉선이 있었다. 앞서 언급한, 군중을 운집시켰던 김은호의 춘향 초상 역시 춘향제 이벤트의 일환으로 대중에게 공개된 것이었다.

> 조선이 낳은 전설의 가인 성춘향의 정조를 길이길이 기리기 위하여 남원권번의 홍군낭자들이 심혈을 다 바쳐 춘향

과 몽룡이 백년 가약을 속삭이던 광한부 동편에 춘향열부사春香烈婦祠를 건축한 지도 3년을 맞이하게 되었으므로 오는 오월 단오일을 기하여 열행제를 성대히 거행한다는 바 남원 유지 제씨들은 남원 번영을 위하야 각종 여흥으로 이채 있는 남원을 장식한다고 준비에 분망 중이라 한다.[31]

1931년부터 시작된 춘향제는 춘향에 대한 제사(당시 표현으로는 '춘향의 굿') 의례는 물론이고 영화 상영, 궁술 대회, 씨름, 테니스, 백일장 등 각종 여흥거리까지 두루 갖춘 근대적 성격의 축제였지만[32] 원래는 춘향에 대한 기생들의 순수한 흠모에서 비롯된 행사였다. 춘향제를 조직하는 과정에서 공식적인 발의자는 지역의 남성 유지들인 것으로 알려져 있지만 애초에 춘향제를 제안하고 이를 실현시킨 사람은 바로 남원권번의 기생 최봉선이었다.[33]

부산 출신으로 1920년대 남원권번의 기생이었던 최봉선은 춘향을 몹시 흠모했다. 1924년 그는 춘향 사당(춘향사)을 짓기로 결심한다. '퇴기退妓'의 딸인 춘향의 사당을 짓는 것에 대해 유지들의 반대가 있었으나, 최봉선은 자신의 사재 200원을 건립 비용으로 내놓고 남원권번의 동료들을 설득해 모금 운동을 벌인다. 우여곡절 끝에 1931년 춘향사가 건립되었고 춘향 제사를 남원권번의 기생들이 담당하면서 춘향제는 정기적인 행사가 되었다. 최봉선은 해방 후에도 남원에서 살며 '부산관'이라는 이름의 요릿집을 운영했고 명절 때가 되면 홀로 춘향사를 찾아 머물

춘향제를 시작한 예기 최봉선과 1930년대 초의 춘향사. 《조선일보》, 1931.5.28.

왼쪽 그림이 강주수의 춘향 초상화이며, 오른쪽은 전쟁 중에 소실된 춘향 초상화를 1961년에 김은호가 다시 그린 것이다.

다 가는 등 한평생 춘향에 대한 흠모를 간직했다.[34]

춘향사 건립과 함께 춘향제가 시작된 1931년, 춘향사에는 당시 '진주 강씨'로만 알려진 화가 강주수가 그린 춘향 초상화가 걸렸다. 이것이 총독부 경제 관료 출신인 하야시 시게조가 속악하다는 이유로 교체할 것을 제안한 바로 그 초상화이다. 하야시가 못마땅하게 여긴 이 초상화는 춘향의 중년 모습, 즉 어사의 부인으로 당당히 선 양반가 부인의 외양을 띠었다. 반면 하야시의 요청으로 1939년 김은호가 새로 그린 춘향은 (남성들의 성적 대상이 되는) 앳된 '처녀'의 모습이었다. 최봉선은 김은호가 다시 그린 춘향 초상에 적잖이 불만을 품었던 듯하다. 결국 춘향사에 두 장의 춘향 초상화가 있었던 것인데 최봉선이 한국전쟁 당시 피난을 떠나면서 챙긴 초상화는 강주수가 그린 춘향 초상화였던 것으로 추측된다.[35] 그 결과 최봉선이 챙기지 않은 김은호의 그림은 전쟁 중에 소실되었고, 김은호는 1939년에 그렸던 것과 유사하게 1961년 춘향 초상화를 다시 그렸다.

피난길에 나선 최봉선은 왜 강주수의 춘향 초상화만 챙겼을까. 그 이유를 다음과 같이 짐작해볼 수 있다. 우선 애초에 최봉선은 김은호의 춘향 초상화가 일본인의 요청에 따라 그려진 것에 큰 거부감을 가졌던 것으로 추측된다. 최봉선은 춘향사 건립을 직접 발의한 것은 물론, 기근 구제를 위한 지역 모금 행사에서 공연하고 기부할 정도로 '의식 수준이 높은' 기생이었다. 더불어 최봉선은 강주수의 춘향 초상화가 양반가에 성공적으로 안착한 중년의 춘향을 그린 것에 높은 점수를 준 듯하다. 그 그림 속 당당하고 위엄 있는 여인이야말로 최봉선이 보고 싶어 하던 춘향의 모습이었을 것이다.

최봉선은 1929년 남원권번에서 같이 일하던 동생 최수련의 음독자살이라는 비극적인 사건을 겪었다.[36] 식민지 시기 기생들이 자신의 처지를 비관하여 음독자살을 선택하는 것은 매우 흔한 일이었다. 때때로 기생들은 연인과 같이 죽기도 했다. 어쩌면 음독은 가난한 집안의 딸로 태어나 기생으로 팔려 가고, 집안 식구들에게 경제적으로 착취당하던 이들이 더 이상 삶에서 어떤 희망도 찾지 못한 채 내려야 했던 최후의 결단이었을지 모른다. 가부장제 사회의 피해자임에도 평생 강도 높은 억압과 착취, 차별을 겪으며 살아야 하는 처지가 그들의 음독자살의 이유를 설명해준다.

최봉선에게 동생의 죽음은 남다른 의미로 각인되었던 듯하다. 실제로 그는 최수련을 떠나보낸 후 춘향사를 세우는 일에 매진했다. 최봉선이 춘향이라는 인물을 기린 것은 결혼이라는 성공과 보상보다도 양반과 싸워 이겨낸 춘향의 정신을 높이 샀기 때문이 아닐까. 어쩌면 최봉선은 춘향의 초상에서 역경을 이겨내고 꼿꼿이 선 한 여성의 모습을 보았을 수도 있다.

춘향사는 건립될 때부터 기생을 위한 사당을 짓는 데 대한 여러 논란에 휩싸였으나, 이런 상황에서 최봉선은 일관되게 춘향을 '열녀'라고 주장했다. 물론 이것이 가부장제 사회 혹은 남성들이 예찬해 마지않는 춘향의 가치라는 점을 상기할 때 기생들이 남성들과 동일한 이유로 춘향을 흠모한 것이 아닌가 하는 합리적 의심을 제기해볼 수도 있다. 그러나 최봉선과 같은 기생들이 가부장제의 벽을 뚫고 저항한 춘향의 태도를 기민하게 알아보지 못했다고 확정해 말할 수 있는 근거는 어디에도 없다. 정절을 지켜낸 열행이 아니라 춘향이 가졌을 법한 분노와 저항이야말로 기생들의 마음 가장 깊숙한 곳에 자리하고 있었는지도 모른다.

또한 당시 기생들은 가부장제가 허락한 언어 혹은 낭만적 사랑에 대한 예찬과 열녀 담론 뒤로 자신들의 욕망을 숨길 수밖에 없었다. 그러나 기생들은 동일하게 낭만적 사랑을 예찬한 신여성들과 전혀 다른 처지에 놓여 있었다. 적어도 신여성들이 자신이 낭만적 사랑을 '실현'할 수 있다는 믿음이라도 가질 수 있었던 데 비해, 기생에게 낭만적 사랑은 애초 이뤄질 수 없는 '헛된 꿈'에 불과했다. 남성 고객과 진짜로 사랑에 빠진 기생들 중 상당수가 음독이라는 극단적 선택에 이르게 된 것도 바로 이런 이유 때문이었다.

춘향의 신분을 문제 삼고 춘향제의 적절성을 따져 묻는 이들에게 '열녀' 춘향의 면모를 강조하며 지역 유지들을 설득하고자 했던 최봉선을 과연 어떤 식으로 이해할 수 있을까. 최봉선과 기생들의 속마음을, 비천한 여성의 신분으로 살아가며 품을 수밖에 없었던 인정 욕망과 남성들에 대한 원한과 복수심 사이의 어디쯤에서 찾아야 하는 것은 아닐까. 물론 이는 어디까지나 조심스러운 추측일 뿐이다. 이들이 춘향을 추앙함으로써 '천한' 기생 신분의 한계를 넘어 인륜과 도의, 민족적 정체성을 사수하려 한 '기특한' 여성들인지(바로 이것이 남성들의 시선일 것이다), 이면에 전혀 다른 욕망을 간직했던 주체인지, 그 양자 사이에서 어느 하나만을 그들의 속마음으로 선택할 수는 없다. 기생들의 여러 모습은 뫼비우스의 띠처럼 서로 연결되어 있다.

2장

춘향전의 이데올로기와 프로파간다

2장

춘향과 엘레나, 수절과 과업 잇기

가부장제는 가부장제의 가치와 통제를 따르는 여성들을 예찬하고 이상화한다. 예찬과 숭배는 여성들에게 가부장제가 부여하는 최고의 보상이다. 실제로 춘향은 '열녀'로 추앙되었고 춘향의 사랑은 유행을 좇으며 틈나는 대로 애인을 자주 교체하는 경박한 20세기 모던 걸들과 대비되는 사랑의 모범적인 사례였다. 《별건곤》에 실린 〈몽견춘향기夢見春香記〉에서 꿈에 나타난 춘향은 세태, 정확하게는 여성들의 방종한 행태를 꾸짖는다.

> 더구나 요새 소위 신식여류들의 말로를 가만히 보면 김남이남金男李男으로 전전할 때에는 입으로라도 무엇이니 무엇이니 하고 떠들고 다니다가, 어쩌다 살림이라고 차리게

> 될 날부터는 동지라든지 친구가 찾아오는 것까지 싫어하는 것입니다. 그리고 본다면 그가 해방운동을 해온 것이 안이라 구남求男운동, 탐남耽男운동을 해온 것이 아닙니까? …… 어떤 남녀를 막론하고 자기네 자신들이 최선의 생활을 위하여서나 일반 사회의 풍기를 위하여서나 최고가의 사랑을 가져 보기 위하여서나 일생일환一生一環이란 것입니다. 요새 같이 반지가 흔한 세상이라 하여 남자가 일평생에 반지를 몇 십 개라도 살 수 있다고 살 것이 아니라 자기 일평생에 한 개 반지만을 살 것이요. 여자도 하룻밤에라도 몇 개씩 받을 수 있다하여 열 손가락이 모자라게 받을 것이 아니라 자기 일평생에 목숨에 맹세하고 단 한 개 반지만을 받으라는 것입니다.[1]

'팔각정 이도령'이라는 저자는 꿈에서 흠모해 마지않는 춘향을 보게 된다. 꿈에서 본 춘향은 작심하고 젊은이들의 사랑 행태에 대해 일갈한다. 특히 신식 여성들은 남성처럼 머리를 짧게 자르고 급진적인 사상가인 양하지만, 실상 그들은 여러 남성을 전전하고 자신을 사상적 동지로 여기는 남성이 감옥에 간 사이 그를 배신하고 다른 남성에게 옮겨 가기까지 한다는 것이다. 꿈속에서 춘향은 '일생일환', 즉 한 생애에 반지는 한 개뿐이라며 낭만적 사랑의 전형적인 레토릭을 펼쳐놓는다.

춘향으로 상징되는 열녀는 조선 시대와 같은 전근대 신분제 사회에서 추앙된 여성상이지만 20세기에 와서도 지속적으로 예찬되었다. 오히려 여성들의 고삐 풀린 연애를 열녀 담론이 지속적으로 통제해왔다고 해도 과언이 아니다. 이전과 차이가 있다면 여성들을 통제하면서 내면화된 유교적 이념이 아니라 유일한 사랑에 대한 헌신이라는 여성의 자발성이 더 강조되었다는 점이다. 여성의 섹슈얼리티에 대한 통제는 여성들의 자발적인 '사랑'을 이용했고 여성들에게 사랑이 강조되는 한 여성들은 통제되기 쉬운 가장 취약한 존재가 되었다. 열녀라는 단어로 지칭되지는 않았지만 한 남성에 대한 사랑을 변심하지 않고 지켜내는 여성들에 대한 예찬과 숭배는 춘향전이라는 텍스트와 함께 지속적으로 등장했다. 근대의 열녀 담론은 전근대 시대에서처럼 무조건적인 희생을 강요하는 양상과 사뭇 달랐다. 여기에 다시 춘향이 모범적인 사례로 어김없이 등장한다.

> 춘향이 그렇게 수절한 것은 물론 양반의 도덕적 의식이 풍부한 이유지만 그 이면을 사고해보면 자기의 정조가 깨어지면 애인의 정신상 행복을 해할가 염려하고 애인을 그리워하며 애인에게 자기의 생명을 바치느라고 신관新官으로 인하여 그렇게 자기의 몸을 참혹히 희생시키면서도 오히려 수절하였으며 그것이 자기의 양심상 희열이 된 것이다.[2]

춘향은 열녀로서 추앙되는 인물이지만 춘향을 호명하는 근대의 많은 인용문들은 열녀라는 인물상을 단지 규율로 제시하며 강요하지는 않는다. 열행烈行은 어디까지나 사랑하는 사람을 위한 것이었다. 열행의 가치는 변화에 민감한 지식층보다 민중 사이에서 20세기 이후에도 훨씬 오랫동안 지속되었다. 17세기 이후 열행의 가치가 평민 이하의 기층 민중에게까지 파고들었기 때문이다. 개화기를 지나 식민지 시기에도 열행이 꽤 지속적으로 나왔음을 신문 기사를 통해 알 수 있는데 열행의 방식이 여전히 매우 충격적인 방식으로 행해졌다. 식민지 시기 일간지들에는 죽어가는 남편을 위해 단지斷指하거나 따라 죽은下從 여성들의 사연 혹은 죽은 약혼자의 묘 앞에서 결혼식을 올린 사연[3], 심지어 나병 환자인 남편에게 살을 베어 먹여 남편이 쾌차[4]했다는 기사도 유포되었다.

이러한 기사들이 미담의 예로 유포되었다는 사실은 20세기 전반부에도 열녀 예찬이 광범위하게 존속하고 있었음을 보여준다. 일간지에서 기층 민중의 열행을 미담으로 유포한 것은 조선총독부와 유림층의 일치된 이해관계 때문이었다. 조선총독부는 필요에 따라 유교를 효과적인 통치 전략으로 사용했고 이러한 전략은 근대적 지식인의 출현으로 권위가 흔들린 유림층의 호응을 이끌어냈다.[5] 지역 유지들과 같은 민간이나 도의회, 도청 그리고 조선총독부가 과부들에 대해 '열부, 절부, 효부' 등의 명목으로 표창한 사례도 있었다.[6] 열녀와 같은 유교적 덕목을 내세워 여성들을 순치하는 전략은 이렇듯 유림층과 총독부의 공통적인 이해에 기반을 두고 있었다.

기층 민중의 열행을 통제에 이용하려는 유림층과 총독부의 통치 전략은 새로운 지식의 세례를 받은 지식인들의 연애 담론에는 영향을 미치지 못했다. 오히려 일견 20세기의 남성 지식인들은 열녀라는 단어에 매우 비판적이었던 것으로 보인다. 특히 열녀를 가장 맹렬히 비판한 이들은 여성들이 '비자발적으로' 열녀 되기를 강요당한다는 점을 근거로 들었다. 근대 작가 주요한은 "열녀불경이부烈女不更二夫의 구도덕은 영아 살해의 참극을 연출하며 사랑 없는 가정을 형식상으로만 유지하게 한다"[7]면서 자발적이지 않은 열행을 비판한 바 있다. 부모의 선택에 의해 어릴 적 혼인하는 조혼과 마찬가지로, 열행을 개인의 선택의 자유와 자율성을 침해하는 것으로 보았기 때문이다.

이 남성 지식인들은 남겨진 아내가 남편을 따라 죽거나 혹은 수동적으로 정절을 지키는 것보다 남편의 과업을 물려받는 것을 원하는 축이었다. 특히 죽은 남편이 공동체를 위한 '큰일'을 하다 죽은 경우에 더욱 그랬다. 사회주의자이자 상해에서 독립운동을 하던 현정건이 죽자 그의 처 윤덕경이 자살한 사건에 대한 당대의 반응이 이를 입증한다. 1932년 현정건이 감옥에서 나온 뒤 사망하자 아내인 윤덕경 역시 유서를 남기고 자살한다. 윤덕경은 부유한 명문 양반가의 딸이었지만 결혼 전에는 신식 교육을 받지 못했다. 윤덕경이 학교를 다닌 것은 결혼 후 남편이 홀연히 상해로 가 소식이 없던 시절, 시댁을 떠나 서울로 이주하면서부터였다. 자수 솜씨가 좋았던 윤덕경은 몇몇 여학교에서 자수 교사를 하기도 했지만 당시 기준으로 보면 신여성이라기보다는 '구여성'에 가까웠다.[8] 소설가 현진건의 형이기도 한 현정건과 윤덕경의 결혼 생활은 23년에 달했지만 실제로 그들이

동거한 것은 5~6개월에 지나지 않았고 슬하에 아이도 없었다. 게다가 현정건은 당시에 기생 출신의 의열단 단원인 혁명 투사 현계옥과의 로맨스로도 유명한 인사였다. 윤덕경이 세상이 다 아는 남편과 현계옥의 관계를 몰랐을 리 없지만 그는 남편이 죽은 지 40여 일 후에 음독자살을 하고 만다. 그녀의 유서에는 남편과 같이 묻어 달라는 유언이 남겨져 있었다.

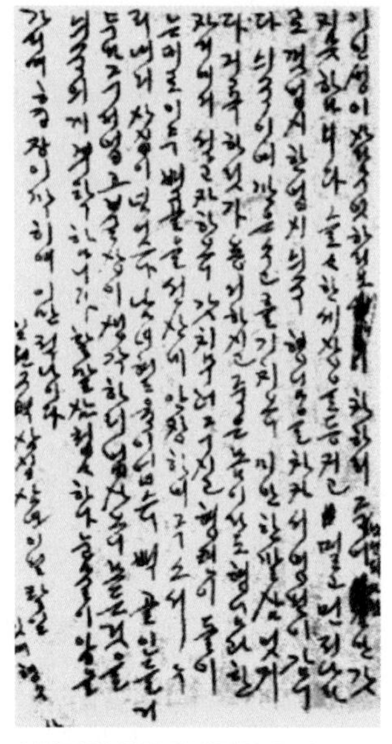

일간지에 실린 윤덕경의 유서. 《동아일보》, 1933.2.12.

당시의 일간지와 잡지 들은 윤덕경의 순종殉終을 언급하면서 남편의 사업을 '이어서 하지 않고 죽었다는 사실'에 유감을 표명했다.[9] 단순히 죽은 남편을 따라 죽는 것이 아니라 그의 유지까지 받들어야 한다는 주장을 들여다보면 오히려 열녀의 조건이 더욱 강화된 듯한 인상마저 준다. 당대의 공론장을 장악한 지식인 남성들은 아내가 진정한 근대적 열녀가 되려면 평생 소복을 입고 정절을 지키며 남편을 추모하기만 해서는 안 되고 이에 남편이 하던 일을 이어받아야 한다는 의무까지 얹고 있었다.

죽은 남편 혹은 연인의 뜻과 사업을 이어받는 강인한 여성의 이미지에 관해서 언급할 만한 작품은 러시아 작가 투르게네프의 〈그 전날 밤〉(1860)이다. 이 소설은 1920년대 초부터 극작가 현철과 소설가 조명희에 의해 〈그 전날밤〉 혹은 〈격야隔夜〉로 번역, 소개되었고 남녀 주인공인 인사로프와 엘레나는 소설을 즐겨 읽는 당시 남녀들에게 매우 친숙한 이름이 되었다. 〈그 전날 밤〉은 오스만제국 치하의 불가리아를 위해 독립운동을 하러 조국으로 가던 차에 인사로프가 갑작스럽게 사망하자, 러시아 여성 엘레나가 사랑하는 남자의 조국을 위해 모든 것을 버리고 헌신할 것을 다짐한다는 내용의 소설이다. 투르게네프의 원작 소설은 식민지 조선의 남녀들에게 도달하기까지 몇 차례의 번역과 개작 과정을 겪었다. 이 소설은 먼저 일본의 러시아문학 번역가인 소마 교후相馬御風에 의해 1907년에서 1908년 사이에 번역되었고 이후 1915년경 구스야마 마사오楠山正雄에 의해 연극 상연을 위해 각색되었다. 구스야마 마사오의 각색 버전에서 인사로프와 엘레나의 성격 변화는 특기할 만하다. 투르게네프의 원작 소설에서 불가리아 출신 유학생인 인사로프가 독립운동을 하러 조국으로 향하는 것과 달리, 각색 버전에서 인사로프는 이미 혁명당의 수장이자 전투적 혁명가인 것으로 그려졌고, 엘레나도 신여성이자 혁명적인 여성으로 바뀌었다.[10] 구스야마 마사오의 각본을 그의 제자인 극작가 현철이 다시 조선어로 번역했는데, 현철은 구스야마 버전에서 강화된 주요 인물들의 혁명적인 성격을 그대로 유지하여 번역했다. 주요 인물들의 혁명적 성향은 오히려 일본에서보다 일제 치하의 조선 젊은이들이 훨씬 더 공명하는 요소가 되었다.[11]

연인이 죽은 후에도 그를 사랑하며 연인의 나라를 위해 헌신하고자 다짐하는 엘레나는 조선의 남성 독자들에게 지속적으로 근대적 타입의 열녀 판타지를 제공했다. 당시 일본의 식민지였던 조선의 남성들이 불가리아 독립운동가인 인사로프에게 동질감을 느낄 이유는 충분했다. 당시에 연인이나 남편이 정치적인 이유로 감옥에 간 후 그를 배신하고 다른 남성의 연인 혹은 아내가 되는 상황이 종종 있었던 만큼, 연인의 과업을 이어받는 엘레나는 동지이자 연인으로서 많은 남성 작가들에 의해 춘향만큼 이상적인 여성상으로 자리 잡았다. 현진건의 〈지새는 안개〉(1923), 나도향의 〈별을 안거든 울지나 말걸〉(1922), 이태준의 《불멸의 함성》(1934~1935) 그리고 그 외 다수 소설에서 이상을 좇는 남성 인물들은 자신을 〈그 전날 밤〉의 인사로프와 동일시하고 사랑하는 여성에게 자신의 엘레나가 되어줄 것을 호소한다.

극작가 현철(1891~1965)

> 이윽고 창섭은 그 이야기를 시작하였다. 처음에는 말하기가 매우 거북살스러운 듯이 따듬따듬하다가 차츰차츰 신이 나서 스스로도 놀랄만한 웅변으로, 없어진 조국을 건지려고 이국수토에 망명객이 되어 심혈을 뿌리는 불가리아 혁명당 수령 인사로프와 그에게 뜨거운 사랑을 바치는 노

서아의 아름다운 처녀 엘레나 사이에 얽히고설킨 비장하고도 농염한 연애소설을 이야기하였다. 그리고 엘레나가 인사로프를 사모하는 대문에 이르자 그의 목소리엔 더욱 힘이 있고 열이 있었다.

「엘레나는 불같은 사랑을 위하야 모든 것을 버렸습니다. 고국도 버리고 부모도 버리고 남편을 따라갔습니다. 내일같이 불가리아의 흙을 밟게 되자 오늘 저녁 같이 인사로프는 폐병으로 말미암아 조국의 회복되는 것을 보지 못하고 엘레나의 애써 간호한 보람도 없이 저 세상 사람이 되고 말았습니다.」

창섭은 스스로 흥분되어 눈물이 그렁그렁하면서 부르짖는 소리로 이렇게 끝을 맺었다. 숨소리를 죽이고 손가락 하나 꼼짝도 않으며, 온몸을 귀로 삼아 듣고 있던 세 처녀의 눈에도 눈물이 고였다. 창섭은 눈물이 어른어른하는 정애의 눈을 바라볼 제 웬일인지 그를 부여잡고 목을 놓고 실컷 울었으면, 하는 충동을 느끼었다.[12]

엘레나는 신앙 있는 사람을 사랑하였습니다. 그리고 신앙 없는 사람을 사랑치 않았습니다. 그러면 MP도 언제든지 신앙 있는 사람을 사랑할 터이지요? 그러면 그 MP가 저에게 신앙이 없다고 한 말은 저를 동생이나 친우親友로 여길지도 알 수 없으나 애인으로 생각지는 못 하겠다는 것이지요?[13]

〈그 전날 밤〉은 비극적이지만 죽음을 초월한 사랑 이야기로 당시의 젊은이들에게 제2의 춘향전처럼 소비되었다. 엘레나는 춘향의 이국적 버전이며 독립운동을 하는 인사로프는 나라를 잃은 비운의 지식인의 모습을 띤 이몽룡이었다. 엘레나가 이국, 특히 러시아 여성임으로 해서 낭만적 사랑의 효과가 더욱 극대화될 수 있었던 듯하다. 1920년대에서 1930년대 초까지 사회주의는 지식인 사회에서 일종의 트렌드였고 1917년 혁명이 성공한 나라인 러시아는 사회주의를 추종하거나 관심을 갖는 젊은이들에게 꿈과 이상의 공간이었다. 러시아 여성은 남성들에게 성적인 이미지로 치환된 러시아, 사회주의, 혁명의 판타지이기도 했다. 〈그 전날 밤〉의 엘레나는 여러 가지 측면에서 변화된 세상에 걸맞은 신여성 버전의 열녀였다. 그러나 엘레나는 외국 문학에 친숙한 식자층에게 통용되던 업데이트된 춘향이었을 뿐, 대중의 머릿속에 자리한 열녀의 전형적인 모습은 여전히 춘향이었다.

식민지 시기를 넘어 1950년대에도 연인에 대한 헌신과 낭만적 사랑은 재혼하지 않는 '미망인'들을 평가하는 기본적인 덕목이었다. 전쟁으로 인해 모든 삶의 기반이 흔들리고 많은 여성들이 남편을 잃고 남은 가족들과 힘겹게 생계를 꾸려가던 때였다. 물론 남편이 있다 해도 생계가 어려운 것은 마찬가지였다. 1950년대 내내 거리에는 실직자가 넘쳐났고 남성들 중 전쟁에서 돌아온 제대 군인들은 전쟁에서 얻은 신체적, 정신적 후유증으로 사회적 물의를 일으키곤 했다. 1950년대는 여러모로 가부장제의 논리가 여성들에게 온전히 관철되기 어려운 시기였다. 이러한 가부장제의 균열을 봉합하기 위해 여성들의 섹슈얼리티를 통제하는 것은 소위 사회의 '안녕과 질서'를 위해 절대적으로 필요했다. 다음의 인용문은 1950년대 여성 인사 중 하나인 정충량이 외국 부인의 수절 사례를 들어 전쟁 후 여성들의 성매매를 비판하는 대목이다.

> M이라고 하는 어떤 대학의 영문학 교수인 외국부인이 있었다. 그는 항상 왼쪽 손가락에 큼직한 금반지를 끼고 있었는데 자기의 남편 이야기가 나오기만 하면 황홀한 표정으로 남편 이야기를 그칠 줄 몰랐다. 사실인즉 그는 남편과 연애 9년만에 비로소 결혼하였으며 결혼한 지 일주일만에 비행사로 출전하여 전사했던 것이다. …… 남편이 죽으면 으레껏 재혼하는 줄만 알았던 외국부인의 수절을 듣고 우리는 감탄하였다. 한국의 과부는 거의가 다만 열녀의 표본이 되고자 산송장이 되는 경우가 많은데 서로 대차적인 사실이라 할 수 있겠다. …… 육이오 동란 이후 허다한 여성이 자기의 정조를 상품화해서 생활을 영위하고 본능적 행위를 자유라 오인하는 사회상을 볼 때 여성생활면의 전환이 있어야 할 것 같이 생각된다.[14]

해방 후 기자와 최초의 여성 논설위원으로 언론계에서 활동했던 정충량은 결혼한 지 일주일 만에 남편이 참전하여 전사한 한 '외국 부인'의 사례를 소개하고 있다. 결혼반지를 끼고 있는 그는 황홀한 표정으로 죽은 남편을 회상한다. 정충량은 한국의 과부들이 산송장처럼 열녀가 되지 말고 그의 사례처럼 남편과의 아름다운 추억과 사랑을 간직하며 살아갈 것을 권유한 듯하다. 그러나 이러한 낭만적 사랑을 강조하는 것이 결과적으로는 전쟁 후 남편을 잃은 수많은 여성들에게 억압적인 논리로 작용했다.

정충량(1916~1991)

흥미로운 점은 정충량 역시 전쟁 후 남편을 대신해 생계를 꾸리던 홀어미였다는 점이다. 이화여전 출신으로 교사 생활을 하다가 황해도 지주 집안으로 시집갔던 정충량은 해방 후 시집 식구들과 함께 월남하게 된다. 이어 일어난 한국전쟁 당시 남편이 납북되고 아이들, 시부모와 함께 도착한 피난지 부산에서 정충량은 절망에 빠져 자살을 시도한다.[15] 본식구 이외에도 침모, 식모 등으로 이루어진 삼사십 명의 대가족을 이끄는 지주 집안 맏며느리로서 유복하게 살다가 피난지에서 아이들과 시부모를 부양하며 궁핍하게 살게 된 상황은 정충량에게 생의 밑바닥을 체험하는 순간이었을 것이다. 그가 자살을 생각한 것도 무리는 아니었다. 그러나 정충량은 결과적으로 이 지옥 같은 순간을 이겨낸다. 이후에 그는 남편의 부재에도 불구하고 시부모를 정성껏 모시면서 돈을 벌고 아이들을 키우는 그야말로 가장 모범적인 '미망인'의 사례가 된다.

정충량의 삶을 돌이켜보면 여성의 삶에 대한 다소 억압적인 그의 언급들이 다른 의미로 다가온다. 결혼한 지 일주일 만에 남편을 잃고 그에 대한 사랑을 평생 간직하며 산 외국인 여성의 모습에 납북된 남편을 그리워하는 자신의 모습을 오버랩시켰을 가능성이 크다. 그러나 정충량은 자신과 전혀 다른 처지에 놓인 여성들이 있을 것이라는 사실을 의식하지는 못했던 듯하다. 한국전쟁 직후 기혼 여자의 10분의 1이 '미망인'이었다는 통계도 있지만[16] 남편의 생사를 확인할 수 없는 경우도 많았다. 정충량도 남편이 납북된 까닭에 공식적인 의미의 '전쟁 미망인'은 아니었다. 자살 시도까지 한 정충량이 '친구의 도움'으로 일자리를 얻고 기자와 교육자로 살게 된 것은 무엇보다 이화여전 출신이라는 그가 가진 상징자본 덕이었다. 학벌이라는 상징자본은 평범하고 가난한 여성들과는 거리가 멀었다. 고소설 속의 춘향은 정조와 사랑을 지킨 대가로 이몽룡의 정실부인이 되는 보상을 받았지만 실제 현실 속의 많은 여성들에게는 이러한 보상이 없었다.

당시에 여성의 재혼은 대체로 성과 사랑의 문제라기보다는 여성의 경제적 처지와 관련이 깊었다. 전쟁으로 남편이 죽은 뒤 여성들은 특별한 경우가 아니면 대체로 경제적 문제에 처했고 주변 남성들로부터 여러 유형의 성폭력에 시달려야 했다. 재혼은 여성의 입장에서 자신을 보호해줄 또 다른 가부장을 찾는 아주 현실적인 선택이기도 했다. 그럼에도 불구하고 1950년대 재혼하지 않은 홀어미들에 관한 '미담'은 식민지 시기의 열행 예찬과 마찬가지로 하층민 여성들의 희생을 합리화하고 그들에 대한 착취를 은폐했다. 이들 여성 가장의 희생은 누구보다도 경제적으로 곤궁한 시부모들에게 절실했을 터이다. 1954년, 종합지 《신태양》에 실린 김정길, 정영애, 남상애, 선옥분의 사연을 보면 이들은 모두 남편과 사별했거나 남편의 행방을 모르는 채 홀로 아이들과 노부모를 봉양하며 사는 가난한 '미망인'들이었다. 이들에 대해 《신태양》은 '우리의 고유 도덕은 엄연히 살아 있다'며 '윤락녀'와 '유한마담'이 넘쳐나는 시대에 몰락하는 윤리를 바로잡는 귀감[17]으로서 예찬하고 있다.

실제로 20세기 들어 '미망인'에 대한 가부장제의 통제는 호주제와 더불어 일견, 그 이전인 조선 시대보다 더욱 강화되는 양상을 띠었다. 특히 도덕적인 방식에 의한 것만이 아니라 무엇보다 근대적 법률제도에 의한 통제도 한몫했다. 조선 시대 법전인 《경국대전》에는 재가한 여성의 자손이 관직에 나가는 것을 금지한 '재가녀 자손 금고법'이 있었지만 법으로 직접 개가를 불허한 것은 아니었다. 《경국대전》을 보완한 이후의 법률들에서도 여성의 음란과 실행失行에 대한 처벌이 제시되긴 했지만 음란과 실행의 기준이 명확하게 규정된 것은 아니었다.[18] 즉 여성의 재혼은 법적 제약이라기보다는 도덕적 제약의 성격이 강했다. 반면 식민지 시기 호적제도에서는 여성의 재혼에 대해 확실한 제약을 명시하고 있었다. 무엇보다 식민지 시기의 호적법은 친정과 시집 호주의 동의를 모두 받아야 한다는 규정 때문에 훨씬 더

법적인 분란을 일으킬 여지가 있었다.[19] 남편과의 이혼 및 사별 후 6개월 이상의 시간이 흘러야 재혼할 수 있다는 규정은 혹시 아이가 태어나게 되면 친자 확인을 해야 한다는 이유로 1998년까지 존속했다.[20] 그럼에도 시간이 지남에 따라 가족법 개정으로 여성의 재혼이 더 용이해지면서 사랑과 결혼이 결코 단 한 번이 아님을 대중이 자연스럽게 받아들이게 하는 계기가 되었다. 열녀를 예찬하는 담론들은 여전히 존속하고 있었지만, 시간이 지나면서 열녀를 예찬하고 그 당위성을 말하는 담론은 소멸되거나 아니면 다른 방식으로 변형되지 않으면 안 되었다. 즉 춘향 혹은 열녀 담론은 시대에 맞게 또다시 업데이트되어야 했다. '엘레나'가 식민지 버전으로 변형된 춘향인 것처럼 열녀의 이미지는 1970년대와 1980년대 민주화 투쟁의 시대에 또 다른 방식으로 변형되었다.

변화된, 새로운 시대의 열녀 담론에서 사랑과 추억이란 정서적 끈은 여성들을 부재하는 남성들에게 묶어두는 역할을 했다. 1970~1980년대의 춘향 혹은 엘레나는 정절을 지키거나 과업을 잇는 것보다는 '진실하지만 잃어버리게 된' 사랑을 평생의 추억으로 간직하면서 시대의 비극을 체험하는 여성 인물들이다. 군대에 간 운동권 애인이 갑작스럽게 의문사한 후 여러 남성들 사이에서 방황하다 노동운동에 눈을 뜨게 되는, 조해일의 소설 《겨울여자》(1975)의 '이화'나 수배 중인 남성을 숨겨주던 상황에서 사랑에 빠져 홀로 아이를 낳고 기르는 황석영의 《오래된 정원》(2000)의 '윤희'의 모습에서 업데이트된 춘향 혹은 엘레나의 모습을 발견할 수 있다. 이들의 이야기나 춘향과 엘레나의 이야기나 모두 남겨진 여성의 이야기라는 데 공통점이 있다. 남성들은 성공을 위해, 독립운동이나 민주화운동을 위해, 혹은 한국전쟁 중에는 이념 문제로 인해 떠났거나 죽었거나 감옥에 갇혀 있어서 여성의 곁에 부재한다. 춘향의 연인인 이도령도 출세를 위해 한양으로 떠난 남자였다. 부재하는 남성들은 자신이 부재하는 상황에서도 여성을 소유하고 싶어 했다. 그럼으로써 때로는 남성의 부모 및 다른 가족들이 여성 가장의 부양을 통해 경제적 실리를 얻기도 했다. 사랑을 하는 여성이 누군가를 사랑한다는 약점 때문에 착취되기 쉽고 그 때문에 누구보다 취약할 수 있다는 점을 가부장제는 아주 잘 이용한다. 사랑이 사적 영역에서의 혁명을 위해 해체되거나 재구성되어야 하는 것은 이러한 이유에서다.

20세기 국민국가 아이덴티티와 춘향전

전통 담론과 국민국가 담론은 20세기에 형성된, 철저하게 근대적인 것이다. 한국에서 전통 담론과 국민국가 담론이 눈에 띄게 출현한 시대로는 크게 두 시기를 꼽을 수 있다. 식민지 시기인 1920년대, 그리고 분단 후인 1950년대에서 1960년대 초이다. 이와 유사하게 북한의 1980년대도 전통과 민족 담론이 새로운 전기를 이룬 시기였던 것으로 보인다. 전통 담론과 국민국가 담론은 지식인들이 주체가 되어 생성된 것이지만 당시의 시대적 어젠다 혹은 집단정신으로 기능했다. 이 시기들마다 춘향전이 영화나 연극 혹은 여타의 형식으로 호출된 것은 결코 우연이 아니었다.

춘향전 영화는 3·1 운동 이후 고양된 민족주의적 분위기 속에서, 그리고 다른 한편으로는 근대적 미디어의 확장으로 대중문화가 막 팽창하는 시기에 제작되었다. 조선인들이 원작인 고소설 춘향전을 접하게 된 경로는 제각각 달랐다. 옛 서책이나 딱지본을 '읽은' 사람들도 있었고, 구술되는 이야기로 춘향전을 '들은' 사람들도 있었다. 혹은 누군가는 1910년대 이후에 창극 〈옥중화〉[21]와 연쇄극으로 제작된 춘향전[22]을 '관람했을' 수도 있다. 대중의 영화 〈춘향전〉 관람은, 이렇게 이전에 각각 다른 방식으로 읽거나 들었거나 공연물로 본 춘향전을 스크린에 영사된 시각 이미지로서 최초로 '보게' 된 순간이었다. 1장에서 언급했다시피 최초의 춘향전 영화는 '일본인' 감독에 의해 연출되었다. 이 최초의 춘향전 영화는 일본인의 시각에서 조선의 민속적인 것을 담아내었다. 태생적으로 영화라는 매체는 제1세계 관객의 시선에서 제3세계를 볼거리spectacle로 만드는 서구인의 제국주의적 시선을 내재하고 있었고[23] 이러한 시선을 차용한 일본인 아류 제국주의자는 춘향전을 통해 조선을 볼거리로 만들었다. 최초의 춘향전 영화가 일본인에 의해 만들어진 덕에 이 영화는 역으로 조선 영화인들에게 조선인의 손으로 조선 영화를 만들어야 한다는 강한 민족적 각성을 가져다주었다. 이후 조선인들

春香寫眞上演

古來春香은烈行이南鮮一帶에有名할뿐안이라朝鮮을通하야該烈行을小說又는新派劇派에上演ᄭ지되야一般夫人界에模範的慕烈과有意的愛理를感動케하더니今에文藝를映畵하는東亞文化協會에서春香原籍地인南原에가서六個月間精勵를加하야春香傳을實寫와如히撮影한바該寫眞의內容은演藝界에一流人金肇盛君을李道令으로韓龍女史를春香으로特作하야上演케된바本月十八日午後八時부터當地群山座에서映寫하얏다더라(群山)

하야카와 고슈의 무성영화 〈춘향전〉의 상영 안내 기사. 이 영화는 군산의 군산좌와 서울의 단성사에서 1923년 10월경부터 상영되었다.

은 앞다투어 고소설을 영화로 만들고자 했는데, 일본인 연출의 〈춘향전〉이 흥행에 성공하자마자 단성사의 박승필이 장화홍련전 제작에 들어갔고 뒤이어 윤백남프로덕션이 심청전을 영화로 제작했다.

고전소설의 영상화는 1920년대 국민문학의 재매개화 혹은 국민문학의 표준화라는 당대 문화계의 어젠다와 맞물려 있었다. 최초의 춘향전 영화가 제작된 직후인 1924년은 국민문학 담론이 본격화된 해이기도 하다. 국민문학 담론은 일반적으로 근대적 국민국가nation state의 성립과 맞물려 있다. '누구나' 알고 있는 텍스트를 통해 '상식common sense'이라는 표준화된 지식을 고안하는 것은 국가든, 민족이든 상상의 공동체imagined community를 구성하는 데 핵심적인 요소이다. 누구나 알고 있지만 여러 개의 이본으로 전해져 정리되지 않는 텍스트를 하나로 통일하는 것, 그리고 고소설에서는 장면으로 분절되지 않은 복잡한 이야기에 일정한 구성으로 논리적 구조를 부여하고 문체를 바꾸어 간결하게 만드는 것은 그 상식을 만드는 데 필요한 과정이다.

1920년대 식민지 조선에서 국민문학 담론은 제도로서의 국가라기보다는 국가를 대체한 개념으로서의 '민족' 문학의 성격이 강했다. 분명 국가와 민족은 서로 다른 개념이지만 적어도 소위 나라를 상실한 시기인 1920년대 국민문학 담론에서는 그 차이가 크게 구별되지 않았다. 1920년대 초에 발생한 국민문학 담론은 1920년대 후반에 이르러서는 춘향전을 비롯한 고소설을 '국민문학'의 예로서 인용하기 시작한다. 그사이에, 앞서 언급한 하야카와 고슈의 무성영화 〈춘향전〉(1923)은 물론, 토월회의 신극新劇 〈춘향전〉 공연(1925), 그리고 《동아일보》에 연재된 이광수의 《일설 춘향전》(1925~1926)이 놓여 있다. 이 텍스트들은 모두 고전의 근대적 미디어로의 전환이라는 점에서 동일한 흐름 속에 있다.

1920년대 국민문학 담론은 1924년부터 1930년까지 6년간에 걸쳐 논의되었는데, 특히 1924년 10월 창간한 《조선문단》에 주요한, 이광수, 최남선, 김동환 등이 '국민문학'과 관련된 일련의 글을 발표함으로써 본격화되었다.[24] 초기 국민문학의 개념은 "늘 이 모양으로 남의 것을 수입모방에만 분망할 것이 아니라 어떠한 방식으로든지 민족적 자각을 환기시킴으로 국민독자의 문학을 일으킬 것이란 말씀입니다"[25]라는 언급에서처럼 뚜렷한 개념으로 제시되기보다는 '수입품이 아닌 것', '민족적 자각을 일으키는 것'이라는 맥락에서 매우 광범위하게 정의되었다. 《조선문단》은 창간호부터 이광수의 〈문학강화〉와 주요한의 〈노래를 지으시려는 이에게〉의 연재를 시작한다. 이 두 편의 문학론에서 이광수와 주요한은 국민문학의 가치, 국민적 정조에 대해 언급함으로써 국민문학의 본격적인 담론의 장을 열게 된다.

《조선문단》이 창간한 1924년경, 국민문학 주창자들은 과거의 문학을 근대적인 형식으로 리모델링함으로써 국민문학으로 만들려고 했다. 그 일례가 바로 1925년 10월부터 연재된 이광수의 소설 《일설 춘향전》이다. 《조선문단》을 주재하던 이광수는 《동아일보》에 《일설 춘향전》을 연재하면서 이 개작이 분명히 국민문학의 기획하에 창작한 것임을 밝혔다. "귀족 계급으로부터 초동 목수에 이르기까지 이 이야기를 모르는 이가 없고 이 이야기 중에 한두 구절을 부르지 않은 사람이 없다. …… 춘향전 심청전은 우리 시인의 손을 거쳐 알리고 씻기고 정리되어서 참된 국민문학이 되어야 할 운명을 가진 것이다."[26] 《일설 춘향전》은 전형적으로 지식인이 가진 민중문학에 대한 폄하와 민중문학의 수준을 끌어 올리려는 계몽주의적 관점에서 창작되었다고 할 수 있는데, 이광수가 춘향전이 개작되어야 하는 이유로 낮은 취향의 재담과 음담패설을 들고 있기 때문이다.

이광수의 이러한 집필 의도를 정전화 혹은 표준화라고 부를 수 있다. 춘향전의 내용과 문체를 바꿈으로써 춘향전 텍스트를 확정 짓고 그 텍스트를 춘향전의 표준적인 텍스트로 만들겠다고 말하고 있기 때문이다. 이러한 기획의 측면에서 보면 이광수의 《일설 춘향전》이 연재될 무렵에 상연된 토월회의 신극 〈춘향전〉도 분명한 근대적 표준화 작업이었다. 토월회는 1925년 3

이광수의 《일설 춘향전》의 삽화들(연재순)

월 조직을 합자회사의 형식으로 바꾼 뒤 광무대를 상설 극장으로 하여 신극만을 공연하던 레퍼토리에 조선의 고소설과 전설을 포함하는 방침을 세우게 된다. 이러한 변화된 방침 덕에, 토월회는 〈춘향전〉을 1925년 9월 10일부터 10월 초까지 공연한다. 이전의 연쇄극이나 창극 형태와 달리 토월회의 〈춘향전〉은 원 이야기를 10막으로 구성하고 현대적 무대장치로 바꾼 신극 춘향전이었다.

근대적 장르로의 춘향전의 변신은 국민문학 담론의 시각에서는 물론, 여러 다른 입장에서도 긍정적인 의미가 부여되었고 이러한 긍정적 가치는 분명 춘향전 영화가 흥행하는 데 중요한 요인 중 하나였다. 조선 영화에 무관심하고 주로 수입된 서구 영화들만 보았던 근대 지식인들도 특히 1930년대 중반에 토키로 제작된 〈춘향전〉 이래로 춘향전 영화에 기꺼이 관심을 기울였다. 식민지 시기 춘향전 영화들은 흥행에 성공하여 결과적으로 국민문학으로서 춘향전의 입지를 굳히게 했다. 1920년대 국민문학 담론과 1930년대 전통 담론은 대중과는 다소 괴리된 엘리트 지식인들의 주장이었지만, 이러한 국민문학 담론과 전통 담론이 춘향전을 국민문학의 대표로 불러들인 것은 우연이 아니었다. 국민문학과 전통 만들기는 좁은 문학 엘리트들의 범위를 넘어 광범위한 대중의 포섭을 필요로 하는 작업이었다. 1920년대 담론들이 춘향전을 국민문학으로 부르기는 했지만 국가가 부재하는 상황이었기 때문에 근대 국가를 전제로 한 '국민'보다는 공동체로서의 '민족'을 염두에 둔 것이었다. 1920년대 국민문학 제창자들은 국가가 부재하는 상황에서 '국민'문학을 말한다는 것이 도대체 무엇인지에 대해서는 특별한 자의식을 갖지 않았다. 즉 이들은 식민지인으로서 국민문학이라는 용어가 내포하고 있는 논리적 균열을 인지하지 못했다.

해방 이후 비록 분단된 상태에서이지만 '국가'가 세워지면서 춘향전은 국가적 정체성 확립에 중요한 작품으로 다시 호명되었다. 이전에는 민족과 민중과 국민이라는 용어가 잘 규정되지 않은 채 혼란스럽게 쓰였다면, 정부가 수립된 이후에는 국가의 문화 콘텐츠를 채우는 작업들이 '한국적인 것'의 발견이라는 타이틀을 걸고 시작되었다. 이러한 분위기 속에서 춘향전 영화는 해방 이후 1950년대 후반에 붐을 이룰 만큼 집중적으로 제작되었다. 이규환의 〈춘향전〉(1955)을 비롯해 여성 국극 형식의 〈대춘향전〉(1957), 국내에서 현상한 최초의 컬러 영화 〈춘향전〉(1958)이 연이어 제작되었다. 더구나 한국전쟁이 끝난 뒤 영화계는 '세계'의 눈을 의식하여 '한국' 영화를 만들어야 한다는 강박에 사로잡혀 있었다. 한국에서 생산된 영화는 이미 그 자체로 '메이드 인 코리아'였지만 당시의 영화계는 서구인들이 보았을 때 내용적으로 한국적인 것을 영화에 담아 해외 영화제에서 수상하거나 해외에 수출함으로써 한국이라는 국가의 존재감을 확보해야 한다고 생각했다.

보편적인 것으로서의 서구와 대비되는 특수한 것으로서의 '한국적인 것'을 만들거나 발견해야 한다는 강박은 문화계 가운데서도 영화계가 강한 편이었다. 모든 문화 상품은 수입과 수출을 통해 초국가적인 소비가 가능하지만 특히 영화는 다른 문화 상품들, 예컨대 문학에 비해 전 세계 소비자들이 공유할 수 있는 가능성, 즉 수출 가능성이 매우 컸다. 또한 영화는 자국의 명소를 시각적으로 광고하는 관광업 진흥의 효과도 있었다. 더구나 1950년대에 〈로마의 휴일〉, 〈모정慕情〉, 〈내가 마지막 본 파리〉 등 많은 할리우드 영화들이 유럽과 아시아의 특정 장소를 배경으로 하여 영화 보기가 유사 관광의 형태를 띠게 한 것도 분명

1954년 신상옥 감독의
〈코리아〉 한 장면

영향을 주었다.

훗날 흥행의 귀재가 된 신상옥 감독의 데뷔작 〈코리아〉가 개봉된 1954년은 전쟁 중에 파괴된 광한루 보수 공사가 시작되고 전쟁 중에 중단된 춘향제가 재개된 시점이었다. 영화 〈코리아〉는 제목부터 한국을 상품화하려는 혹은 한국적인 것을 대외적으로 알려야 한다는 의도가 내보였다. 〈코리아〉는 네 개의 에피소드로 이루어졌는데 '코리아'라는 제목에 걸맞다고 생각되는 내용, 즉 불국사, 이순신, 춘향전 등으로 채워졌다. "이 영화를 통해서 세계의 이목을 집중케 하고 있는 우리 조국에 새로운 인식을 해줄 것만은 틀림없을 것으로 믿는다"[27]라는 신문 기사는 이 영화가 세계의 이목, 즉 서구의 이목을 강하게 의식했음을 말해준다.

'한국적인 것'에 대한 절박한 집착은 1950년대 남한의 전 분야에 걸쳐 형성된 미국화Americanization에 대한 반작용이기도 했다. 그리고 미국화에 대한 반작용의 흐름 속에서 춘향은 또다시 언급된다. 영화 〈코리아〉에서 춘향전이 한국을 대표하는 아이템으로 등장했듯이, 1950년대 젊은 여성들 사이에서 나일론 양장과 파마머리가 유행하고 중산층 여성들 사이에서 댄스와 같은 양풍이 불어 '유행의 노예가 된' 시점에 춘향은 다시 자랑스러운 한국 여성으로서 치켜세워진다. 분명 춘향전은 보수화된 가치 혹은 이를 이용한 프로파간다 속에서 상징적으로 다시 호명되고 있었다. '전쟁 미망인'들의 섹슈얼리티를 통제하는 사회 분위기 속에서 춘향이 호명된 것과 같은 맥락이다. 춘향이라는 캐릭터에 대한 남성들의 집착은 강렬한 상실감을 동반하고 있었다.

> 슬프다! 우리의 누이들은 어찌하여 이처럼 극단으로 흐르게 되었는가? 요즘 거리의 풍경은 하나의 가장행렬이다. …… 나는 차제에 우리 여성들에게 **그들의 자랑인 춘향**을 상기시키고자 한다. 우리의 옛 여성들은 고상했으며 암시적인 매력을 지니고 있었다.[28]

1956년 이화여대 학생들이 5막 구성의 춘향전을 공연하여 큰 반응을 얻은 것도 당시 새로운 유행(양풍)의 주체가 바로 여대생들이었다는 점을 고려하면 사뭇 다른 의미로 다가온다. 1950년대 특유의 어떤 상실감 때문일까. 1950년대 문학계에서도 춘향은 일종의 유행이라고 할 수 있을 정도로 자주 호출되었다. 춘향을 현대시의 주제로 삼은 대표작인 서정주와 박재삼의 시가 간행된 것도 바로 1950년대였다. 서정주의 〈추천사鞦韆詞〉가 발표된 것은 1947년이지만 '춘향의 말'이라는 부제가 붙은 이 연작시가 서정주의 세 번째 시집 《서정주 시선》에 실려 간행된 것은 1956년이었다. 서정주의 영향력이 막강했던 문예지 《현대문학》은 1957년 신예 시인 박재삼의 〈춘향이 마음〉에 신인상을 주었다. 1954년 《한국일보》에 연재된 《나이론 춘향전》, 1956~1957년 여성지 《여원》에 연재된 조흔파의 소설 《성춘향》, 1960년대에는 《자유문학》에 실린 안수길의 〈이런 춘향〉과 《창작과비평》에 실린 최인훈의 〈춘향뎐〉을 통해 춘향은 다시 쓰였다. 물론 안수길과 최인훈의 '춘향'은 다른 춘향들과 결이 달라 춘향을 일방적으로 예찬하는 것과는 사뭇 달랐고, 해체적 다시 쓰기를 통해 춘향이라는 인물에 대한 보수적 가치를 비판하는 것과도 매우 달랐다. 그만큼 춘향은 모두의 춘향이기는 했지만 동시에 어떤 용도로 계속 활용될 수 있는 인물이었다. 문제는 이용된 빈도로 치면 춘향이 보수적인 목적에 의해 활용된 것이 압도적이었다는 것이다. 그러나 그조차도 춘향이라는 인물이 가진 일종의 특권이라면 특권이었다. 비록 그것이 여성을 억압하는 논리가 되었을지라도 춘향이라는 캐릭터에 대한 남성들의 애착과 집착은 전무후무할 정도로 대단했다.

문화 변동의 불안과 통제

새롭지 않게 반복적으로 제작된 춘향전 버전들이 있었다면 일부러 우스꽝스럽게 춘향전을 비틀어 그려낸 개작들도 있었다. 패러디 버전이라 부를 수 있는 이 개작들은 기존의 춘향전과 다르게 시대에 따라 변화된 문화적으로 이질적인 요소를 과장하고 오히려 두드러져 보이게 만든다. 대중은 '변화'를 반기면서도 동시에 '변화'에 두려움과 충격을 느끼는데 춘향전의 패러디 버전에는 이러한 이중적인 성향이 잘 묘사되어 있다. 춘향전의 패러디 버전은 일찍이 식민지 시기 《조광》에 연재되었던 웅초熊超 김규택[29]의 만문만화 〈모던 춘향전〉이 그 시초이지만, 보다 완성된 형식의 극예술 버전으로는 이주홍의 《탈선 춘향전》을 들 수 있다. 춘향전의 패러디 버전들은 일견 비독창적이고 안이하게 제작된 춘향전 영화들과 달리 이질적이고 낯선 춘향전인 것처럼 보인다. 그러나 이 패러디 버전들은 결과적으로 그 이질성을 풍자하고 통제함으로써 안정적이고 익숙한 세계에 머물기를 바라는 욕망을 반영하고 있다.

《탈선 춘향전》은 원래 1949년 《대중일보》와 1950년 《부산일보》에 연재된 희곡으로, 이주홍은 1막과 2막으로 구성된 미완성 희곡을 1951년 소설로 완성하여 단행본으로 간행했다. 이 소설은 배경을 조선 시대 남원으로 유지했지만 선글라스, 댄스, 파마머리 등 현대적인 풍물들을 등장시켜 웃음을 자아내는 패러디 소설이다. 이와 유사하게 1954년 《한국일보》에 연재된 조풍

만문만화 〈모던 춘향전〉의 일부

연의 소설 《나이론 춘향전》도 1950년대의 문화 변동을 풍자한 패러디 소설이다.

이 패러디 소설들의 활발한 창작은 1950년대의 시대상과 긴밀하게 관련되어 있다. 앞서 언급했듯이 1950년대는 한국 사회에서 전방위적으로 미국화가 진행되던 시기였고 이러한 미국화의 영향으로 무엇보다 여성들의 패션이 변화한 것은 물론, 여성들의 권리 의식이 그 어느 때보다 활발하게 생겨나던 시기였다. 패러디 소설들에서 풍자 대상이 된 이들은 바로 새로운 풍속상의 변화를 적극적으로 받아들이고 그것을 실현하던 여성들이었다. 조풍연의 《나이론 춘향전》은 서울 명동 일대의 달러 암시장을 공간 배경으로 하고 있다. 1950년대 서울 명동은 당시 한국에서 가장 빠르게 문화 변동을 지각할 수 있는 최적의 공간이었다. 월매는 다방 마담이자 '딸라 장수'로, 향단은 다방 '광한루'의 레지로, 방자는 장안의 건달 '이몽'의 부하로 나온다. 《나이론 춘향전》에는 '이몽'과 '이몽룡'이라는 두 사람이 등장한다. 두 사람은 분신이면서도 1950년대의 혼란기에 서로 다른 삶을 살아간다. 이몽이 명동(소설에서는 '숙종로'로 칭함) 일대의 건달패 두목인 반면, 이몽룡은 신극단 '호동好童'의 단장으로 전후의 문화 재건을 위해 애쓰는 건실한 젊은이이다. 딸라 장수인 월매의 딸 춘향은 바로 극단 호동의 여배우로 등장한다.[30]

기생 월매가 다방 마담이자 딸라 장수가 되고 광한루가 다방 이름이 되는 등 《나이론 춘향전》이 춘향전의 기본 서사를 1950년대적인 배경과 사건으로 완전히 변모시켰다면, 이주홍의 《탈선 춘향전》은 배경을 조선 시대로 유지한 채 현대적 사물들을 삽입함으로써 웃음을 유발한다. "떨어진 외관에다 미제 검정 안경"과 같은 우스꽝스러운 패션이나 "동짓달 기나긴 밤에 한허리를 열둘로 내어 / 춘풍 이불 아래 빵까루 넣었다가 / 이튿날 아침이 오드란 동까쓰나 붙이리라" 같은 언어유희가 《탈선 춘향전》에서 웃음을 유발하는 방식이다. 두 소설은 분명한 차이가 있지만 기본적으로 새롭고 낯선 문화 코드를 친숙한 서사인 춘향전에 부착하는 방식에서는 동일하다.

전후의 급격한 문화 변동과 가장 익숙한 춘향전 서사의 결합은 그만큼 1950년대의 문화 변동이 매우 급격하고 급진적이었기 때문에 나타난 현상이다. 가장 익숙한 서사만이 이러한 변화를 완충하는 기능을 수행할 수 있었던 것이다. 《탈선 춘향전》과 《나이론 춘향전》은 결말에서는 춘향과 이몽룡의 결합이라는, 모두가 알고 있는 춘향전의 내용과 다르지 않다. 풍속의 변화가 곧 여성들의 탈선으로 받아들여지던 시대에 춘향전은 보수적인 대중의 불안감을 잠재우는 서사였다. 한편 '나이론'은 1950년대 여성들의 패션에 큰 영향을 준 섬유 소재였다. 당시에 나일론 양장은 여성들이 갖고 싶어 하는 패션 아이템이었다. 영화로도 제작되어 공전의 히트를 기록한 정비석의 소설 《자유부인》(1954)에서 대학교수 부인 오선영이 갖고 싶은 나일론 양장을 장만하기 위해 남편의 제자로부터 뇌물을 받는 비리를 저지를 정도로 나일론 양장은 당시에 고가의 의류였다. 나일론은 합성섬유의 특성상 웬만해선 잘 닳지 않는다 해서 아이러니하게도 가짜, 사기라는 의미를 띠기도 했다. '나이론'이라는 유행어를 통해 《나이론 춘향전》은 1950년대 풍경, 특히 패션상의 변화와 이와 관련된 풍속도를 자연스럽게 연상시킨다. 《탈선 춘향전》도 정도正道에서 벗어났다는 의미의 '탈선'이라는 단어를 제목에 사용함으로써 어디까지나 외전外典임을 표현하고 있다. 선글라스를 쓴 이도령, 십자가를 쥐고 기도하는 월매(《나이론 춘향전》), 파마머리에 외제 화장품을 쓰는 향단, 맘보와 탱고를 즐기는 춘향(《탈선 춘향전》) 등 인물들의 행태는 이색적이지만, 결과적으로 춘향은 패러디 버전들에서도 여전히 변학도의 유혹을 뿌리치고 이도령에 대한 정절을 지켜낸다.

소설 《탈선 춘향전》은 1960년 9월, 원작자인 이주홍의 각색과 이경춘의 연출로 영화로도 개봉되었다. 1960년과 1961년은 홍성기 연출의 〈춘향전〉과 신상옥 연출의 〈성춘향〉의 격돌로 유명한, 명실상부한 춘향전 영화의 전성기였다. 1950년대 후반에서 1960년 4·19 혁명 이전까지 1950년대의 자유주의는 춘

영화 〈방자와 향단이〉의 방자와 향단

향전을, 일견 다르면서도 동일한 방식으로 소환했다. 하나가 익숙하고 친숙한 춘향전이라면 다른 하나인 패러디 버전은 낯설고 이질적인 춘향전이었다. 그러나 결과적으로 서로 다른 유형의 춘향전들은 모두 변화와 이질성을 제어하고 통제하는 효과로 귀결되었다. 이러한 제어와 통제는 곧 여성 인물인 춘향, 향단, 월매 등을 새로운 충격으로부터 보호하는 것과 동시이기도 했다.

춘향전의 패러디 버전은 1970년대에 급격한 산업화라는 변화 속에서 다시 등장하게 된다. 1972년에 개봉한 이형표 연출의 영화 〈방자와 향단이〉는 방자와 향단이라는 원작의 주변부 인물들을 제목에 앞세우고 배경을 1970년대 한국으로 옮겨 원작의 스토리를 재현하고 있다. 〈방자와 향단이〉에서 가장 눈에 띄는 장면은 다름 아닌 서울로 돈 벌러 간 몽룡을 찾으러 방자가 고속버스를 타고 서울로 향하는 장면이다. 1970년 경부고속도로가 완공된 직후에 촬영된 이 영화는 경부고속도로를 플롯의 한 장치로 등장시킴으로써 정부 정책의 프로파간다로서 기능했다. 한국의 문학과 영화에서 오랫동안 등장해온 공간 이동 수단은 '기차'였다. 한국 문화사에서 기차역은 먼 길을 떠나는 남성과 그를 기다리는 남겨진 여성의 이별의 아픔을 암시하는 상징적인 공간이었다. 1960년 영화 〈흙〉과 1961년 〈사랑방 손님과 어머니〉에서처럼 여성 인물이 사랑하는 남성을 태운 기차가 지나는 것을 언덕 위에서 바라보는 장면은 고향에 남겨진 여성의 수동적 머무름을 묘사하는 한국 영화의 오랜 클리셰였다. 다른 한편으로 기차는 만남의 플롯을 가능하게 하는 이동 수단이자 공간이기도 했다. 신상옥의 영화 〈쌀〉과 이만희의 영화 〈만추〉 등에서 남녀 주인공의 우연한 만남과 이로 인한 인생의 변화는 바로 기차 안에서 이루어졌다.

〈방자와 향단이〉에서도 춘향은 남원에 '남겨진' 여자로서 스스로 이동하지 않는다. 고소설 춘향전과 마찬가지로 여성인 춘향은 이동성, 즉 모빌리티mobility의 주체가 아니다. 그대신 몽룡을 찾으러 떠난 사람은 바로 남성인 방자이다. 방자는 고속버스를 타고 단 몇 시간 만에 서울에 도착해 몽룡을 찾으러 다닌다. 이 영화에서 고속도로와 고속버스는 이전 영화에서의 기차와는 달리 현대인의 기동성과 속도감 있는 행위를 가능하게 하는 이동 수단으로 그려져 있다. 이러한 속도감과 기동성은 이전부터 익숙한 교통수단인 기차에 비해 훨씬 역동적인 플롯을 가능하게 하는 동시에, 폭력적으로 제어할 수 없이 빠른 근대화를 대중에게 과시한다.

1968년에 착공하여 1970년에 공사를 끝낸 경부고속도로가

2년 남짓한 짧은 기간에 매우 빠른 속도로 완공되었고 이러한 속도전으로 인해 많은 인적 희생을 치렀다는 사실은 잘 알려져 있다. 기다리고 있는 춘향을 위해 방자가 몽룡을 찾으러 서울로 향한다는 익숙한 이야기는 경부고속도로와 관련해 대중이 느낄 법한 낯섦과 거부감을 희석시킨다. 방자가 신속하게 서울에 도착하는 모습을 본 관객들은 고속도로와 고속버스의 효용을 확인하면서 대규모 속도전을 벌였던 공사의 이유를 인정하게 된다. 1950년대에 춘향이 급진적인 문화 변동의 상황에서 소환되었던 것처럼 1970년대 폭압적인 산업화의 변화 가운데서도 춘향전은 여러모로 심리적 지지대로서의 역할을 했던 것이다. 그러나 이는 분명 춘향이라는 인물이 갖고 있는 윤리적 보수성과 수동적 모빌리티로 인해 가능한 것이었다. 춘향전은 그만큼 주류 이데올로기와 남성들의 욕망에 오랫동안 장악되어온 텍스트였다.

춘향을 전유한 남성 작가들

식민지 시기 엘리트 남성들이 허구적인 소설 속 춘향에 대해 가졌던 애착과 사랑은 이미 앞서 언급한 바 있다. 이러한 남성 작가들의 춘향에 대한 사랑이 해방 후에도 계속 유지되었을까. 결론적으로 말하자면, 1958년 《자유문학》 11월호에 실린 안수길의 〈이런 춘향〉에는 춘향으로 비유된 인물에 대한 예찬이나 흠모가 발견되지 않는다. 《창작과비평》 1967년 여름호에 실린 최인훈의 〈춘향뎐〉에서도 마찬가지이다. 이 소설들에서 춘향은 더 이상 예찬이나 숭배의 대상이 아니며 오히려 훼손되고 좌절된 인물이다.

안수길의 〈이런 춘향〉에서의 춘향은 미국으로 돌아간 페터슨을 기다리는 '진주'라는 이름의 미혼모이다. 진주는 원래 양공주가 아니었지만 계모가 양공주들에게 방을 빌려주던 까닭에 우연히 백인 미군인 페터슨과 만나 동거하게 되었다. 금발에 푸른 눈을 가진 페터슨은 임신하여 배가 부른 진주를 두고 본국으로 돌아간다. 아들이 태어난 직후까지 페터슨과 진주 사이에 편지가 오가지만 곧 그로부터 소식이 끊기고 진주는 하염없이 그를 기다린다. 마침 이웃인 물역 가게에 페터슨과 비슷한 금발의 미국인이 드나드는데 그는 물역 가게 주인의 대학생 아들에게 한국어를 배우고 있었다. 진주는 그에게 자신의 사연을 전하며 페터슨을 찾아달라고 부탁하지만, 페터슨의 편지를 가져간 그조차 그사이에 일본으로 발령받아 더 이상 나타나지 않는다.

춘향으로 비유된 열아홉 살의 진주가 페터슨과 사귀게 된 데에는 애초에 미국인의 아내가 될지도 모른다는 희망이 있었고 이는 계모의 바람이기도 했다. 그러나 미국으로 돌아간 페터슨은 춘향전의 이몽룡과 달리 돌아오지 않았고 진주는 말하자면 실패한 춘향으로 판정된다. 인근 채석장에서 끊임없이 터지는 다이너마이트 소리는 독자들에게 전쟁의 기억을 떠올리게 하고 진주는 바로 그 전쟁의 후유증을 겪고 있는 인물로 상기된다. 이 소설에서 진주는 양공주가 아니라 평범하고 순진한 처녀로 묘사되었지만, 미군과 몸을 섞고 아이를 낳은 진주는 양공주들처럼 징벌의 대상이 되었다. 진주는 '금발에 푸른 눈'의 백인에게 버림을 받았고 심지어 페터슨을 찾아주겠다며 편지를 가져간, 유사한 외양의 미국인조차 페터슨과 진주의 유일한 끈인 편지를 돌려주지 않은 채 더 이상 나타나지 않는다. 두 미국인이 모두 진주를 동등한 인격체로 존중하지 않았음이 암시된다. 진주는 고소설 춘향전의 춘향과 달리 자기 확신이나 저항적인 태도를 가진 인물이 아니며 부질없는 희망을 갖고 현실을 직시하지 못한다. 그에게 소신 있는 행동이 있다면 김 주사의 첩으로 들어가라는 계모의 권유를 거부하는 것 정도이다. 진주와 춘향의 공통점은 우월한 지위의 남성이 떠난 뒤 그를 기약 없이 기다리고 있다는 점이지만 그 과정과 결과는 매우 다르다.

> 「개똥이(진주의 아들—인용자)는 어디 고아원에나 맡기고 너는 옳게 시집을 가야지. 허구헌날 그 페터슨인지 무언지, 함흥차사가 된 양서방만 기다리구 있겠느냐?」
> 그리고 벽돌공장으로 돈냥을 착실히 모은 김 주사의 소실로 들어가라고 이번에는 강요하다시피 하였다.
> 그러나 진주는 김 주사의 첩 노릇을 하기가 싫었다. 꼭 페터슨이 편지를 해줄 것으로 믿고 있었다. 그리고 대사관원이나 무역회사원으로 돌아올 것으로만 생각했다.[31]

안수길의 〈이런 춘향〉은 미군과 사귄 진주에 대해 민족주의적 징벌을 내리고 있다. 진주는 춘향이지만 진정한 춘향이라기보다는 어리석게도 미군을 이몽룡으로 착각한 어리석은 가짜 춘향일 뿐이다. 이 소설에는 해방 후 춘향이라는 유형의 인물(한 남성에 대한 사랑과 기다림으로 행복을 찾는)이 더 이상 가능하지 않다는 비관적 의식이 깔려 있다. 그러나 이러한 비관적 의식이 춘향이라는 인물 자체가 갖고 있는 긍정적 가치까지 부정한다고 보기는 어렵다. 단지 미군이라는 '가짜' 몽룡을 기다리는 한, 진주는 '진짜' 춘향이 될 수 없는 것뿐이다.

최인훈의 〈춘향뎐〉은 '어둠'과 '밤'이라는 비유를 통해 이 소설이 창작될 당시에 대한 시대 인식을 반복적으로 강조함으로써 일종의 정치적 해석, 즉 군부가 집권한 남한 사회에 대한 비판 의식을 내세우고자 하고 있다.[32] 이 소설은 1966년에 창간해 줄곧 정권에 대한 대항 담론 생산의 중심에 서 있었던 《창작과 비평》에 실렸다. 이는 이 소설을 정치적으로 읽어내게 하는 주된 요인이기도 하다. 실제로 이 소설은 반복적으로 '어둠'을 강조함으로써 '밤'이 갖는 의미에 대해 독자들이 주목하게 한다.

> 춘향은 가장 어두운 중세의 밤을 보낸 여자다. 9월 하순 남원의 그 밤에 달이 없었다는 뜻에서만이 아니다. 그녀의 마음도 이 밤처럼 캄캄하였다. 그녀는 큰 칼 찬 고개를 들어 창살 밖을 내나보고 있었으나 물론 아무것도 보이지 않았다.[33]

남원옥에서 춘향이 어두운 밤을 새우고 있을 때 한양의 몽룡이 집안에서는 그보다 더 어두운 밤을 밝히고 있었다. 사랑에서 몽룡은 귀양 가는 부친과 마주 앉아 마지막 밤을 보내고 있었다. 말이 없다. 몽룡은 가만히 부친을 건너다보았다. 벼슬이 떨어지고 밝는 날이면 유배지로 떠나는 승지 이공의 얼굴에는 아무 빛도 없었다.[34]

최인훈의 〈춘향뎐〉에서 춘향은 더 이상 중심인물이 아니다. 〈춘향뎐〉에서 중심을 차지하고 있는 것은 이몽룡 집안의 몰락이다. 이몽룡의 아버지는 역적으로 몰려 벼슬을 잃고 귀양을 가게 된 처지였고, 따라서 이몽룡은 춘향을 구해줄 힘이 있기는 커녕 원전과 달리 진짜 몰락한 모습으로 춘향 모녀 앞에 나타난다. 결국 춘향은 암행어사에 의해 구출되지만 그 암행어사가 춘향을 소실로 삼으려 하자 춘향과 몽룡은 야반도주하여 산속에 숨어 살게 된다. 원전에서 춘향이 사랑과 명예를 모두 얻는 해피엔딩으로 끝난 것과 달리, 춘향은 몽룡과 함께 살기는 하지만 산골의 촌부로 살아가게 된다. 춘향의 운명을 결정한 가장 중요한 요소는 바로 이몽룡 집안의 정치적 처지였다.

춘향과 몽룡이 밤도망을 친 지 몇 년 뒤, 소백산맥에서 산삼을 캐며 살아가는 노인이 길을 잃어 한 부부의 집에서 하룻밤 기거하게 된다. 남자 아이를 하나 키우고 있는 그 부부가 춘향과 몽룡이라는 명시적인 정보는 소설 속에 등장하지 않지만, 그들은 야반도주하여 신비로운 전설 같은 존재가 된 춘향과 몽룡인 것처럼 보인다. 산에 사는 사람들답지 않게 정갈한 살림살이를 유지하고 있는 그 부부 가운데서 노인은 검게 그을렸지만 '이 세상 사람 같지 않게 아름다운' 아낙에게 자꾸만 시선이 간다. 며칠 후 노인은 관가에서 누명을 쓰고 억울하게 죽은 벼슬아치의 혐의가 풀려 그 가족을 찾는다는 소식을 듣고 산속에 숨어 사는 부부를 떠올리지만, 마치 꿈에서 만난 듯한 그들을 찾아내지 못하고 대신 굵직한 산삼 뿌리를 발견한다.

춘향은 최인훈의 〈춘향뎐〉에서 행위의 적극적인 주체이거나 이야기의 중심인물이 아니다. 이 소설의 중요한 행위자agent가 있다면 그것은 '밤'으로 지칭되는 시대 상황이다. 춘향이 감옥에서 보내는 '밤'도 어둡지만 이몽룡 가문에 드리워진 밤, 즉 정치적 탄압이 더 어두웠다고 표현될 만큼, 몽룡 집안의 처지는 두 남녀의 인생에 결정적인 영향력을 행사한다.

> 노인이 캐어온 산삼은 유별나게 큰 것이었다. 마을 사람들은 이렇게 큰 삼은 보는 것도 처음이거니와 들은 적도 없다고 말하였다. 어떤 사람은 허 양귀비 허벅다리 같네 하였다. 노인은 문득 얼굴이 뜨거워졌다.
> 노인은 평생 그들을 입 밖에 내지 않았는데 어쩐지 그래서는 안 될 것 같다는 여전한 생각에 겹쳐서 문든 얼굴이 뜨거워지던 일이 늘 그 집에서 모낸 그날 밤 꿈의 칠흑 같은 어둠을 생각게 했기 때문이다.
> 그 어둠인즉슨 남원의 성춘향이 그토록 사랑하면서 그토

록 두려워한 바로 그 어둠인지 어쩐지 혹은 그 어둠의 어느 만한 부분인지는 필자로서도 물론 무어라 말하기 어렵다.[35]

이 소설의 말미에서 춘향의 모습은 노인이 캔 유별나게 큰 산삼으로 사물화된다. '양귀비 허벅다리' 같은 산삼으로 표상된 춘향의 육체는 분명 노인이 춘향에게 느꼈던 성적 욕망을 표현하고 있다. 삼을 캐러 간 노인은 무엇에 홀린 듯 춘향으로 추정되는 한 여인의 집에 묵게 되고 그녀는 노인의 꿈에서 커다란 산삼으로 등장한다. 후에 노인은 실제로 산삼을 캐내어 그녀를 비유하는 상징물을 소유하게 된다. 노인이 보낸 칠흑 같은 밤 그리고 춘향이 사랑한 밤은 성적 욕망으로서의 밤이다. 밤은 또 다른 층위로서 '중세의 밤'에서처럼 억압의 시대, 즉 1960년대 후반의 억압적 상황을 은유하는 단어이기도 하다. 이 소설은 어둠이라는 단어를 두 가지의 층위에서 서로 다르게 쓰고 있다. 이 두 가지의 의미 층위 모두에서 춘향은 주체적이거나 능동적인 인물이 아니다. 춘향의 고난보다 더 어두운 밤이 있다면 그것은 이몽룡 가문이 겪어낸 정치적 고난의 밤이다. 또한 춘향은 그녀의 (성적) 매력으로 인해 강한 음기를 의미하는 '밤' 그 자체이기도 하다. 산삼이 춘향의 육체적 표징으로 등장하는 소설의 마무리는 춘향을 후자의 층위에 묶어두고 있다.

식민지 시기 지식인들에게 춘향이 사랑을 지켜내기 위해 목숨을 거는 낭만적 사랑의 표상이었다면, 해방 후 남성 작가들에게는 낭만적 사랑의 표상으로서의 춘향에 대한 애정이나 애착이 점차 희박해져갔다고 표현해도 좋을 것이다. 해방 후 여성들에게 정절을 지킨 춘향의 사랑을 설파하는 것은 여전히 여성의 성을 통제하는 데 효과적이었지만, 적어도 안수길과 최인훈 같은 남성 작가들에게 춘향의 정절 지키기는 〈이런 춘향〉에서의 진주처럼 현실을 제대로 인식하지 못하는 것이거나 〈춘향뎐〉에서처럼 더 커다란 정치적 사건에 가려지는 무의미하거나 의미가 작은 것이었다. 이들에게 춘향전은 대중에게 잘 알려진 이야기로서 자신에게 유용한 비유나 알레고리로 사용될 수 있는 표현 도구에 불과했다. 이들은 고전소설 춘향전의 해피엔딩에 담긴 여성들의 일말의 희망을 비현실적이고 불가능한 일로 매우 건조하게 읽어낸다. 안수길과 최인훈의 춘향은 대중문화에서처럼 '방종한' 여성들을 꾸짖는 데 이용되지 않는다. 오히려 춘향이라는 캐릭터에 담긴 대중의 욕망(그것이 보수적인 남성의 욕망이든, 아니면 사랑과 신분 상승을 꿈꾸는 여성의 욕망이든 간에)을 아무렇지도 않게 지워버린다. 이 남성 작가들이 춘향에 별다른 애정이 없는 듯 보이기까지 하는 것은 춘향이라는 캐릭터를 냉정하고 건조하게 다루고 있기 때문이다.

북한의 춘향, 사회주의적 젠더 트라우마

춘향전은 모두에게 잘 알려져 있기 때문에 어떤 메시지를 얹어서 전달하기에 매우 좋은, 즉 이용 가치가 높은 이야기이다. 20

세기에 춘향전이 불려 나왔던 순간들을 돌이켜보면 춘향전은 주로 보수적 이데올로기의 프로파간다로 이용되어왔는데 이 역시 춘향전의 높은 이용 가치를 증명한다. 춘향이라는 인물이 갖는 다면적 측면을 줄이고 춘향을 성적으로 보수적이며 의리가 강한 여성으로 그려내는 것도 보수적 젠더 이데올로기를 강화하기 위한 프로파간다의 결과이다. 춘향전의 높은 프로파간다적 가치를 떠올려볼 때 북한에서의 춘향전 영화를 빼놓을 수 없다. 당연한 말이지만 춘향전은 남한과 북한이 공유하는 문화 자원이다.

남한과 북한의 춘향전 영화들을 비교해보면 시각화의 측면에서는 매우 유사하지만 북한의 춘향전 영화들이 분명 사회주의 이념에 의해 재해석되었음을 알 수 있다. 1980년 윤룡규 연출의 북한 영화 〈춘향전〉은 사회주의 이념에 의거해 원작에 없는 몇 가지 요소들을 삽입하거나 변형했다.[36] 1세대 춘향인 배우 문예봉이 몽룡의 모로 출연한 이 영화에서 춘향은 길쌈하는 여성으로 그려진다. 첫 장면에서 춘향은 베를 짜면서 등장한다. 사회주의 사회 여성의 근면성을 강조하는 이 장면에서 춘향은 수수한 옷차림으로 등장한다. 또한 퇴기 월매와 춘향의 집도 기생의 집이라는 퇴폐적 요소를 찾을 수 없도록 검소하게 장면화되어 있다. 모두 춘향의 계급적 위치를 드러내기 위한 장치들이다. 이 영화가 여러모로 사회주의 이념에 의해 변형된 춘향전이라는 사실을 알 수 있다. 가장 두드러진 변화는 하층계급 인물들의 묘사이다. 월매, 방자, 향단 등 하층계급의 인물들도 남한의 춘

길쌈하는 춘향.
사회주의적으로
전유된 춘향의 모습을
상징적으로 보여주는
장면이다.

향전 영화에서 유머러스하고 우스꽝스럽게 그려지는 것과 달리 진지하고 성실한 캐릭터로 바뀌었다. 더 나아가 하층계급이 양반계급에 대해 논쟁을 불사할 정도로 도전적이며 저항적인 모습으로 묘사된다는 점이 특징적이다.

이는 신상옥이 북한에서 연출한 〈사랑 사랑 내 사랑〉(1984)에도 동일하게 등장하는 사항이다. 〈사랑 사랑 내 사랑〉에서는 변사또로 대표되는 탐관오리들의 횡포와 이에 고통받는 민중의 모습이 더욱 부각되어 있다. 〈사랑 사랑 내 사랑〉은 신상옥이 1961년 남한에서 연출한 〈성춘향〉의 요소를 간직하고 있으면서도 여기에 북한 예술의 요소, 사회주의 이념을 버무려내었다.

신상옥의 〈사랑 사랑 내 사랑〉은 윤룡규의 〈춘향전〉보다 훨씬 더 스펙터클하다. 농민들의 군무 신을 삽입하여 가극적 요소를 극대화하고 어사 출도 장면에서는 매우 빠른 편집으로 속도감을 높여 활극적 요소를 가미했다. 어사 출도 장면의 빠르고 역동적인 편집은 나운규 무성영화의 특징적인 요소를 모방한 것처럼 보이기도 한다. 실제로 함북 청진 출신인 신상옥은 동향

〈사랑 사랑 내 사랑〉의 한 장면. 춘향과 이몽룡이 재회하게 된 것에 월매와 군중이 기뻐하며 춤을 추고 있다.

출신인 선배 감독 나운규의 〈아리랑〉을 매우 인상 깊게 보았던 사실을 회고하면서 나운규 영화에 대한 흠모를 드러낸 바 있다.

고전소설의 영화화는 영화 생산의 주체인 북한 정부가 사회주의라는 이념적 측면에서 다소 기피하던 요소였다. 예외가 있다면 민중의 계급적 저항을 다룬 홍길동전이었다. 사회주의 이념과 어느 정도 맞닿는 홍길동전을 제외하면 그 외의 고전소설들이 내세우는 사랑이나 효 등의 주제는 사회주의와 대치되는 것이었다. 북한 정부가 고전에 대한 태도를 바꾼 것은 김정일이 권력의 전면에 나선 1970년대부터이며 1980년대를 경유하면서 이러한 민족주의적 요소가 상대적으로 강화된 것으로 알려져 있다.[37] 특히 1980년대 후반에 소련과 동구권 사회주의 국가들이 붕괴되는 상황에서 북한은 '조선민족제일주의'를 내세우며 민족주의를 통치에 적극 활용하기 시작했다. 이러한 정치적 배경하에서 1980년대 후반과 1990년대에 가극 〈춘향전〉(1988), 〈박씨부인전〉(1993), 〈심청전〉(1994) 등의 고전물이 제작되었다.[38] 그런데 1978년 납북되어 북한에 머물고 있었던 신상옥은 윤룡규의 〈춘향전〉이 자신의 제안으로 만들어졌다고 주장한 바 있다. 남녀 간의 사랑을 다룬 춘향전이 젊은 세대에게 도움이 안 된다는 김일성의 교시가 1960년대에 있었지만 자신의 적극적인 제안으로 1980년 〈춘향전〉이 만들어졌다는 것이다.[39] 춘향전 등의 고전소설이 영화로 만들어진 계기에 대해서는 다소 다른 견해들이 있을 수 있지만, 추측 가능한 것은 분단 이후 북한 사회에서도 남한과 마찬가지로 '고전'소설을 여전히 기억하고 영화 등의 새로운 형식으로 보고 싶어 하는 이들이 있었고, 그럼에도 사회주의 이념으로 인해 춘향전을 영화로 만드는 것은 쉽지 않았다는 것이다. 이러한 딜레마를 해결하기 위해, 북한의 영화 제작자들은 사회주의적 요소를 기존 고전소설의 플롯에 적절히 잘 버무려 넣는 것을 선택했다.

1980년작 〈춘향전〉은 사회주의적 요소를 배치하려고 노력했지만 새롭게 삽입된 사회주의적 요소들은 몇 가지 점에서 원작과의 충돌을 내재하고 있다. 춘향이 부지런한 처녀로 묘사되고 월매의 진술에서도 이들 모녀의 삶이 화려하거나 풍족하지 않음이 암시되지만, 영화의 여러 장면에서 춘향의 집은 부유해 보이는 시각적 소품들로 채워져 있다. 즉 이 영화 역시 시각적으로 식민지 시기부터 춘향전 영화들이 보였던 장면화를 그대로 되풀이하고 있는데, 식민지 시기의 전작들과 유사한 장면화는 이 영화에서 새롭게 삽입한 춘향의 궁핍한 경제적 처지와는 내용상 모순적이다.

또 다른 모순되는 지점은 핍박받는 민중의 구원자로서 양

윤룡규 연출의 〈춘향전〉(1980)

신상옥 연출의 〈사랑 사랑 내 사랑〉(1984)

반계급인 몽룡을 제시하는 부분이다. 양반을 부정하는 사회주의적 입장을 견지하면서도 이 영화에서 민중을 구원하는 사람은 여전히 양반이다. 탐관오리를 응징하는 몽룡의 모습에 당시 새롭게 부각되던 젊은 정치 지도자(김정일)의 모습을 투사하는 식으로 북한식 사회주의를 반영했다고 볼 수 있지만[40] 민중 중심의 사회주의적 요소와 배치되는 지점인 것은 분명하다. 어쨌든 이러한 모순되는 지점들에도 불구하고 북한의 정치제제와 북한식 사회주의라는 요소는 원작의 내용을 크게 훼손하지 않을 정도로 삽입된 채 봉합되어 있다.

북한의 춘향전 영화는 사회주의적 내용을 내포하고 있지만 방자와 향단은 기본적으로 신분제 사회의 하인 역할에 충실하다. 춘향도 열심히 베를 짜고 부지런히 부엌일을 하지만 독립적으로 노동하는 여성의 적극성이나 억척스러움은 없다. 사회주의적 어젠다를 체현하도록 노동하는 춘향을 그리면서도 춘향전 영화의 보편적 특성, 즉 수줍고 아름다운 춘향의 모습을 동일하게 유지하고 있음을 알 수 있다. 또한 농민들의 군무를 통해 형상화되는 민중의 분노도 어사또라는 구원자에 의해 해방된 기쁨으로 바뀐다. 즉 북한의 춘향전 영화 역시 북한식 사회주의와의 내재적 충돌을 감수하고서라도 모두가 알고 있는 옛이야기 춘향전을 거의 변형시키지 않았다.

이러한 북한식 춘향전 영화는 북한 사회에 내재해 있는 젠더적 보수성을 그대로 반영하고 있다. 북한이 여러 방면에서 정책 모델로 삼은 소련의 여성 정책은 레닌의 아내였던 크룹스카야가 제시한 어머니-노동자상에 기초해 수립되어왔다. 크룹스카야는 보다 온건적인 방식으로 마르크스주의의 노동자상과 전통적인 러시아 어머니상의 결합을 추구했다. 스탈린이 집권 이후 어머니-노동자 모델을 여성 정책으로 제도화함으로써 어머니-노동자상은 소비에트 여성의 이상적 이미지로 굳어졌다. 어머니-노동자 모델에 기초한 여성 정책은 어머니로서의 역할과 노동자로서의 역할을 모두 강조하는 정책이었고 북한과 같은 후발 사회주의 국가에 강하게 영향을 미쳤다.[41] 이러한 어머니-노동자 모델은 기존의 여성에 대한 성차별이 극복되지 않은 보수적인 젠더 의식에 노동자로서의 역할을 더 얹는 이중적 구속의 모습을 띠고 있다. 독립적으로 노동하는 여성이면서도 수줍고 순종적인 춘향의 모습은 북한을 지배하는 사회주의 여성상의 모순적 측면을 잘 드러내고 있다.

두 편의 북한 춘향전 영화를 통해서 알 수 있는 것은 사회주의 이념을 내세운 북한 영화라 할지라도 식민지 시기부터 누적되어온 춘향전 영화의 전통을 고수하고 있다는 점이다. 익숙한 장면화들은 의식적인 노력의 결과라기보다는 춘향전에 대한 오랜 대중의 무의식이 반영된 결과이다. 부지런히 길쌈을 하고 집안일을 하는 춘향이라도 대중이 기대하는 모습에서 크게 어긋나서는 안 되었다. 대중의 이미지와 다른 춘향을 만들어낸다면 이는 더 이상 춘향이 아니기 때문이다.

결국 북한에서 시각화된 춘향, 그리고 남한에서 시각화된 춘향은 각각 그 사회의 주류 가치관인 사회주의 이념이나 민족주의에 바탕을 둔 전통 담론에 의해 전유되는 데서 공통점을 갖고 있다. 고전소설 속 춘향은 애초에 발랄하고 새침하기도 하며 자신의 감정을 솔직하게 드러내는 다면적인 인물이었다.[42] 또한 앞서 살펴본 것과 마찬가지로 춘향의 사랑은 낭만적일 수도 있고 저항적일 수도 있었다. 아니면 춘향의 행위는 신분 상승이라는 성취 불가능한 욕망을 위해 목숨을 건 도박을 벌이는 무모한 도전일 수도 있었다. 춘향이라는 인물이 가진 이러한 다면성에도 불구하고 춘향전 영화를 제작하는 데 주류를 이루는 가부장제 이데올로기는 물론, 민족주의나 사회주의 등의 이데올로기들은 춘향에게서 정절이라는 성적 보수성과 수줍고 아름다운 모습만을 남겨두고 여타의 다면적 측면을 모두 거세해버린다. 성적 보수성은 어느 이데올로기든 그 논리를 합리화하는 데 '필수적' 자질이었던 것이다.

모든 여성 가운데서 정절을 지키는 여성의 목소리만을 신뢰할 수 있다는 논리는 여성주의를 제외한 모든 이데올로기와 결합 가능하다. 사실 식민지 시기 근대적 사랑을 신봉하던 모던한 남성 엘리트 작가들에서부터 춘향은 신여성들의 자유분방함과 대비되는 인물이었고 따라서 그들에게 이상적 여성상이 될 수 있었다. 춘향은 여성의 육체와 사랑이 어떻게 모든 주류 이데올로기에 의해 보수적으로 형상화되어 전유될 수 있는지, 즉 젠더 트라우마의 양상을 가장 잘 보여주는 인물이다. 춘향은 그 누구의 것도 아닌 모두의 춘향이지만 춘향을 자신들의 여성상이라 우기고 이를 특정 이데올로기에 프로파간다로서 이용하려는 이들이 있었던 것이다.

3장 자매애와 모성애 다시쓰기

3
장

여성을 위한 여성 서사, 장화홍련전

이 책에서 다루고 있는 춘향전, 장화홍련전, 심청전은 모두 여성 서사라는 공통점이 있다. 그러면서도 각 작품들은 서로 다른 유형의 여성 서사이기도 하다. 춘향전이 사랑을 주제로 한 여성 서사라면 장화홍련전과 심청전은 여성 서사인 동시에 가족 서사이다. 무엇보다 장화·홍련 자매와 심청은 가족에 의해 희생된 여성들이다. 심청에 대해서는 4장에서 다루기로 하고 이 장에서는 우선 장화홍련전에 집중해보자. 장화와 홍련 자매의 이야기에서 사랑이란 요소는 없다. 고소설 판본에 따라서는 장화, 홍련의 원한을 풀어준 사또가 장화의 정혼자가 된다는 설정도 있지만 장화홍련전에서 장화의 사랑과 결혼은 핵심 요소가 아니다. 대신 이 소설에는 가정 내에서 벌어지는 딸들과 계모의 갈등 그리고 계모에 맞서 똘똘 뭉친 자매의 우애가 있다. 남편이자 아버지의 입장에서 자신의 아내와 딸들이 다툰다는 것은 참으로 회피하고 싶은 일일 것이다. 소설 속 남편이자 아버지는 이 갈등의 해결에 대해 눈감아버린다. 오히려 그는 새 아내의 말만을 신뢰하여 상황을 악화시킨다. 남편이 아내의 편만을 들게 된 것은 결정적으로 새 아내가 아들을 낳았기 때문으로 추측된다. 그런데 문제는 이 모든 것이, 두 딸이 죽고 장애인 아들은 회복할 수 없을 정도로 상해를 입고 딸들을 모함한 계모 역시 처벌을 받게 되는 가정 비극으로 이어진다는 점이다.

가족 문제를 본격적으로 다룬 장화홍련전은 인기로 치자면 춘향전, 심청전에 못지않았다. 춘향전, 심청전과 더불어 장화홍련전은 일명 '딱지본'이라 불리는 구활자 인쇄본의 형태로 식민지 시기 내내 소비되었다. 또한 춘향전과 마찬가지로 1970년대까지 지속적으로 영화로 제작되었다. 그런데 장화홍련전 영화의 제작은 언제나 춘향전보다 후순위였다. 세 편의 고전소설을 원작으로 한 영화들을 보면 1920년대와 1930년대 그리고 1950~1960년대에서 1970년대까지 각 시기별로 춘향전이 먼저 영화로 제작되고 뒤이어 장화홍련전과 심청전이 순차적으로 제작되는 일관된 패턴을 보이고 있다. 1923년 무성영화 〈춘향전〉이 제작된 후 1924년 단성사가 〈장화홍련전〉을 제작했고 그 직후인 1925년에 윤백남프로덕션에서 〈심청전〉을 제작했다. 1930년대에 토키의 시대가 열리자 1935년 최초의 토키 〈춘향전〉이 제작된 후 홍개명 연출의 〈장화홍련전〉은 1936년, 안석영 연출의 〈심청전〉은 1937년에 연달아 제작되었다. 이러한 제작 순서의 일관성은 해방 이후에도 줄곧 지속되었는데 1955년 이규환의 〈춘향전〉이 대흥행을 한 후 1956년 정창화의 〈장화홍련전〉과 이규환의 〈심청전〉이 그 뒤를 이었다. 이 제작 순서는 우연적이라고 볼 수 없을 만큼 일관적이다. 장화홍련전은 확실히 춘향전보다 영화 제작의 우선순위에서 언제나 밀려 있었다. 그 이유는 춘향전보다 장화홍련전의 인기가 덜했던 것, 특히 상대적으로 남성들이 춘향전보다는 장화홍련전에 별 관심이 없었던 데서 찾을 수 있다. 섣부르게 일반화하자면 1935년 〈춘향전〉이 조선 최초의 토키로 남성과 여성 모두에게 그리고 교양과 지식 습득 정도와 관련 없이 인기를 끌었다면, 토키 〈장화홍련전〉은 남성보다는 여성 그리고 그중에서도 젊은 미혼 여성들을 '낚은' 영화였다. 다음의 글에서 그 힌트를 얻어보자.

> "제일 잊을 수 없는 건"
> "장화홍련전, 아유 정말 그것 보구는 울었어요."
> "하하 그걸 보구 울만치 그렇게 아름다운 마음을 가졌어요?"
> "아유"하고는 홍조를 띠우고 그만.
> 장화홍련전. 처녀의 영화! 그렇다. 그것은 정결하고 갸륵한 처녀들만의 볼 영화이다. 우리들은 보아도 모른다. 처녀 아닌 여자들이 보면 불쌍하다고는 생각할 것이다. 그러나 아직 그들 처녀의 눈으로 볼 때에는 하늘이 무너지고

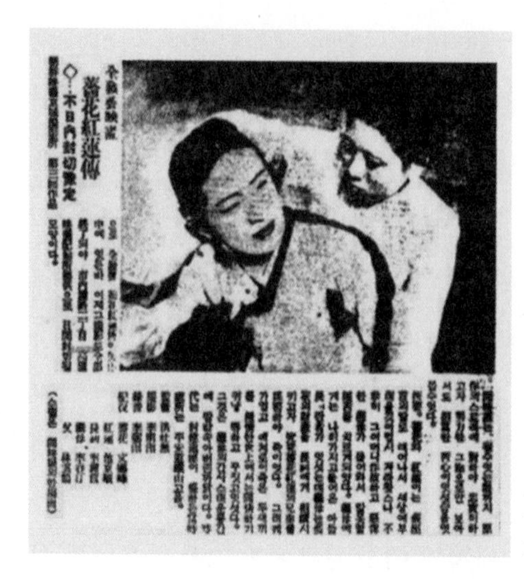

薔花紅蓮傳

당시 일간지에 소개된 토키 〈장화홍련전〉. 《조선일보》, 1936.1.31.

땅이 깨지는 것 같을 것이다. 나는 처녀에게서 그런 감상담을 서너 번 들은 일이 있었다.[1]

위의 인용문은 원대연 작 소설 〈명화〉의 일부로, 1936년 제작된 토키 〈장화홍련전〉이 왜 여성들에게 특별히 더 인기를 얻었는가에 대한 힌트를 주고 있다. 이 인용문에서 흥미로운 것은 이 소설의 남성 서술자가 영화 〈장화홍련전〉을 여성들, 그 가운데서 특히 '처녀들'이 더욱 공감할 만한 영화라고 하면서 "우리들은 보아도 모른다"라며 남성인 자신의 몰이해를 노골적으로 드러낸다는 것이다. 도대체 그는 무엇을 이해하지 못한다는 것일까.

무엇보다 장화홍련전은 젊은 여성들의 자매애와 잃어버린

모성애가 주제인 서사이다. 자매나 동성 친구 사이에서 형성되는 자매애와 우정은 어린 시절에 일찍이 형성되고 편지나 전화와 같은 소통 도구들을 통해 유지된다.[2] 여성들의 삶에서 여자 형제 간의 우애와 동성 친구 간의 우정은 지속적으로 절대적인 의미를 갖는다. 또한 여성들에게 어머니에 대한 애착은 남성들보다 더 오랫동안 깊게 유지된다.

그렇다면 남성들보다 젊은 여성들은 왜 자매와 어머니에게 집착하는가. 고전문학의 시대, 특히 양반가의 가문에서 아버지, 아들이라는 남성의 지위는 절대적이었다. 또한 여성에 대한 남성의 지배 양상 역시 조선 후기로 갈수록 전기에 비해 더욱 혹독해졌다. 이러한 상황에서 어머니와 자매는 약자인 여성들에게 서로 믿고 의지할 만한 일종의 심리적 도피처였다. 어머니와 자매로 이루어진 가족 내 여성 공동체는 남성이 지배하는 가족 내에서 여성들에게 일종의 숨구멍과 같은 역할을 한다. 그런데 문제는 이 가족 내 여성 공동체는 일단 형성된 이후 계모나 올케 등 외부로부터 들어온 또 다른 여성들의 진입을 쉽사리 허락하지 않는다는 데 있다. 기존의 여성 공동체가 혈연으로 이루어진 것이라면 외부에서 온 여성들은 오로지 남성과의 관계, 즉 결혼을 통해 가족이 된 이들이다. 이들은 혈연관계로 형성된 기존의 여성 공동체를 좀처럼 비집고 들어가기 어렵다. 그만큼 자매와 모녀 관계에 기반을 둔 여성 혈연 공동체는 배타적이라고 할 수 있다. 가족 내에서 자원을 독점하고 자원을 배분할 권리가 남성에게 있는 한, 외부의 여성이 들어온다는 것은 기존의 여성들에게 배분되는 몫이 줄어든다는 것을 의미하기 때문이다. 남성에 의해 배분되는 자원이란 돈과 같은 물질일 수도 있고 남성의 관심과 사랑 같은 무형의 권력일 수도 있다. 오로지 어릴 적부터 형성된 혈연관계의 여성들만이 서로를 믿고 의지하며, 남성에 의해 배분된 자원을 흔쾌히 그리고 기꺼이 나누고 공유할 수 있다. 여성 공동체의 배타성은 바로 여성들이 약자이기 때문에 초래된 것이다.

장화홍련전의 비극은 밖에서 들어온 여성, 그것도 어머니의 자리를 대체한 계모와 기존의 여성 공동체인 의붓딸들 간의 갈등에서 비롯된다. 의지할 만한 친밀한 관계의 여성 없이 남편의 권력에만 기대어 버텨나가야 하는 계모(계모에게는 딸이 없었다)는 두 딸을 질투한다. 서사 속에는 계모가 원래 악녀이기 때문에 딸들을 죽인 것으로 나오지만, 서사의 이면을 잘 뜯어 읽어보면 실은 계모가 악녀가 된 것에는 분명한 이유가 있다. 20세기의 관객과 독자 들은 주로 친모를 잃고 계모에게 학대받는 장화와 홍련에게 감정이입 했지만 여성주의적 시각을 가진 비판적인 다시쓰기 텍스트들은 계모라는 캐릭터에 더 주목했다. 분명 당연하게 생각되었던 가부장 권력의 정당성에 점점 더 의문을 품기 시작했고 이 의문은 계모는 진정 악녀인가라는 질문으로 이어졌다. 20세기의 장화홍련전 텍스트들이 모두 이러한 의문을 품은 것은 아니고 대부분의 장화홍련전 영화들은 계모를 한없이 악하게 그리는 기존의 익숙한 플롯을 되풀이했지만, 다른 한편으로 20세기 장화홍련전 텍스트들이 이러한 의문을 반영하기 시작했던 것도 분명한 사실이다.

장화홍련전에 대해 특별히 이의를 제기한 이들은 근대적 교육을 받고 일찍이 가부장제가 갖는 문제들을 날카롭게 감지했던 근대의 여성 작가들이다. 이들은 '왜 계모는 늘 나쁘게 그려져야 하는가'라는 질문에서 출발하여 〈연지臙脂〉(이선희, 1938)와 〈후처기後妻記〉(임옥인, 1940)라는 소설을 쓴다. 이 소설들에서 계모는 다름 아닌 신여성이다. 이외에도 딸들의 입장을 다시 쓴 개작도 있었다. 1972년 신상옥이 제작하고 이유섭이 연출한 영화 〈장화홍련전〉은 고소설에서는 감춰져 있는 딸들의 욕망을 보다 선명하게 20세기적 버전으로 바꾸어 드러내고 있다.

영화 〈장화, 홍련〉도 딸의 욕망, 특히 맏딸인 장화의 시각을 반영해 개작된 텍스트이다. 장화홍련전 영화는 1980년대 이래로 한동안 제작이 뜸하다가 2003년 〈장화, 홍련〉에서 가장 완성도 높은 공포영화 장르로 거듭났다. 이 영화는 장화의 현대적 인물인 '수미'를 중심으로 계모를 증오하는 한 소녀의 마음의 상처와 정신적 분열을 묘사한다. 고소설 장화홍련전을 여성 버전의 오이디푸스 콤플렉스로 해석해낸 심리학적, 정신분석적 장화홍련전이라 할 만하다. 이 영화는 아시아 공포영화의 리메이크 바람을 타고 〈불청객The Uninvited〉(한국 개봉 제목은 〈안나와 알렉스: 두 자매 이야기〉. 이하 〈안나와 알렉스〉)이라는 제목으로 할리우드에서 리메이크되기도 했다. 한국의 고전소설 장화홍련전이 리메이크의 연쇄적 흐름 속에서 완전히 다른 문화권의 관객들을 만나게 된 것이다. 여성 공동체의 친밀성—자매애와 모성애는 확실히 어느 사회에서나 발견할 수 있는 보편적 자질이기 때문에 해외 관객들이 장화홍련전을 특별히 이해하지 못할 이유는 없다. 그런데 흥미로운 것은 할리우드 버전 〈안나와 알렉스〉에서는 한국의 오리지널 버전과 달리 자매애로 구성된 여성 공동체가 희미한 흔적만을 남기고 사라졌다는 점이다. 할리우드는 왜 그렇게 리메이크할 수밖에 없었을까. 이 점은 차후에 다시 살펴보기로 하자.

근대적 가정 문제와 장화홍련전에 대한 시각들

여성들 간의 친밀성이라는 측면에서 장화홍련전이 이성 간의 사랑 이야기인 춘향전에 비해 남성들이 이해하기 어려운 요소를 가진 것은 사실이다. 앞서 인용한 소설 속 남성의 말—자신들은 장화홍련전을 "보아도 모른다"라는 언급은 다소 과장스럽긴 해도 솔직한 표현이다. 남성들은 가족 내 약자로서 겪는 여성들의 곤경을 잘 이해하지 못하기 때문이다. 가부장제 사회에서 여성에 대한 성차별이 시작되는 곳이 바로 가족 공동체이다. 식민지 시기 그리고 산업화 시대에 남성들이 여성들보다 가족 내에서 훨씬 더 많은 대접을 받아왔던 것은 사실이다. 가족 내 약자인 여성들(몰락한 가문 출신의 계모[3], 친모를 상실한 전실 소생의 딸들 등등)과 가장 반대의 위치에 있는 남성들이야말로 이 소설에 가장 공감하기 어려운 독자일 것이다. 특히 '지식인 남성'들은 가정 비극에 거리를 두고 어디까지나 사회문제로서 관심을 기울일 수는 있어도 여성들이 체험하는 비극적 상황에 대해 '공감'하기는 어려운 유형의 집단에 속한다. 그런데도 이들의 시각이 이른바 '평균적'이며 '보편적'인 시각으로 여겨졌다.

> 계모 때문에 일어나는 가정 비극은 퍽이나 많다. 소설로도 장화홍련전에 나오는 사실이라든지 전설로도 경상도 선산에 있는 향랑香娘의 이야기라든지, 정말 있는 사실로도 순舜 임금의 아버지 고수瞽叟가 후실을 얻어 일어나던 비극이라든지 어쨌든지 우리나라 가족 제도 위에 이 계모제繼母制가 있어 수많은 자녀를 죽였고 또 울게 한 것은 사실이다. 이제 또한 동덕여학교 학생이 계모 까닭에 가정을 버리고 [illegible]까지 버리고서 삭발하여 여승이 되었다니 새삼스럽게 놀라지 않을 수 없다. …… 나는 피할 길이란 것은 오직 전실 자녀를 별거別居 시키는 도리 외에 없다고 생각한다. 이미 가족제도가 그러한 이상, 생리적으로나 생활상으로나 아내가 죽으면 후처를 들이는 것이 당연한 이상 그 실의 아이가 있는 경우에는 아버지 되는 사람이 모름지기 딴 곳에 그 자녀를 별거하게 하고 친척 누구라든지 또는 얌전한 침모나 유모 같은 사람에게 맡기고 자기가 감독을 성실히 하여 성장시키도록 하는 것이 좋을 줄 안다.[4]

이 인용문은 계모의 학대로 인해 출가하여 여승이 되었다는 동덕여학교 학생의 실제 이야기에 대해 논평하며 이 사건에 장화홍련전을 오버랩시키고 있다. 가정 문제라는 사회문제를 논평하는 데 장화홍련전을 인용하고 있지만, 이러한 문제 제기가 무색하게 이 글의 남성 필자는 비극의 해결책으로서 아버지들에게 재혼 시에 자녀들을 다른 곳에 별거하게 하거나 유모와 침모에게 맡겨 키우면서 철저히 감독할 것을 제시하고 있다. 이 방법이 정말 '해결책'이 될 수 있을까. 아버지가 재혼하면서 자녀들을 따로 살게 하는 것은 자녀들에 대한 아버지의 역할을 거의 포기하는 것으로 읽힌다. 그리고 따로 살게 하거나 유모, 침모를 두려면 무엇보다 경제적 여유가 있어야 가능하다.

고소설 장화홍련전을 읽고 논평한 여타 남성 지식인들도 동일하게 장화홍련전의 비극의 요인으로 '가정' 문제를 지목한다. 대표적인 근대 남성 작가인 염상섭은 홍길동전과 장화홍련전을 예로 들면서 소설 속 비극의 원인이 '구 도덕'에 있다고 말한다. 그는 산업화로 인해 가족제도의 병폐가 완화된 일본과 달리, 조선에서는 과거 작품(고소설)의 침통하면서 암울한 분위기를 벗어나지 못하고 있음을 한탄한다.[5] 염상섭이 말하는 '산업화'란 근대화 혹은 근대적 사고방식 정도인 듯하며 '구 도덕'이란 홍길동전과 장화홍련전을 예로 든 것으로 미루어볼 때 축첩제 혹은 일부다처제를 가리키는 말인 듯하다. 염상섭은 '구 도덕'을 비판하고 있지만 그가 쓴 여러 소설을 보면 오히려 후처나 첩을 악녀로 설정하는 고소설의 형상화 방식을 그대로 반복하고 있다.

실제로 염상섭은 그 유명한 '가족사' 소설 《삼대》(《조선일보》, 1931.1.1.~9.17.)와 부르주아 가정에서 일어난 살인 사건을 다룬 《광분狂奔》(《조선일보》, 1929.10.3.~1930.8.)에서 첩이나 후처를 악인으로 등장시키고 있다. 《삼대》에 등장하는 '수원집'은 조의관의 첩으로 조의관의 유산 분배에 매우 민감해하면서 다른 가족들과 갈등을 일으키는, 이 소설의 대표적인 악인이다. 《광분》에서는 정부情夫와 공모하여 전실 딸을 살해하는 은행가의 후처가 등장한다. 이 밖에도 염상섭 소설에서 내연녀나 첩은 부도덕하게 자기 잇속만 차리는 신뢰할 수 없는 인물로 묘사된다. 후처, 첩 등과 같이 가족 내에서 지위가 불안정한 약자를 악녀로 만듦으로써 작가 자신이 비판한 바로 그 '구 도덕'을 답습하고 있는 셈이다.

다음의 기사도 무엇이 계모의 아동 학대를 일으키는가에 대해 전혀 핵심을 파악하지 못하고 있다.

> 종래로 우리 조선에는 계모 때문에 생긴 가지가지의 눈물겨운 애화가 있다. 우리는 그 전형적인 것으로 '장화홍련전'을 들 수 있다. 우리는 장화와 홍련의 두 어린 처녀의 죽음에 끝없는 눈물을 흘린 것이었다. …… 그러면 계모되는 이는 무엇 때문에 전실 소생을 구박하는 것일가 그것을 생각하여 보면 하등의 그럴 듯한 이유를 발견할 수 없다. 어느 점으로 보든지 어린 아이인 전실 소생을 그는 잘 지도하고 양육하여야 할 것임에도 불구하고 오직 내 자식이

아니라는 까닭으로 눈에 든 가시 같이 취급하는 것은 절대로 불가한 일이라 하겠다. 그 다음으로는 그 아이의 아버지와 할머니가 공평하게 처단하여 하후하박이 없는 태도를 가진다고 하면 이번 영흥 사건의 비극은 생기지 않았을 것이다.[6]

이 기사 역시 계모의 학대로 죽으려던 영흥의 세 소년 이야기를 소개하면서 "계모 되는 이는 무엇 때문에 전실 소생을 구박하는 것일까. 그것을 생각하여 보면 하등의 그럴듯한 이유를 발견할 수 없다"고 말하고 있다. 근대에 들어와서 가족 개념은 자녀 중심의 가족 개념으로 변화되었고[7] 이에 '양육'과 '돌봄'이라는 자녀에 대한 어머니의 재생산 노동의 중요성은 더욱 강화되고 있었다. 이러한 어머니의 역할이 강요될수록 계모의 학대는 주요 '가정 문제'로 지목되어 더 많이 기사화될 수밖에 없었지만 대부분의 기사들은 구조적인 문제를 분석하기보다는 아동을 학대하는 계모들을 비난하기에 급급했다.

결과적으로 여러 기사들에서 가정 문제에 대한 '분석'을 시도한 많은 남성 지식인에게 문제의 핵심을 파악하는 '눈'은 없었던 듯하다. 이들에게는 무엇보다 상상으로나마 계모의 입장이 되어 계모의 시각으로 가족 문제를 들여다보는 시각이 부재하다. 그들은 가부장의 시선으로만 사건을 보고 있었고 따라서 전실 소생의 자녀들이나 계모의 아픔에 공감하지 못했다. 이러한 공감의 부재는 자연스럽게 장화홍련전에 대한 남성들의 몰이해를 초래하여 결과적으로 장화홍련전을 남성들의 관심사로부터 멀어지게 했다. 그러나 이러한 결과가 부정적인 것만은 아니었다. 춘향전이 이데올로기와 남성 지배의 요구에 따라 매우 잘 개작되어왔던 것과 달리 장화홍련전은 남성들의 관심에서 벗어나 온전히 '여성'의 입장을 반영한, 여성의 이야기로 개작될 가능성이 높았기 때문이다.

장화홍련전의 약자들에 대한 동일시와 공감 능력은 당연히 많은 여성들에게 있었던 것으로 짐작된다. 이 여성들은 신학문을 배운 신여성일 수도 있지만 농한기의 시골 마을에서 심청전이나 장화홍련전을 듣고 "재미있게 열심히 듣다가 슬픈 구절이 나오면 가끔가끔 구슬 같은 눈물을 흘리고서는 또 부끄러워서 얼굴이 앵두빛이 되어 돌아앉는"[8] 시골 아낙네들과 같은 구여성일 수도 있다. 1924년 단성사 제작의 〈장화홍련전〉이 개봉되었을 때도 영화를 보러 온 이들로 만원사례를 이루고 부인석에서 '흑흑 흐느끼는 소리'가 들릴 정도로[9] 영화 〈장화홍련전〉에 대한 여성들의 감응력은 '당연히' 높았다. 이들의 반응이 '흐느낌'이었다는 점으로 보아 계모에 의해 희생되는 장화·홍련 자매와 자신을 동일시한 관객들이 대부분이었을 것이다.

장화홍련전의 관객과 독자 중에는 분명 '계모'들도 적잖이 포함되어 있었다. 그들은 장화홍련전에 불만이 없었을까. 고소설 장화홍련전의 인물들 중 계모 역시 여성들에 의해 동일시될 만한 인물이었다. 그러나 계모의 입장에서 그녀를 두둔하는 내용이 식민지 시기 영화 〈장화홍련전〉에 보강되거나 삽입되지는

단성사 내부를 메운 〈장화홍련전〉 관객들. "조선영화계에서 처음 보는 성황"이라는 제목이 붙어 있다. 《매일신보》, 1924.9.13.

않았던 것으로 보인다. 필름이 남아 있지 않아 내용을 확정 지을 수는 없지만, 당시 조선 영화가 소비되던 맥락상 계모의 입장을 고려하여 서사를 변형하는 것은 가능하지 않았다. 누구나 미워해야 할 악인이 서사 속에 반드시 필요하기도 했고, 계모를 편드는 방식으로 서사를 구성하는 것은 이미 잘 아는 장화홍련전을 기대하고 보러 온 관객들에게 혼란을 초래하는 일이었다.

한편 장화홍련전의 가정 문제를 계모의 시선에서 다시 읽어낸 이들은 바로 1930년대 여성 작가인 이선희(1911~?)와 임옥인(1915~1995)이었다. 이들은 남성 지식인들이 절대로 동일시할 수 없었던 악녀 '계모'를 서사의 중심에 두고 장화홍련전에 대한 다시쓰기를 시도한다. 이들의 다시쓰기는 신여성으로서 작가 자신의 삶에 대한 고민, 아픔과 관련되어 있는 만큼 여성들의 솔직하면서 깊이 있는 내면의 풍경을 잘 보여주고 있다.

계모와 후처의 이야기

식민지 시기 대표적 잡지인《개벽》과《삼천리》의 여성 기자로 활동하기도 했던 함경남도 원산 출신 작가 이선희는 1세대 여성 작가인 나혜석, 김원주, 김명순 이후에 등장한 2세대 여성 작가로 불린다. 이선희는 이화여전에서 성악과 문학을 전공한 신여성으로서 자신의 욕망과 삶에 대한 자의식이 강했고 이러한 의식을 당시로서는 매우 발랄하고 솔직하게 표현한 작가였다. 아울러 그는 도시의 풍경 속에서 포착되는 신여성, 기생과 여급의 삶은 물론, 농촌 지역 구여성의 삶을 작품 속에 녹여낼 정도로 다양한 계층의 여성들의 삶에 주목했다. 그는《삼천리》에 장화홍련전의 줄거리를 소개한 후, 원작이 갖고 있는 계모에 대한 부당하고 일방적인 시각에 대해 다음과 같이 지적했다.

> 보통 계모에게 보담 전실前室자식에 동정을 하는 것은 계모는 이미 독립한 인간이고 자식들은 아직도 보호를 요구하는 어린 사람들이기 때문이다. 그러나 남의 계모가 전실자식을 미워하는 것은 반드시 그 아이들 자체만이 아닌 경우가 더 많을 것이다. 조부모나 남편이 무조건하고 어미가 죽은 자식들을 불쌍히 여기는 것도 당연하나 이런 것이 또 계모에게는 온갖 괴로움의 씨가 되는 것도 또한 당연지사다. 이 장화홍련전에만 보더라도 전실자식의 불쌍한 형상만 썼지 계모된 자의 고민은 하나도 쓰이지 않았다.

《부득이하여 허씨를 취함애 그 용무를 이를진대 양협은 한자이 넘고 눈은 퉁방울갓고 코는 질병갈고 입은 미역이 갈고 머리털은 돗태솔갈고 키는 장승만하고 소래는 시랑의 소래갈고 허리는 두아름되고 그 중에 곰배팔이며 수중다리에 쌍언창이를 겸하였고 그 주동이는 썰면 열사발이나 되고 얽기는 멍석갈으니...》

세상에 이처럼 못생긴 사람이 어디에 있으리요. 이는 작자가 허씨 계모된 사람의 심정은 조금도 생각지 않고 덮어놓고 미워만 한 것이다. 그러나 이 소설이 좀 더 인간성을 띠자면 허씨의 괴롬도 기록하여야할 것이다.[10]

이선희는 고소설 장화홍련전이 계모를 일방적으로 악녀로 그려내는 것에 대해 신랄하게 비판한다. 계모가 전실 자식에 대해 갖는 모성은 강요된 모성, 즉 '인조 모성'이라는 것이다. 이선희는 후처로 들어와 시부모와 남편의 감시 속에서 고통받았을 다른 계모들을 동정하면서 장화홍련전의 계모의 외양에 대한 묘사가 지나치게 가혹하다고 말한다. 이선희의 이러한 비판적 읽기는 남성 지식인들의 시선과는 분명히 다른 새로운 시선이다. 가부장제의 그늘에 가려진 여성의 욕망을 소설 속에서 그려왔던 이선희는 악녀로 묘사된 계모에 대해 특별히 관심을 가졌다. 이선희 자신이 '처녀림處女林'이라는 예명으로 활동하며 〈번지 없는 주막〉, 〈오빠는 풍각쟁이〉 등의 가사를 쓴 유명 작사가 박영호의 두 번째 아내였고 그녀에게도 전실 자식과 자신이 낳은 두 아들이 있었다. 이러한 가족 구성으로 인해 그녀의 결혼 생활은 평탄치 못했고, 평탄치 못했던 가정에 대한 체험은 그녀의 소설에 자주 등장하는 모성애에 대한 갈등과 탈출에의 욕망이라는 모티프를 제공하기도 했다.[11]

《신가정》에 실린 작가 이선희와 남편인 작사가 박영호.

이선희의 소설에서 계모가 겪는 내적 갈등이 전면에 드러나 있는 작품이 바로 1938년 《조선일보》에 연재된 단편소설 〈연지〉이다.[12] 당시 이선희는 박영호와 결혼 생활 중이었다. 이 소설의 주인공 '금녀'는 어린 전실 아들을 키우는 계모이다. 전처의 친정어머니, 시누이, 남편은 금녀의 양육 방식에 끊임없이 간섭, 개입하며 금녀의 행동을 일일이 감시하고, 이러한 환경에서 금녀는 어린 전실 아들이 죽기를 바랄 정도로 아이를 미워하게 된다. 답답한 마음에 길을 나선 그녀는 소설책을 파는 노인에게서 구활자 인쇄본으로 추정되는 장화홍련전을 사 들고 결혼 전 사귀었던 옛 애인을 찾아간다.

한편 1940년 11월, 작가 임옥인은 《문장》에 소설 〈후처기〉를 발표한다. 임옥인은 함경북도 길주 태생의 교사 출신으로 당시 문단에 데뷔한 지 1년밖에 안 된 미혼의 작가였다. 그녀는 이 소설을 쓴 지 30여 년이 흐른 뒤인 1971년의 인터뷰에서 이 소설이 바로 고소설 장화홍련전에서 모티프를 얻었다고 언급했다. 또한 장화홍련전의 후처처럼 표독스럽게 그려지는 계모의 이미지를 새롭게 부각시키는 것이 〈후처기〉의 집필 의도였다고 밝히면서 초기작이지만 자신의 대표작이라 꼽을 수 있을 정도로 이 소설에 애착이 있음을 드러냈다.[13] 이선희가 계모의 애환을 그려낸 〈연지〉를 발표하고 임옥인이 〈후처기〉를 집필한 것은 당시 좁은 문단 안에서 여성 작가들 사이에 교류가 빈번했음을 고려할 때 이선희와 임옥인 사이에 어떤 영향 관계가 성립했기 때문이라는 추측도 가능하다. 그러나 이들이 비슷한 시기에 장화홍련전을 다시 해석하고자 한 본질적인 이유는 단지 사적인 교류 관계에 있지 않았다. 이선희의 삶을 통해서도 알 수 있듯이, 신여성들의 삶에서 그들의 결혼 생활은 많은 경우 지식인 여성으로서의 삶의 한계를 느끼는 절박하고 절망스러운 체험이었다. 특히 신여성들 중 '후처'로서 결혼 생활을 한 이들이 드물지 않았다. 식민지 시기 여성 작가들 가운데서 실제로 후처였거나 결혼과 관련하여 가족 내 갈등을 겪은 사람이 다수였다. 1930년대 세간을 떠들썩하게 했던 이혼 스캔들의 주인공인 나혜석은 후처였고 최정희는 김동환과 사실혼 상태에 있었지만 끝내 합법적인 아내가 되지 못했다. 최정희는 소설 〈지맥〉과 〈천맥〉에서 '민적 없는 아내'가 되는 괴로움에 대해 토로한 바 있다. 지하련은 아이가 딸린 이혼남인 임화와 결혼했고 박화성은 전남편과 이혼한 뒤 아이들을 데리고 동향 출신의 사업가와 재혼했다. 이 밖에도 많은 여성 작가들의 연애와 결혼은 대체로 평범한 것과는 거리가 멀었다.

대체로 신여성의 배우자가 될 만한 지식인 남성들은 대부분 조혼을 한 처지였기에 이들이 신여성과 '자유연애'를 시작할 무렵에는 고향이나 본가에 아내와 자식까지 있는 경우가 많았다. 따라서 이들과 신여성의 결혼은 전처와의 이혼, 전실 자식의 처리, 때로는 이혼을 반대하는 남성 쪽 집안과의 갈등 등의 복잡한 사건을 겪고 나서야 가능했다. 여성 작가들의 개인적 체험 유무를 떠나 보편적으로 식민지 시기 신여성들이 겪었던 연애와 결혼 과정의 험난함, 그리고 혼사 장애는 여성 작가들이 '후처'를 새로운 시선으로 볼 수 있게 한 계기였다.

연구자 조현설이 지적하듯 고소설 장화홍련전은 남성 지배의 형식을 서사화한 소설로서, 이 소설에는 양반 사회의 질서를 교란하는 악녀인 계모와 양반 사회의 질서에 부합하는 요조숙녀인 장화와 홍련이라는 여성 캐릭터들이 등장한다.[14] 악녀와 요조숙녀라는 구분은 남성 지배라는 사회 시스템이 만들어낸 전형적인 이원적 여성 분류 방식이다. 이 서사에 형상화된 여성들의 모습과 행위의 이면에 담긴 진실을 발견하려면 무엇보다 선과 악으로 이원화된 여성들에 대한 고정관념을 걷어내고 그녀들의 내면을 입체적으로 그려내야 한다. 그러자면 악녀로 치부된 이들이 스스로 자신의 입장과 생각을 전면에 내세우는 서사를 새로 만들지 않으면 안 된다. 장화홍련전의 계모에게는 애초에 자신의 입장에 대해 발언할 기회가 없었다. 그녀에게 유일한 발언의 기회는 바로 죄가 적발된 후 동헌에 불려 나가 고문당한 뒤 자백의 형식으로 비로소 주어진다. 다음은 구활자 인쇄본 《장화홍련전》(초판 1925년)에서 계모가 자신이 왜 그런 흉계를 꾸미게 되었는지를 스스로 진술한 발언의 일부이다.

> "좌수 간쳥홈으로 그 후처 되오니 젼실에 양녀잇스뫼 그 행동거지 심히 아름다옵거ᄂᆞᆯ 내 ᄌᆞ식 갓치 양육ᄒᆞ여 이십에 이흐러 저의 행세 점점 불축ᄒᆞ여 백말에 한 말도 듯지 아니ᄒᆞ고 셩셜치 못한 일이 만사와 원명이 비경ᄒᆞ옵기로 때때 더희를 경계ᄒᆞ고 개유하여 아모조록 사ᄅᆞᆷ이 되도록 ᄒᆞ여삽더니 일일은 더의 형데의 비밀ᄒᆞᆫ 말을 우연이 엿듣고 보니 그말이 나의 뜻ᄀᆞᆺ흔말이온바 그 부졍ᄒᆞ온말이 측량치못ᄒᆞ올지라 ᄆᆞᄋᆞᆷ이 가쟝 놀압고 분ᄒᆞ와 가부다려 일은즉 반다시 모해ᄒᆞ난쥴로 알아드를가 ᄒᆞ와"[15]

이 발언은 계모의 진술치고는 소설 속에서도 비교적 진실의 함량이 높은 것으로 취급되고 있다. 계모의 이 진술을 그대로 받아들여보면, 계모는 처음에 두 자매를 매우 예뻐했고 친자식처럼 길렀지만 딸들이 커가면서 점점 말을 듣지 않게 되었고 타일러도 보았지만 딸들은 더욱더 거칠어졌다. 십대의 딸들이 거칠어진 데에는 예측 가능한 이유가 있다. 그들이 사춘기에 접어들었기 때문일 수도 있다. 그러던 중 두 자매가 몰래 자신을 헐뜯는 이야기를 나누는 것을 듣고 계모는 화가 폭발했고 그 말을 남편에게 전한다고 해도 자신을 믿어주지 않을 것 같아 음모를 꾸몄다는 것이다. 두 자매의 관계는 계모의 학대에 대항해 협력하는 여성 공동체의 관계이기도 하다. 계모가 결정적으로 두 자매를 축출할 음모를 꾸미게 된 것도 그들이 비밀스럽게 이야기를 나누는 것을 목격했기 때문이다. 그들은 실제로 계모에 대해 험담을 했을 수도 있고 혹은 사춘기 소녀의 비밀스러운 신체 변화나 자신들의 마음을 흔든 어느 젊은 남성에 대해 이야기했을 수도 있다. 그런데 문제는 대화의 '내용'보다도 계모를 고립시키고 두 자매만이 배타적 공동체가 되는 대화의 '방식'에 있다. 계모가 진정 분노했던 것은 이것이 아닐까. 소설 속에서 계모가 아들만 셋이 있다는 사실을 강조했던 것은 우연이 아닌 것으로 보인다. 서술되지 않은 계모의 내면을 보다 적극적으로 추측해보면 그녀에게 필요한 것은 자신의 내면을 이해하고 공감해줄 여성 동지였을지도 모른다. 계모의 말에 따르면 그녀의 음모는 가족 내 모든 소통이 거부된 고립 상황에서 '어쩔 수 없이' 사용하게 된 최후의 카드인 셈이다.

계모 허씨의 변명 혹은 해명은 이선희 소설 〈연지〉의 등장인물인 금녀의 다음과 같은 언급과 겹쳐진다. 남편의 가정에서 외톨이로 고립되어버린 장화홍련전의 후처에 대해, 유치원 교사 출신으로 삼십 대 후반 남성의 후처가 된 〈연지〉의 금녀는 이렇게 변호하고 있다.

"이 책에 있는 악한 계모는 악한 게 아니에요. 지금 나도 그렇게 되고 있는 중이니까요. 자고로 전처 자식과 계모 사이란 귀신이 요기를 부리는 것이에요. 더구나 계모에게 동정하는 사람은 없구요."

명재는 갑자기 엄숙한 표정을 짓는다. 그는 자리를 고쳐 앉았다.

"무슨 이야긴지 그럼 말씀하시지요. 내게 힘은 없습니다만……"

금녀는 그제야 자기가 처음 결혼해서 사흘 되던 날부터 그 때 네 살 먹은 전처 소생이 시골서 올라와서 그날 밤까지 새어미 노릇하던 경로와 심경을 세세히 이야기했다.

"나는 조금만 더 있으면 그 아이를 내 손으로 죽여 없앨 것 같아요. 그렇게 되구 말구요. 그러면 그 땐 이 장화홍련전과 조금도 다를 게 없겠군요."[16]

장화홍련전의 계모에게 가정 내의 적절한 소통 통로가 막혀 있었던 것처럼 〈연지〉의 금녀 역시 가정 내에 고립되어 있었다. 전처의 친정어머니와 시누이 그리고 남편 모두가 자신이 아이를 잘 돌보는지 감시하고 흉보는 상황에서 금녀가 위로받으러 찾은 사람은 결혼 전 연인인 명재였다. 명재와 금녀는 서로 사랑하는 사이였지만 명재에게 간질병이 있었기 때문에 금녀의 집안에서 결혼을 반대했다. 금녀가 결혼한 이후에도 병이 있는 명재는 독신으로 살고 있었다. 명재는 자신을 찾아온 금녀의 이야기를 잠자코 들었지만 그도 정확하게 금녀에게 공감하지 못하여 다음과 같이 말한다. "금녀씨 같은 이가 그걸 못하신다면 좀 이상하군요. 왜 그 아이를 사랑해 주지 못하셔요." 이러한 어긋남은 있었지만 적어도 명재는 금녀의 말을 들어줄 수 있는 사람이었고 명재를 감정의 피난처로 여긴 금녀는 명재와의 도피를 시도하게 된다. 그러나 남편 사이에서 태어난 딸을 데리고 옛 애인과 도주를 감행하는 과정에서 갑자기 딸이 앓는다. 어린 딸을 데리고 옛 애인과 새로운 삶을 꿈꾸는 것이 애초에 무리였을까. 금녀는 자신의 딸을 부담스러워하는 명재의 시선을 느끼고 모든 계획을 포기한다.

〈연지〉의 금녀가 장화·홍련의 계모처럼 악녀가 될 수밖에 없는 자신의 처지를 하소연하는 것과 비슷하게, 임옥인의 〈후처기〉 역시 교사 출신인 '나'는 후처이자 계모로서의 경험을 독자들에게 세밀하게 전달한다. '나'는 의사인 남편과 결혼하면서 교사직을 그만두고 그가 개원해 살고 있는 S읍으로 이주하게 된다. 30대 초반의 '나'는 결혼 전 연애 경험이 있는 신여성이었고 의사인 남편에게 그녀는 세 번째 아내였다. 남편은 두 번째 아내와 결혼하기 위해 조혼한 첫 아내와 이혼한 전력이 있었다. 그의 두 번째 아내는 기생의 딸로서 출중한 미모의 여성이었지만 어린 남매를 두고 폐병으로 사망했다. 애정 없이 조혼한 첫 아내와 달리 남편과 두 번째 아내의 사이는 매우 각별했고, 남편은 첫 아내가 양육하고 있는 큰딸을 돌보지 않는 것과는 다르게 두 번째 아내와의 사이에서 태어난 아이들을 매우 사랑하여 죽은 아내를 닮은 딸을 신혼 방에서 데리고 자기도 한다. 남편의 이러한 태도가 못마땅한 ‘나’는 집 안에서 전처의 흔적을 없애기 위해 최선을 다한다. 전처는 옷장에 빼곡하게 비단옷을 쟁여둘 정도로 사치스러운 여자였지만 ‘나’는 전처의 옷을 뜯어 이불 등의 세간을 만든다. 또한 일할 줄 모르는 게으른 식모를 해고한 뒤 스스로 집안일을 도맡아 하는 등 현대식으로 가정을 경영하는 현명하고 부지런한 주부가 되고자 노력한다. 그러나 시부모도 남편도, 심지어 이웃들조차 그녀를 마땅치 않게 여긴다. 모든 노력에 대해 가족과 주변 사람들로부터 인정받지 못한 ‘나’는 전처의 아이들을 거칠게 대하기 시작한다.

> 나는 아이들의 예습과 복습을 꼭 보아주었고 도시락도 알뜰히 싸 주었다. 내복이나 입는 옷들이나 이부자리들을 늘 깨끗이 해 주었다. 처음에는 저이들의 비위를 맞춰주다가 차츰 좋지 못한 버릇을 한 가지씩 한 가지씩 고쳐갔다. 웃어른께 인사하는 것 고맙다는 말과 앉음앉음과 간식을 조절하는 것과 함부로 돈을 집어 안 주는 일과 어린 것을 가르치고 고치고 타일러서 점점 나아졌다. 남편은 여기에 대해선 고맙다는 뜻을 품는 모양이었으나 조금 정도를 지나치면 눈을 부릅뜨고
> 「애들은 왜 못되게 구는 거야. 되지 못하게시리.」
> 고래고래 소리를 질렀다. 나는 그 당장엔 웃어보이다가도 며칠 두고 비꼬고 트집을 썼다.
> 「저 계집앤 꼭 저의 엄마를 닮았나봐!」

내 입에선 이런 말도 나오고
「조 계집앤 꼭 첩감이야.」[17]

〈후처기〉의 '나'는 장화·홍련 계모의 현대 버전이라 할 만하다. '나'는 전처의 아이들을 헌신적으로 돌봤지만 남편은 '나'를 완전히 신뢰하지 않는다. 더구나 남편은 전처가 생각나는 날이면 '나'와의 동침을 거부하기까지 한다. 남편에 대한 '나'의 불만은 곧 아이들에게 표출되는데 두 아이 가운데서 특히 '나'의 공격 대상이 된 아이는 바로 '딸아이'였다. '나'가 의붓아들보다 의붓딸에게 공격적인 것은 딸이 전처를 많이 닮았기도 했고 그 친모를 자연스럽게 떠올리게 하는 동성의 자녀이기 때문이다. '나'는 전처의 딸에게 "조 계집앤 꼭 첩감"이라고 악담을 내뱉음으로써 무의식중에, 기생의 딸이었던 전처를 '첩'으로 강등시키는 심리적 복수를 행한다.

〈후처기〉의 '나'는 나탈리 에니크Nathalie Heinich가 말하는 '후처 콤플렉스'의 전형적인 소유자이다. 오이디푸스 콤플렉스의 여성 버전인 후처 콤플렉스는 말 그대로 여성이 이전에 자기 자리에 있었던 다른 여성을 질투하는 여성들의 심리 상태를 일컫는다. 오이디푸스 콤플렉스가 아버지를 질투하는 아들의 심리 상태라면 후처 콤플렉스는 어머니를 질투하는 딸의 심리 상태와 관련되어 있다. 어머니에 대한 딸의 질투는 이후의 상황에서 남편이나 연인이 이전에 사귀었거나 결혼했던 여성을 질투하는 것으로 변주된다. 혹은 이전에 사귀었거나 결혼했던 여성이 존재하지 않는다 하더라도 남편이나 애인에게 이전에 다른 여성이 있었을 것으로 상상하며 그 여성에 대해 경쟁심과 질투심을 느낀다. 에니크의 후처 콤플렉스는 언뜻 보면 이전에 자기 자리를 차지했던 여성에 대한 후발 주자 여성의 질투를 '콤플렉스', 즉 병적인 심리로 치부하는 듯하다. 그러나 남편 혹은 연인의 합법적인, '유일한' 여자가 되어야 한다는 욕망은 단순히 비정상적인 병적 심리가 아니라 실은 남성에게 의존해서만 생존이 가능한 사회에서 여성들이 느끼는 절박한 심정에 가깝다.

에니크는 여러 서구 소설에 등장하는 여성들의 형태를 경제적 조건과 성적 관계의 합법성 정도에 따라 세 가지 상태로 분류하고 있다. 유일한 아내의 자리를 차지하는 합법적인 성의 상태, 첩과 정부와 같은 불법적인 성의 상태 그리고 노처녀와 같은 비非성적이지만 경제적인 독립의 상태가 그것이다.[18] 이러한 유형 가운데서 여성들이 되고자 하는 상태는 바로 합법적인 유일한 아내의 상태이다. 여성들이 경제적으로 독립하기가 불가능했던 시기, 즉 19세기 영국 빅토리아 왕조 같은 시대에 여성들은 생존을 위해 결혼을 해야 했다. 그것도 세간의 비난을 받는 정부가 아니라 합법적인 유일한 아내가 되어야 남편으로부터 경제적, 법적 보호를 받을 수 있었다. 그렇지 않으면 아주 가난한 집안의 여성들은 공장 노동자나 하녀가 되어야 했다. 또는 교육을 받았지만 재산이 없는 여성이라면 가정교사를 하면서 살아야 했다. 어느 경우에나 삶 자체가 완전히 독립적이지도 못했고 가난한 여자라는 세상의 멸시를 면치 못했다. 따라서 부유한 남자의 아내가 되는 것이 비난과 멸시를 피해 생존할 수 있는 거의 유일한 방법이었다. 한 남자의 합법적인 유일한 아내가 되는 것은 일종의 생존 방식이었고 그러자면 남자의 주변에 어른거리는 다른 여성들의 그림자를 걷어내는 것이 필요했다. 그 다른 여성들이 이미 죽었거나 남자와 더 이상 관계가 없거나 혹은 상상과 추측으로만 존재한다 할지라도 뒤에 온 여성이 '유일한' 여성이 되기 위해서는 그들은 사라져야만 했다. 때때로 그들의 존재는 후처의 머릿속에 사라지지 않고 강박의 형태로 남아 있기도 했다.

식민지 조선의 현실도 19세기 영국의 빅토리아시대와 시간적 차이가 있지만 여성의 경제적 지위의 측면에서는 크게 다르지 않았다. 경제적으로 독립해서 살고자 하더라도 일단 여성이 일을 한다는 것에 대해 매우 부정적이었다. 스스로 벌어서 먹고살아야 하는 여성이 있다면 세간에서는 그 여성을 불행한 운명을 가졌다고 생각했다. '좋은' 조건을 가진 '사랑하는' 남성과 결혼하는 것이 여성의 삶에서 '성공적인' 목표인 것으로 여겼다. 장화홍련전의 계모 역시 이 점에서는 마찬가지였다. 장화홍련전의 계모는 가난한 집안 출신으로 비록 후처이긴 해도 배좌수의 아내가 된 것은 그녀에게 나름의 성공이었다. 〈후처기〉의 '나'는 교사 출신의 신여성으로서 애초에 경제적으로 독립할 수 있는 조건이었지만 재산을 소유한 '의사'를 남편으로 선택했다는 점에서 결과적으로 조선 후기 여성인 장화홍련전의 계모와 크게 다르지 않다. 유치원 교사 출신으로 은행 지배인의 아내가 된 〈연지〉의 금녀 역시 부유한 집의 주부가 되는 '성공'을 거두었다. 그들의 가장 큰 고민은 자신이 남편의 '유일한' 아내가 아니라는 점이다. 그들은 전처의 아이들을 키우며 남편 및 주변 사람들에 의해 전처와 비교당하고 그럼으로써 죽은 전처와 경쟁하게 된다. '후처'들의 이러한 강박, 즉 전처를 능가해야만 남편으로부터 인정받는다는 강박은 〈연지〉와 〈후처기〉의 주인공을 심리적으로 괴롭히고 급기야 타인에 대해 공격적인 성격을 갖게 만든다.

이러한 후처들의 강박에 대해 영국 여성 작가 대프니 듀 모리에Daphne Du Maurier의 1938년작 《레베카Rebecca》를 동시대 소설로서 〈연지〉(1938), 〈후처기〉(1940)와 비교해볼 수 있다. 히치콕의 스릴러 영화 〈레베카〉(1940)로도 제작된 이 소설은 귀부인의 말동무('동반자')로 고용되어 일하던 불우한 고아 처녀인 '나'가 여행 중 만난 맥심 드윈터라는 이름의 귀족으로부터 갑작스럽게 청혼을 받고 결혼하여 일약 귀족 부인으로 변신하게 되는 이야기이다. 결혼 후 남편 소유의 대저택 '맨덜리'에 들어간 그녀는 도처에 남아 있는 죽은 전처의 흔적에 소스라치게 놀란다. 죽은 전처의 침실이 고스란히 남아 있고 심지

대프니 듀 모리에의 소설
《레베카》(1952년 포켓북스 판)

어 죽기 직전까지 입었던 가운도 세탁하지 않은 채 놓여 있었다. 전처는 좋은 집안 출신에 미모인 데다 대저택을 완벽하게 관리하고 사교계를 주름잡는 출중한 능력을 가진 여자였다. 남편은 그런 아내를 잊지 못하고 그리워하고 있었다. 이 소설의 후처로 등장하는 '나'의 이름은 소설에 나오지 않는다. 소설 제목인 '레베카'는 '나'의 이름이 아니라 바로 죽은 전처의 이름이다. 귀족이자 부호인 남편보다 훨씬 낮은 계층에 속하고 더구나 외모에서도 열등감을 가진 그녀는 이 소설에서 여러모로 월등한 죽은 전처와 비교되고 이러한 처지를 극복할 수 없어 괴로워한다. 이름도 등장하지 않는 스무 살 무렵의 어린 후처는 40대 초반의 아버지 같은 남편의 사랑을 잃을까 봐 전전긍긍한다.

> 그는 내게 속해 있지 않다. 온전히 레베카의 것이다. 아직도 레베카 생각을 한다. 레베카가 있으므로 앞으로도 나를 사랑하지 않을 것이다. 댄버스 부인 말대로 레베카는 아직도 이 집 안에 있다. 서쪽의 침실에, 서재에, 거실에, 홀 위쪽 발코니에, 정원 결방에도 아직 레베카의 비옷이 걸려 있지 않은가. 정원에, 숲에, 해변의 돌집에도 레베카의 발소리가 복도를 울리고 그 향수 냄새가 계단에 어려 있다. 하인들은 여전히 그 명령에 레베카가 좋아했던 음식을 먹는다. 레베카가 좋아했던 꽃들이 방에 놓인다. 그 침식 옷장에 걸린 옷들, 화장대 위의 머리빗, 의자 아래의 슬리퍼, 침대 위의 가운…… 레베카는 아직 맨덜리의 안주인이다.

여전히 드윈터 부인이다. 나는 여기서 아무것도 아니다.[19]

동시대 식민지 조선의 여성 작가 이선희와 임옥인은 장화홍련전에 대한 새로운 독법을 분명히 보여주었다. 이선희와 임옥인은 모든 것이 여성에게 불리한 가부장제 사회에서 〈연지〉와 〈후처기〉를 쓰면서 후처로서 겪는 고통으로 인해 고군분투하는 여성들을 보여주었다. 그들은 옛 애인과 도주를 시도하거나(〈연지〉), 안주인으로서의 온전한 지위를 차지하고자(〈후처기〉) 고군분투했다. 그러나 대프니 듀 모리에는 식민지 조선의 여성 작가들과 달리 가부장제에 대해 비판적이지 못했다. 《레베카》의 어린 후처는 남편이 전처를 살해했다는 사실을 알고도 그의 범죄에 대해 눈감는다. 남편이 전처를 살해했다는 고백을 듣고도 살인자 남편을 오히려 동정한다. 그녀는 완벽한 부부처럼 보였던 남편과 전처가 실은 전처의 바람기와 외도로 서로를 증오하는 불행한 결혼 생활을 해왔다는 사실을 알게 된다. 또한 겉으로는 냉랭하게만 보였던 남편이 실은 전처 레베카를 사랑하지 않았고 자신을 사랑하고 있음을 확인하면서 어린 후처는 완벽한 신데렐라가 된다.

부유하고 저명한 집안 출신이자 전 세계에 식민지를 경영하던 '제국'의 여성 작가보다 식민지 조선의 여성 작가들이 훨씬 더 가부장제의 고통을 잘 그려낼 수 있었던 것은 영국 사회에서 '계급'이 훨씬 더 견고하게 가부장제와 결합되어 있었기 때문이다. 〈연지〉와 〈후처기〉의 주인공은 교사 출신의 신여성, 즉 당시로서는 신학문을 수학했다는 자존감과 이에 비례해 강한 자의식을 갖춘 인물이었다. 《레베카》의 후처 역시 여학교를 다닌 적이 있는 여성으로 강한 자의식의 소유자이자 평범한 민중에 친화감을 가진 인물로 그려져 있지만, 그녀는 동시기 식민지 조선의 신여성들과 달리 대저택을 소유한 남편의 위세에 주눅 들어 있었다. 제국의 귀족 남성들은 경제적 규모 면에서 여성들을 압도했다. 더구나 영국 사회처럼 오랫동안 전통으로 전수되어 귀족계급에 공유되어온 상류사회의 아비투스habitus는 계급이 낮은 어린 후처가 쉽사리 습득하기 어려웠다. 이러한 이유로 《레베카》의 어린 후처는 지역 유지들과 친분을 쌓기가 어려웠다. 즉 식민지의 가부장제 권력이 여성들에게 미치는 정도가 제국의 가부장제 권력보다 절대적으로 '약했다'고 보기는 어렵지만 여러모로 제국의 가부장제, 특히 상류사회의 가부장제적 장치들은 전통이 파괴된 식민지 조선에 비해 견고했던 것으로 보인다. 《레베카》에서 완벽한 능력을 소유한 전처 '레베카'가 넘치는 바람기를 주체하지 못하고 여러 남성을 유혹하고 실제로 외도를 감행한 '악녀'로 그려지는 것 역시 이 소설이 제국의 가부장제에 대해 입체적이고 성찰적인 사고를 보여주는 데 한계가 있음을 말해준다.

《레베카》의 후처와 달리, 〈연지〉와 〈후처기〉의 여성 인물들은 자신이 어떤 고통을 겪고 있으며 그 고통이 어디서 비롯되고 있는지, 다른 가족들과 주변 사람들로부터 어떻게 고립되었는지를 생생히 묘사한다. 이 두 편의 소설에 영감을 준 장화홍련전에는 가정 내에서 계모가 고립된 이유가 명시적으로 표현되어 있지 않다. 가부장제의 서사 형식은 그녀에게 흉측한 외모를 부여하고 그녀가 자신을 변호할 수 없도록 침묵하게 만들었다. 그녀에게 강요된 침묵에는 무엇보다 남편 가족의 일방적인 시선에 기반을 둔 가부장제 이데올로기가 강하게 작동하고 있다.[20] 이에 비해 〈연지〉의 금녀와 〈후처기〉의 '나'는 시집 식구들과 남편과 전실의 아이, 그리고 전처와 자신을 끊임없이 비교하는 사람들에 포위되어 자신이 고립되었음을 분명한 자신의 목소리로 발화하고 있다.

> 덕순이를 절교해 버린 내 주위에는, 집식구 이외엔 강아지 새끼 하나 어른거리는 것이 없었다. 이런 외부의 사교에서 멀리멀리 떠나도 털끝만치도 고독과 허전함을 느끼지 않는다. 내 속에 커 가는 한 생명이 내 유일한 벗이요. 가장 소중한 존재이다. 나는 「내 것」이라고, 이렇게 생각하는 것만으로도 가슴이 터질 듯이 기쁘다.[21]

결국 〈후처기〉의 '나'는 뱃속의 아이만이 '내 것'이라 믿고 의지하는 상황에 놓이게 된다. '나'가 장화홍련전의 계모처럼 아들을 낳게 되는지 독자들은 알지 못한 채 소설은 끝난다. '나'가 고립된 것은 무엇보다 그녀가 자의식이 강한 신여성이기 때문이었다. 그녀는 시부모와 남편에게 고분고분하지 않았고 집안일을 하는 데 자신이 습득한 근대적 지식을 활용하고 새로운 방식으로 가정을 경영하려 했다. 이웃마저도 그녀에게 등진 것은 그녀가 부잣집의 안주인으로서 주변 사람들에게 무엇이든 넉넉하게 나누어주려는 시혜적인 태도를 보이지 않았기 때문이다. 〈연지〉의 금녀 역시 자신이 전처 소생의 아이에게 살해 충동을 느끼는 이유를 밝힌다. 금녀는 가정으로부터 탈출하기 위해 전 애인과의 도피라는 과감한 방법을 시도했지만 이러한 탈주가 '아이'로 인해 실패하게 되었음을 독자들에게 들려줌으로써 장화홍련전에 드러나지 않은 계모의 내면을 복원해낸다.

원전에서 침묵했던 타자를 복원시킨다는 점에서 〈연지〉와 〈후처기〉는 샬럿 브론테의 《제인 에어》를 다시 쓴 진 리스Jean Rhys의 《광막한 사르가소 바다Wide Sargasso Sea》(1966)를 떠올리게 한다. 진 리스는 서인도제도 도미니카에서 웨일스 출신 아버지와 크리올 출신 어머니 사이에서 태어나 16세에 영국으로 건너가 성장했다. 《제인 에어》를 읽은 진 리스는 이 소설의 크리올 출신 버사가 다락방에 갇힌 짐승처럼 설정된 것에 불만을 품었고 훗날 이러한 영국인의 일방적 시각을 해체하는 《광막한 사르가소 바다》를 쓰게 된다.[22] 《제인 에어》에서 제인의 행복을 방해한 로체스터의 혼혈 아내 버사는 《광막한 사르가소 바다》에서 앙투아네트라는 이름으로 등장해 자신의 시점에서 이야기를 다시 서술해나간다. 《제인 에어》에서 버사는 그저 다락방에 갇힌 광녀로서 남편을 불행하게 만든 악녀일 뿐이지만, 《광막한 사르가소 바다》의 앙투아네트는 혼혈아(크리올)로서 상속받을 재산이 있었으나 결혼 후 남편에게 재산을 빼앗긴 채 광녀로 치부되어 강제로 갇히게 된 사연을 독자들에게 들려준다. 한국 소설 〈연지〉와 〈후처기〉는 《광막한 사르가소 바다》와 마찬가지로 원작에서 자기변호를 할 수 없었던 계모의 삭제된 목소리를 복원하면서 원전을 해체하는 글쓰기이다. 이선희와 임옥인 같은 1930년대 여성 작가들은 가부장제라는 주류의 시선과 다르게 장화홍련전을 새로운 입장에서 읽고 해석할 만한 새로운 '눈'의 소유자였다. 이 식민지 조선의 여성 작가들이 가진 자의식과 비판의식은 같은 시대를 살았지만 가부장제 내에서 더 누릴 것이 많았던 영국의 상류층 여성 작가와 달리, 훨씬 더 복잡하고 강하게 보인다. 크리올 어머니를 둔 식민지 출신의 진 리스 역시 식민지 조선의 여성 작가들과 비슷한 위치에 놓여 있었다.

여성적 소통과 가부장의 언어

장화홍련전 영화는 고소설을 원작으로 한 다른 영화들과 마찬가지로 1920년대부터 1970년대까지 10년 정도를 주기로 제작되었다. 앞에서 다룬 근대 소설 〈연지〉나 〈후처기〉와 달리, 1924년부터 주기적으로 제작된 장화홍련전 영화들은 원작을 해체하거나 원작과 다른 시각, 의미를 보여주는 텍스트들은 아니었다. 장화홍련전 영화뿐만 아니라 고전소설을 원작으로 한 영화들은 이미 대중이 잘 알고 있는 내용을 반복하면서 관객들로 하여금 새로운 주연배우들의 캐스팅에서 재미를 찾게 하는 영화였다.

따라서 영화의 감상 포인트는 이미 많은 부분 결정되어 있었고 이로 인해 고전소설을 원작으로 한 영화들의 완성도에 대한 당대의 의미 있는 평가는 거의 찾아보기 어렵다.

이러한 고소설 원작 영화들의 한계 혹은 제약을 다시 한 번 주지하면서 1972년 이유섭 감독의 〈장화홍련전〉을 들여다볼 필요가 있다. 이 영화를 특별히 주목하는 이유는 1970년대 초의 사회 변화와 함께 여성의 욕망을 주체적으로 반영하여 원작의 내용을 일부 변형하고 있기 때문이다. 1972년작 〈장화홍련전〉은 1960년대 후반 이후 영화계가 불황에 빠졌던 시기에 제작되었다. 이 영화의 제작자 신상옥은 자타 공인 최고의 흥행 감독이었지만 1970년대 초에는 누적된 적자로 파산에 이를 정도였다. 당시 그는 자신의 영화사 '신필름'이 1970년 등록 취소 소동을 일으킨 뒤 매우 힘든 상황에 처해 있었다. 그는 1970년대 초 허리우드극장을 운영하여 낸 수익으로 영화 제작에 투자했는데 자금 회수가 어려워 늘 적자에 시달렸다. 결국 1972년 허리우드극장마저도 적자 누적으로 매각되고 만다. 따라서 흥행이 그래도 보장되는 고전소설을 영화로 만들면서 이전의 장화홍련전 영화들보다 자극적이면서도 새로운 시도가 필요했던 것으로 보인다. 1972년작 〈장화홍련전〉이 이전의 장화홍련전 영화들에 비해 공포영화의 관습을 훨씬 뚜렷이 활용하고 있는 것도[23] 흥행을 위한 자극적인 시도임에 분명하다.

이러한 장르 영화로서의 특징 이외에도 1972년작 〈장화홍련전〉은 몇 가지 지점에서 의미 있는 새로운 시각을 제시하고 있다. 이 영화의 특이점 중 하나는 바로 여성적 관계와 소통이라는 여성적 주제를 강조한다는 점이다. 이 점은 이 영화가 자매애와 같은 여성 공동체의 정서적 특징을 더욱 확대, 강조하는 데서 잘 드러난다. 또한 이 영화에는 유산 상속과 같은 경제적 이슈에 대한 여성의 권리 의식이 드러나 있는데, 가족 내 갈등의 근본이 '유산 분배'에서 출발함을 분명히 보여준다. 이 두 가지 요소는 장화홍련전 이본들에 이미 드러나 있거나 혹은 숨겨져 있는 내용이지만, 1972년작 영화 텍스트는 이미 이본들 속에 있는 요소를 확대하거나 강조하는 방향으로 내용상 비중을 늘려나간다.

고소설 장화홍련전은 무엇보다 '자매'의 이야기였다. 장화와 홍련은 어머니가 없는 '친'자매라는 관계로 묶인 여성 공동체여서 서로를 완벽하게 동일시하는 관계이다. 장화가 동생 홍련을 떠나며 느끼는 절절한 심정은 "우리 형뎨 무모친ᄒᆞ고 셔로의지ᄒᆞ야 세월을 보내기로 일각도 떠남이 업시 지내더니 쳔만의외에 이 길을 당ᄒᆞ여 너를 적적ᄒᆞᆫ 방에 혼자 바리고 가ᄂᆞᆫ 길을 생각ᄒᆞ면 흉격이 터지고 간장이 타ᄂᆞᆫ 심ᄉᆞ"와 같이 표현되어 있다.[24] 장화와 홍련의 절절한 자매애에 대한 묘사는 20세기가 진행됨에 따라 장화홍련전 영화 텍스트들 속에서 점차 비중이 높아졌다. 이 점은 각각의 시대마다 생산된 텍스트들과 관련된 책 표지, 영화 포스터, 광고 문구 같은 패러텍스트paratext들을 통해 짐작해볼 수 있다. 패러텍스트는 20세기 이후에 만들어진 영화 장화홍련전과 소설 장화홍련전 텍스트들에 대한 대중의 감상 포인트와 직결되어 있기 때문이다.

식민지 시기에 널리 유통되었던 구활자 인쇄본《장화홍련전》(덕흥서림 판)의 민화풍 표지는 호랑이로 표상되는 신비로운 힘에의 외경심과 이 힘에 의한 악인의 처벌을 표현하고 있다. 구체적으로 이 표지는 장쇠가 장화를 외가에 데려가던 중, 장쇠의 협박에 장화가 자포자기하여 자살하고 그 직후 갑자기 나타난 호랑이에게 장쇠가 상해를 입는 장면을 시각화하고 있다. '천벌'이라고 표현할 수 있는 악인에 대한 직접적 징벌과 복수가 이 표지에 드러나 있다. 장쇠는 가문의 상속자인 큰아들로, 계모에게는 권력의 원천이 되는 인물이다. 이 장면은 장쇠는 물론 장쇠의 생모인 계모에 대한 처벌과 자매를 희생시킨 부계 가문에 대한 징벌을 의미한다.

1930년 덕흥서림 판
《장화홍련전》 표지

이에 비해 식민지 시기부터 영화로 구현된 장화홍련전의 스틸 컷과 포스터 들은 우연적이며 신비로운 징벌의 힘보다는 가정 내의 갈등, 즉 사악한 계모와 이로 인해 고통받는 가련한 자매의 모습을 강조하고 있다. 그 가운데서 분명 '자매'는 이 서사에서 가장 핵심적인 인물들이다. 최초의 장화홍련전 영화인 1924년작 무성영화부터 해방 후 영화들까지 신문에 실린 스틸 컷과 광고용 포스터 들은 자매애가 감상의 포인트임을 잘 드러

1924년 무성영화 〈장화홍련전〉
(《매일신보》, 1924.8.24.)

1936년 유성영화 〈장화홍련전〉
(《동아일보》, 1936.1.31.)

1956년 〈장화홍련전〉
(《경향신문》, 1956. 5.15.)

1962년 〈대장화홍련전〉
(《동아일보》, 1962.3.29.)

1972년 〈장화홍련전〉
(《경향신문》, 1972.8.4.)

내고 있다.

1972년 신문 광고에서는 귀신의 모습이기는 하지만 두 자매의 모습이 온전히 포스터를 차지하고 있다. 구활자 인쇄본 표지에 두 자매가 함께 등장하지 않고 장쇠와 장화, 호랑이가 등장하는 것과는 대조적이다. 1972년작 〈장화홍련전〉은 1960년대 개작 텍스트들, 즉 1962년 3월에 개봉된 정창화 감독의 〈대장화홍련전〉과 1962년 11월 을유문화사에서 출간된 《장화홍련전》에서 강한 영향을 받았다. 〈대장화홍련전〉의 시나리오는 당시 가장 유명한 시나리오 작가인 최금동, 임희재가 집필했고 을유문화사 판 《장화홍련전》은 동화 작가 장수철에 의해 개작된 텍스트이다.[25] 을유문화사 판 소설에는 장화·홍련 자매의 복수보다는 장화·홍련 자매의 고난과 생모에 대한 그리움이 훨씬 더 강화되어 있다. 동화 작가의 개작인 까닭에 아이들의 시각에서 어머니 상실에 대한 슬픔이라는 정서적 반응이 더욱 절절히 묘사된 것이다. 또한 을유문화사 판 개작은 아버지가 모든 재산을 포기하고 출가를 결심한다는 점에서 1972년작 〈장화홍련전〉의 결말과 유사하다.

한편 1962년작 〈대장화홍련전〉은 1972년작 〈장화홍련전〉과 비교해보았을 때 장화의 연인인 박도령이 신관 사또로 부임하여 문제를 해결한다는 점에서 동일하다.[26] 결과적으로 보면 1972년작 〈장화홍련전〉은 1960년대에 대중적으로 알려진 두 개의 개작 버전을 적절히 혼합했는데 물론 다른 점도 분명 존재한다. 특히 원귀가 된 장화·홍련이 능동적으로 복수를 시도한다는 설정, 아버지 배좌수가 품고 있던 딸들에 대한 상속 의지, 그리고 아버지의 참회와 장화·홍련의 자매애를 더 중요하게 부각시키고 있다는 점에서 1960년대 개작 텍스트들과 차이가 있다.

1972년작 〈장화홍련전〉에서 장화는 생전에도 동생의 보호자였지만 죽어 원혼이 된 상태에서도 홍련을 위기에서 구해낸다. 장화가 죽고 배좌수가 집을 비운 사이 계모와 장쇠는 홍련을 제거하기 위한 또 다른 음모를 꾸민다. 장쇠는 귀신으로 변장해 밤에 돌아다니는 처녀들을 공격하고 계모는 이것이 장화의 혼령이 저지른 짓이며 장화의 귀신과 홍련이 내통을 했다고 주장하지만, 홍련은 장화의 혼령 덕에 음모에서 벗어난다. 그러나 홍련을 지켜내려는 장화 혼령의 온갖 노력에도 불구하고 언니의 사망 후 우울증에 걸린 홍련은 장화가 빠진 연못으로 들어가 목숨을 끊는다. 결국 두 자매는 수중水中에서 재회하게 되는데, 이 영화에서 가장 신비롭고 아름답게 묘사된 이 재회 장면은 두 자매의 관계가 '죽음'을 뛰어넘을 정도로 애착이 강한 관계임을 묘사하고 있다.

죽음으로써 재회하게 된 장화·홍련 자매는 소설에서처럼 자신들의 원한을 풀어줄 남성을 찾는다. 소설과 달리 자매는 먼저 아버지에게 복수할 기회를 준다. 아버지는 자매의 말을 듣고 놀라 충격에 빠지지만 흉계를 꾸민 이들이 자신의 아내와 아들이란 사실에 선뜻 복수하지 못한다. 아버지에게 거부당한 자매는 사또로 상징되는 공적인 권한을 빌리고자 하지만 그들은 그녀들의 언어를 이해하지 못한 채 원귀가 된 그녀들을 보고 놀라

연못 속에서 재회하게 되는 장화와 홍련

즉사하고 만다. 그녀들의 언어를 이해한 유일한 사람은 바로 사또로 부임해 온 정도령이었다. 정도령은 생명의 은인인 배좌수의 딸 장화가 죽기 전 정혼한 인물로, 과거에 급제해 사또로 부임한 것으로 설정되어 있다.

원혼이 된 장화·홍련 자매의 소통 방식은 친밀성에 기대고 있었다. 공권력을 찾기 이전에 자매는 일단 혈육인 부친을 찾아갔고 부친으로부터 거부당한 후에야 사또들을 찾게 된다. 이들의 언어를 이해한 유일한 이는 사또로 부임해 온 장화의 연인이었다. 결국 이들의 원한은 민원을 호소하는 공적 관계가 아닌 친밀한 관계 속에서 해결할 수 있었다. 이러한 해결 방식은 이 영화의 서사가 여성적 소통 방식을 이해하고 있음을 보여준다. 즉 공적인 언어가 친밀성 혹은 여성적 언어가 삭제된 가부장의 언어라고 할 때, 장화와 홍련은 이보다는 친밀성에 기댄 소통 방식으로 남성들에게 다가갔다. 장화와 홍련이 친밀한 관계의 사람들에게 먼저 자신들의 원한을 호소한 것은 이들이 공적인 언어를 배우지 못한 탓도 있겠지만 무엇보다 여성의 발언을 듣는 남성들이 여성의 말에 잘 귀 기울이지 않거나 내용의 진위 여부를 의심하는 경향이 있기 때문이다. 낯선 이들보다는 자신을 (잘) 아는 이가 자신의 말을 들어줄 것이라는 생각은 여성들이 친밀성에 의존하는 소통 방식을 택하게 만드는 이유이다.

결국 장화와 홍련의 호소는 아버지는 물론이고 일면식 없는 사또들과 같은 남성들에 의해 거부당한다. 장화와 홍련의 언어를 부정하는 또 한 명의 인물은 이 영화 텍스트에 새롭게 등장하는 '대사'이다. 딸들이 억울하게 죽었다는 사실을 알게 된 배좌수는 아내에 의해 살해당할 위기에서 대사에게 구조된다. 앓아누운 아버지를 찾아온 장화와 홍련의 원혼을 대사는 '떠돌이 귀신'으로 지칭하면서 "애비를 복수의 도구로 삼으려 한다"며 꾸짖는다. 대사 역시 자신들의 힘으로는 뜻을 이룰 수 없다며 간절히 애원하는 자매를 이해하지 못한다. 그에게 그녀들은 단지 '떠돌이 귀신'일 뿐이다. 아버지와 사또들 그리고 대사와 달리 자매의 언어를 유일하게 이해할 수 있는 '남성'으로 바로 장화의 정혼자가 등장한다. 이 영화는 이렇듯 여전히 사랑과 결혼에 대한 여성들의 일반적 판타지를 반영하고 있지만 여성들의 소통에 대한 갈구를 드러내고 있다. 여성들의 언어를 이해하지 못하고 거부하는 남성들의 모습이 원귀를 보고 놀라 죽어나가는 원님들, 원귀가 된 자매를 꾸짖는 대사 등으로 영화 속에 잘 묘사되어 있다.

1970년대 여성들의 이슈, 상속

1972년작 〈장화홍련전〉은 장화·홍련 자매와 계모 간의 갈등이 '상속' 문제에 의해 불거진 것임을 분명히 드러내고 있다. 고소설 장화홍련전의 일부 이본들은 물론 1960년대 텍스트들에서도 상속 문제가 가족 갈등의 출발이 되었음을 언급하지만[27] 이 영화는 특별히 상속 문제를 사건의 원인으로 분명히 강조하고 있다. 이 영화에는 배좌수가 여러 '문서'들을 정리하며 딸들의 몫을 정하는 장면이 삽입되어 있다. 이를 본 계모가 분노하며 남편에게 장쇠의 몫이 없다고 항의하지만 딸들에게 재산을 물려주고자 하는 배좌수의 의지를 꺾지는 못한다. 장화가 낙태했다는 계모의 모함으로 배좌수가 자살을 결심할 때도 그는 자신이 정해놓은 홍련 몫의 논과 밭은 홍련에게 상속할 것을 유언으로 남긴다. 계모의 아들 장쇠는 지적 장애를 가졌으면서도 탐욕스러워서 "아버지가 죽으면 모든 재산은 내 차지라"라며 즐거워하고 누이를 음해하는 음모에 적극 가담한다. 상속 문제와 관련한 이러한 장면들은 소설에 비해 매우 구체적으로 극화되어 있다.

이 영화의 결말에서 배좌수는 승려가 되어 참회의 눈물을 흘린다. 1962년 을유문화사 판 《장화홍련전》에서 배좌수가 출가하겠다는 결심을 밝히지만 그가 이후에 승려가 될 것임을 결심으로만 처리한 것과는 다른 결말이다. 이 영화는 배좌수를 행복하게 만들지도 않으며 아내와 자녀를 잃은 데 대한 어떤 보상도 해주지 않는다. 배좌수는 고소설 장화홍련전 이본들에서와 같이 세 번째 결혼을 하고 새로운 아이들을 얻는 것이 아니라, 승려가 되어 자신의 모든 재산을 포기한 채 길을 떠난다.

이러한 결말에는 1970년대 초 가족 내 딸과 아들의 위상에 관한 변화를 희구하는 딸들의 욕망이 반영되어 있는 것으로 보인다. 아버지를 재혼시키지 않고 적극 참회하게 만드는 장면에서 아버지를 원망하는 딸들의 모습이 보이기 때문이다. 그렇다면 이 영화가 제작된 1970년대 당시 가족 내에서 딸과 아들의 위상은 얼마나 차이가 있었던 것일까. 1970년대 초는 1961년 5·16 쿠데타 이후 시작된 가족계획이 본격화되던 시기였다.[28] 1960년대 중반의 "3명의 자녀를 3년 터울로 35세 이전에 단산하자"라는 가족계획 표어는 1971년 "아들딸 구별 말고 둘만 낳아 잘 기르자"라는 표어로 바뀌었지만 이러한 표어가 현실에서 실천되기에는 무엇보다 아들을 선호하는 국민들의 사고가 걸림돌로 작용했다. 아들이 그다지 중요하지 않다고 설득하려면 무엇보다 재산과 호주 승계 같은 상속 문제에서 아들과 딸의 동등한 지위가 전제되어야 할 터였다. 당시의 국가 주도 가족계획이 여성의 법적 지위를 상승시키는 데 결정적 역할을 한 것은 아니지만[29] 여성계가 주도한 가족법 개정 운동과 아들딸을 구별하지 말자는 가족계획은 동시기에 이루어졌다.[30] 1973년과 1974년 가족법 개정 운동이 정점에 달하고 실제로 1977년 가족법이 개정되면서 아들과 딸의 상속 비율이 일부 조정된다. 물론 1977년 가족법 개정 역시 미혼 딸의 상속 비율을 차남 이하의 아들 상속 비율과 동일하게 하는 정도의 변화였지만 1960년에 개정된 민법에 비하면 여성의 상속분이 확실히 늘어난 것이었다.[31] 그러나 실제로는 딸들에게 나눠줄 재산이 있다 하더라도 법률이 지정한 비율대로 딸들에게 유산이 상속되지 않았던 집안이나 상속을 생각하지 못하는 가난한 집안이 많았다. 그럼에도 법률과 제도를 통해 상속의 권리를 인정받는 것은 딸들에게 중요했다. 그것이 최소한의 '인간 대접'이기 때문이다. 가족 내에서 딸들이 어떤 권리를 갖는다는 것은 그 집안의 재산 규모와 무관하게 형식적으로 매우 중요한 일임에 틀림없다.

또 하나, 1970년대 초 여성의 상속과 관련해 이슈가 된 당시의 논의로는 1971년부터 시작된 '분재기分財記' 연구를 들 수 있다. 최재석은 1972년 〈조선시대의 상속제에 관한 연구〉를 《역사학보》에 게재했는데, 17세기 중반 이전에는 여성도 남성과 동등하게 상속을 받았다는 최재석의 연구는 곧 학계의 통설로 자리잡아 조선 전기 남녀 균분제 논의를 형성하게 된다. 이러한 균분제 논의로부터 당시의 영화계가 얼마만큼 영향을 받은 것인지는 확인할 수 없지만 1972년 영화 〈장화홍련전〉이 딸들의 상속 문제를 전면에 부각시킨 것은 우연이 아닌 것으로 보인다.

아버지 배좌수가 고소설에 비해 훨씬 더 자매의 비극에 적극적으로 책임지고 참회의 눈물을 흘린 것은 그가 딸들에게 상속을 고려하기는 했지만 정작 딸들을 계모로부터 보호하지 못하고 권리를 제대로 챙겨주지 못한 데 대한 뉘우침으로 읽힌다. 그는 가족의 파탄에 대해 보상받아야 하는 인물이 아니라 딸들의 죽음에 과오를 인정하고 참회해야 하는 인물이었던 것이다.

배좌수가 다시 결혼하여 새 아이들을 얻고 행복하게 사는 20세기 이전 이본들의 결말과 달리, 영화 속 배좌수의 모습에는 분명 아버지를 원망하면서 아버지가 스스로 무엇을 잘못했는지 확실히 깨닫기를 바라는 자매의 요구가 반영되어 있다. 딸들에게 아버지가 더욱 원망스러워지는 순간은 아예 아버지가 딸들을 사랑하지 않는 것이 아니라 딸들에 대한 사랑은 있으되, 계모에게 휘둘려 그 사랑을 제대로 발현하지 못할 때이다. 1972년작 〈장화홍련전〉은 아버지에 대한 딸들의 이러한 원망을 반영하여 아버지 배좌수를 승려로 만들고 참회의 눈물을 흘리게 한다.

여성들은 왜 서로 경쟁하는가

장화홍련전은 가족 내에서 여성들이 경험하게 되는 모성과 자매애라는 친밀성의 문제를 다룬 서사이다. 여성들의 모성과 자매애에는 기본적으로 다른 여성을 이해하고 대접하는 타자에 대한 윤리의식 그리고 여성들 간의 연대와 협력이 내포되어 있다. 그러나 동시에 모성과 자매애는 남성 지배의 도구로서 이용되어 여성들에게 족쇄가 되기도 한다. 가부장제는 때로 모성과 자매애를 남성 중심 체제를 유지하기 위한 전략으로 사용한다. 고소설 장화홍련전의 계모처럼 모성을 제대로 갖추지 않은 여성과 다른 여성들과 친밀하지 않은 여성을 타자화하거나 괴물로 취급하는 서사들은 여성 독자들에게 가부장제가 원하는 모성과 자매애의 형태를 제시하고 이를 내면화할 것을 종용하는 이야기이기도 하다. 남성들이 여성들에게 모성을 강요하여 여성의 돌봄 노동을 착취하고 타인에게 너그러워야 한다는 부덕婦德을 강요할 때 모성과 자매애는 억압 기제로 작용한다.

모성과 자매애는 본질적으로 여성들을 억압하는 이데올로기가 아니다. 인류학자 세라 블래퍼 허디Sarah Blaffer Hrdy는 남성이 자원을 독점하는 경우 그리고 남성의 이해관계가 우선시될 때, 어머니들 사이에 협력이 사라지고 경쟁이 일어나며 어머니들과 자녀들이 치러야 하는 비용이 높아진다고 말한 바 있다.[32] 여성들 사이의 시기와 질투는 남성들이 소유한 권력과 애정을 두고 경쟁할 때 일어난다. 다른 여성보다 더 아름다워야 한다거나 더 인정받아야 한다는 생각은 여성들 간의 연대 의식으로서의 자매애를 훼손한다. 이에 비추어보면 장화 홍련 자매와 계모는 남성(아버지)의 인정과 사랑과 재산을 두고 서로 적이 되어 경쟁하고 결과적으로 모두 죽음으로써 경쟁의 대가를 치른다.

고소설 장화홍련전은 남성 지배가 최고조에 달하던 시기의 서사 형식을 갖고 있다. 따라서 20세기 장화홍련전 버전들은 이러한 남성 지배의 서사 형식을 걷어낼 필요가 있었고, 이에 따라 여러 텍스트에서 남성 지배 형식이 보완, 수정되거나 때로는 소설 〈연지〉와 〈후처기〉에서처럼 해체되기도 했다. 근대의 해체적 글쓰기는 가부장제에 강한 이의를 제기하면서 후처의 입장에서 장화홍련전을 다시 읽은 결과였다. 1972년 개작된 영화 〈장화홍련전〉은 가부장제에 대한 논리적 비판에는 다소 미흡

했지만 딸들의 입장에서 아버지에 대한 두 가지 원망—원망願望과 원망怨望을 적극적으로 드러냈다. 비극성의 측면에서 20세기의 춘향전과 장화홍련전은 서로 그 결이 다르다. 지배 이데올로기와 순조롭게 타협하는 판타지, 혹은 지배 이데올로기의 모순을 봉합하는 요소가 고소설 춘향전과 장화홍련전에 모두 있었다. 20세기의 영화 〈춘향전〉들은 20세기 이전의 버전들과 비슷하게 가부장제의 모순을 '결혼'이라는 판타지를 통해 감추었다. 이에 비해 20세기에 업데이트된 장화홍련전은 20세기의 변화된 가족의 모습을 반영하여 변화해가고 있었다. 즉 20세기 영화 〈장화홍련전〉들은 해피엔딩으로 끝나는 이전의 장화홍련전과 달리, 모순을 가리는 판타지를 걷어내고 비극적인 모습을 보여줌으로써 무엇보다 모성과 자매애라는 친밀성이 여성들에게 긍정적인 체험이기는 하지만 동시에 가족 관계 내에서 매우 삐걱거리고 불화를 일으키는 이슈가 될 수 있다는 점을 보여주고 있다. 모성과 자매애는 어머니 혹은 자매에 대한 친밀감과 애정을 기반으로 한다. 그러나 친밀감과 애정이 어떤 이유로 무사히 대상에 부착되지 못하고 거부되거나 상실된다면 트라우마의 형태로 누군가의 내면을 지배하게 된다. 어머니와 자매는 가족 내에서 여성들에게 대체 불가능한 대상인만큼 그 트라우마는 인물의 내면에서 분열적 형태로 남을 수밖에 없다. 장화홍련전이 심리학적, 정신분석학적으로 해석될 수 있는 이유는 충분하다. 실제로 일부 개작에서는 인물들의 내면에 도사리고 있는 공포와 분열을 잘 묘사하고 있다. 바로 2003년 공포영화 〈장화, 홍련〉

과 이를 리메이크한 2009년 할리우드 영화 〈안나와 알렉스〉가 장화홍련전에 심리학적, 정신분석학적 해석을 적용한 21세기 버전에 속한다.

기존의 20세기 개작 이본들은 그 개작의 양상을 볼 때 계모와 전실 딸들의 갈등에 대해 상속이라는 경제적 설명과 남성 지배라는 사회학적 설명 방식을 채택하고 있다. 이에 비해 김지운 감독의 〈장화, 홍련〉은 계모와 전실 딸들의 갈등을 심리학적이며 정신분석학적인 서사로 풀어낸다. 〈장화, 홍련〉의 언니인 수미(장화)는 병든 어머니를 밀어내고 아버지를 차지해버린 계모를 대놓고 미워하며 거칠게 반발한다. 그 과정에서 일어난 동생 수연(홍련)의 죽음은 수미에게 죄의식을 초래하여, 수미는 죽은 동생의 환영을 보는 분열증을 겪게 된다.

장화홍련전의 21세기 첫 번째 개작 텍스트인 〈장화, 홍련〉은 기존 개작 텍스트들의 주요한 주제였던 '자매애'를 다른 방식으로 해석한다. 언니 수미는 '엄마의 역할'을 두고 계모와 경쟁을 벌인다. 수미는 아빠의 새 아내를 새엄마로 받아들이지 않고 동생 수연을 돌보는 임무를 떠맡아 직접 엄마가 되고자 한다. 또한 수미는 아버지의 옷가지를 챙기는 '아내의 역할'을 맡고자 하면서 새 아내의 지위를 부정한다. 엄마와 아내의 역할을 맡음으로써 아버지의 새 아내와 경쟁하려는 수미의 행동은 정확히 오이디푸스 콤플렉스의 여성 버전과 일치한다.[33] 수미의 아버지는 딸과 새 아내 사이의 갈등을 해결하거나 중재할 능력이 부족한 우유부단한 사람이다. 그럼에도 불구하고 수미의 아버지는 의

<장화, 홍련>(2003)의 한 장면

사로서 그리고 경제력을 갖춘 가장으로서 딸이나 새 아내의 불안정한 정신을 각종 약으로 통제할 수 있는 충분한 힘과 의학 지식을 가지고 있다.[34]

수미의 불안과 공포는 어머니를 상실한 것에 그 원인이 있지만 동시에 중산층 소녀의 강박관념, 즉 경제력 있는 자상한 아버지의 관심과 사랑을 잃거나 다른 여성과 공유해야 하는 것에 대한 두려움에서도 비롯된다. 고소설 장화홍련전과 달리 영화 〈장화, 홍련〉은 이러한 의미에서 수미가 계모와 모성 경쟁을 벌이는, 혹은 수미와 계모가 아내와 엄마의 지위를 두고 경쟁하는 정신분석학적 텍스트이다. 고소설 장화홍련전의 두 자매가 괴물 같은 의붓어머니에 의해 희생된 뒤 공권력을 가진 남성 구원자를 찾아내는 데 반해, 수미·수연 자매에게 그러한 초현실적인 구원은 존재하지 않는다. 수미가 아직도 수연이 살아 있는 것처럼 환각에 빠져 있다는 것이 관객들에게 알려지면서 수미는 정신분열증을 가진 인물로 추락하고 계모와의 경쟁에서 밀려나게 된다.

프로이트 정신분석학이 말하는 가족 서사에 대한 심리학적 담론은 근대의 가족 문제를 설명하는 여러 방식 가운데 하나이다. 영화 〈장화, 홍련〉과 할리우드 리메이크작에서는 가족 서사를 설명하는 심리학적 담론을 채택하면서 애초에 고전소설 장화홍련전과 그 20세기 개작들이 제기한 여성의 상속 문제, 자매애, 모성과 같은 경제적이며 사회적인 문제들은 사라져버리고 말았다. 차라리 영화 〈장화, 홍련〉이 보여주는 세련된 미장센보다, 전실 자식을 사랑할 수 없음을 솔직하게 인정한 〈연지〉와 〈후처기〉의 위악성이나 여성적 소통 방식이 잘 드러나 있는 1972년 영화 〈장화홍련전〉의 신파성이 가부장제 사회에 더욱 강력한 문제 제기를 할 수 있다. 장화홍련전이 20세기에 영화적 각색을 통해 여전히 여성 독자들에게 인기를 유지할 수 있었던 것은 20세기의 개작 텍스트들이 자매애라는 여성 공동체의 윤리를 적극적으로 확대하여 원작을 해석했기 때문이다. 2003년작 〈장화, 홍련〉은 세련된 개작 텍스트인 것은 맞지만 여성들의 심리적 분열을 강조함으로써 반대편에 놓인 남성 권력을 두드러지게 만드는 효과를 내고 있다. 이 영화의 여성 인물들이 모두 약을 먹고 있거나 끔찍한 환영을 보고 있다는 사실을 환기해 보자.

전근대부터 1970년대까지 장화홍련전 텍스트에서 장화·홍련의 자매애는 공격적인 계모에 대한 연대적 방어 전략이기도 했다. 계모는 무엇보다 곧 결혼하여 집을 떠날 자매가 많은 지참금을 가지고 갈 것을 두려워하고 있었다. 이에 비해 〈장화, 홍련〉에서 자매와 계모 사이의 갈등은 돈보다는 아버지의 관심이나 애정을 두고 일어난다. 수미가 여동생을 돌보고 아버지를 돌보는 엄마와 아내의 역할을 맡으려 한 것은 단지 아버지의 재산 때문이 아니었다. 수미의 계모 역시 재산이나 돈보다도 수미가 자신의 존재를 인정하는 것이 더 중요했다. 수미의 분열증은 자신의 과오로 동생이 죽게 되었다는 죄의식에서 비롯된다. 계모와의 대결에 집착한 결과로 동생을 죽게 만들었다는 죄책감이 수미를 정신착란에 이르게 만든 것이다. 이러한 죄책감이 자매애와 전혀 관련 없다고는 할 수 없지만, 이전의 영화 텍스트들이 자매애를 직접적으로 강조하는 데 비해 〈장화, 홍련〉은 자매애를 상대적으로 희미하게 그려낸다. 〈장화, 홍련〉의 주요한 주제 중 하나가 바로 자매애이지만 이 영화는 자매애보다는 동생을 지켜주지 못하고 죽게 만들었다는 죄의식이 더 강하게 표현되는 텍스트이다. 〈장화, 홍련〉을 리메이크한 할리우드 영화[35] 〈안나와 알렉스〉에서는 이보다 더 나아가 자매애라는 요소가 완전히 실종된다.

2009년 미국에서 개봉된 영화 〈안나와 알렉스〉는 요약하자면 섹슈얼리티를 통제당한 10대 소녀 안나의 이야기이다. 안나는 우연히 아버지와 어머니를 간병하던 간호사의 불륜을 목격하고 그들에게 복수하려다가 실수로 어머니와 언니를 죽음에 이르게 한다. 〈안나와 알렉스〉는 한국의 고소설 장화홍련전

〈안나와 알렉스〉의 한 장면

에 드러나 있는 자매애를 자매 간의 섹슈얼리티 경쟁으로 변형하면서 할리우드에서 통용되는 공포영화의 일반적 형식을 통해 미국 중산층 가족의 성에 대한 비밀스러운 드라마를 담아내고 있다. 그 결과 장화홍련전에 내포된 여성주의적 관점들이 삭제된 대신 한국 텍스트에는 드러나 있지 않던 억압된 섹슈얼리티 라는 문제를 드러내었다.

할리우드 영화 〈안나와 알렉스〉는 한국의 오리지널들과 달리 자매애를 삭제하고 가족 간의 심리적 갈등을 성적인 측면에서 재해석한다. 한국 영화 〈장화, 홍련〉에서 수미가 동생에게 보이는 애정은 죄의식과 뒤섞여 있긴 하나 기본적으로 자매애의 형태를 띠지만, 안나와 알렉스는 서로 미모와 섹슈얼리티를 놓고 경쟁하는 관계이다. 〈장화, 홍련〉에서 자매는 꽃무늬와 레이스가 있는 보수적인 옷을 입은 순수하고 나약한 소녀로 시각화되는 반면, 〈안나와 알렉스〉에서 안나와 알렉스는 육체적 매력을 뽐내는 라이벌로 짧은 바지와 탱크톱을 경쟁적으로 입는다. 영화의 첫 장면에서 알렉스는 또래의 10대 소년들과 위험천만한 해변 파티를 즐긴다. 반면 안나는 대범한 알렉스에 비해 섹스에 소극적이고 조심스럽다. 사실 알렉스는 〈장화, 홍련〉의 수연처럼 죽은 뒤 안나의 마음속에 환영으로 존재한다. 안나의 마음속에 존재하는 알렉스는 안나에게 곧 계모가 될 아버지 약혼녀의 소지품을 뒤져보라고 재촉하고 그녀의 과거를 의심하도록 종용한다. 수미의 마음속에서 동생 수연이 겁에 질린 피해자로 존재하는 것과 달리, 안나의 분열증 속에 존재하는 언니 알렉스는 안나로 하여금 위험스러운 악행을 저지르도록 만드는 진짜 '악녀'이다.

결국 안나의 마음속에 구축된 알렉스는 안나와 성적인 경쟁을 벌이는 라이벌이자 안나를 파멸로 이끄는 인물이다. 알렉스는 안나뿐 아니라 젊고 아름다운 계모와도 섹슈얼리티 경쟁을 벌인다. 여성들의 섹슈얼리티 경쟁은 가부장제가 여성에 대한 영향력과 지배력을 유지하기 위해 사용해온 핵심 전략이다. 영화의 원제 'The Uninvited'는 계모를 포함해 초대받지 못한 괴물 같은 여성들 간의 위험한 경쟁이 가정의 평화를 파괴할 수 있다는 것을 의미하며, 따라서 이 영화는 자매애 같은 여성들 간의 친밀한 관계에 대해 그다지 관심을 기울이지 않는다.

이에 비해 한국 원작은 관객들이 수미에게 동일시하고 공감할 수 있도록 구조화되어 있다. 수미는 동생의 죽음에 원인을 제공했지만, 동시에 가족 비극의 피해자로 묘사된다. 즉 〈장화, 홍련〉은 수미의 공포스럽고 고통스러운 성장 이야기이다. 이러한 서사 구조를 〈안나와 알렉스〉에서는 찾아볼 수 없다. 할리우드 버전 장화홍련전은 공포영화의 문법에 충실하고 공포와 죄의식 이외의 다른 감정에 초점을 맞추지 않는다. 한국 원작이 슬픔과 죄책감을 통해 장화홍련전에 내재된 자매애의 요소를 복구하는 반면, 할리우드 버전은 공포영화의 관습과 등장인물들 간의 섹슈얼리티적 긴장에 전적으로 의존한다. 안나는 성적 매력을 가진 젊은 계모와 자유분방한 언니 알렉스에게 심리적 박탈감을 갖고 있고 이러한 박탈감이 안나의 분열증의 원인이 된 것으로 그려진다. 성적 매력이 강조되는 두 자매와 계모의 모습은 관객들의 관음증적 '소비'를 위한 볼거리일 뿐이다.

요컨대 할리우드 버전은 장화홍련전을 책과 영화 등의 형태로 오랫동안 소비해온 한국 독자와 관객 들의 기본적인 수용방식과는 무관하게 단순한 공포영화의 형태로 리메이크한 것으로 보인다.[36] 물론 이러한 리메이크 방식은 일본이나 한국 등의 아시아 영화를 할리우드가 차용하는 일반적인 리메이크 방식이기도 하다. 할리우드 리메이크 버전을 통해 얻을 수 있는 교훈이 있다면, 서사에서 여성들의 자매애나 모성 등의 여성 윤리와 친밀성의 관계를 삭제했을 때 결국 여성들의 섹슈얼리티 경쟁만이 남게 된다는 것이다. 장화홍련전 영화와 소설의 오랜 계보를 펼쳐놓고 보았을 때 2003년작 〈장화, 홍련〉은 자매애에 대한 여성 관객들의 공감대를 만들어낼 수 있었다. 그러나 이러한 종류의 공감이 할리우드 버전에는 존재하지 않는다. 여기에서 새삼 한국 고전에 대한 할리우드 영화 제작자의 몰이해나 할리우드 영화 문법의 졸렬함에 대해 비판하지 않더라도, 이 영화에서 우리가 알 수 있는 것은 진정 공포스러운 존재는 원한을 품은 여귀나 복수하기 위해 칼을 든 분열증을 앓는 여성이 아니라 여성의 섹슈얼리티를 평가하고 누릴 수 있는 권한을 가진 집단이라는 점이다. 권력을 가진 자들로부터 인정받기 위해 약자들이 서로 싸우면서 많은 희생을 치러야 한다는 것은 매우 비극적인 현실이다. 이러한 새삼스러운 깨달음이 할리우드 버전 장화홍련전이 줄 수 있는 교훈이라면 교훈일 것이다.[37]

4장

누가 심청을 착취하는가

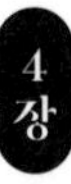

딸들의 수난, 여공에서 댄스홀 여급으로

장화홍련전이 근대적 가족 문제의 관점에서 모성애와 자매애와 같은 친밀성의 문제를 새롭게 읽어낼 수 있는 서사라면, 심청전은 산업화 시기, 가족 공동체의 여성 착취라는 근대적 젠더 트라우마와 연결할 수 있다. 아버지가 허황되게 약속한 공양미 때문에 심청이 팔려 가는 신세가 되었다는 설정은 20세기 들어 가족을 위해 돈을 벌며 희생하는 딸들의 이야기로 새롭게 해석되었다. 본격적으로 자본주의 사회가 도래하면서 여성들은 집 안에만 머물지 않고 밖으로 나가 노동자로 변신해 임노동을 하기 시작했다. 여성들이 밖에 나가 돈을 벌게 되었지만 그것은 그들을 위한 '해방'과는 거리가 멀었다. 여성의 집 밖에서의 노동은 가족의 생존 전략이었으며, 전통적으로 여성이 처해 있던 불평등한 지위는 변화되지 않고 그대로 유지된 채 집 밖으로 나가야 했다.[1] 그들이 갈 수 있는 일자리는 대부분 저임금 노동으로 정해져 있었는데 여공이 되거나 '어멈', '애보기'와 같은 가사 사용인이 되거나 혹은 상점의 쇼프 걸shop girl, 기생, 여급이 되는 것이었다. 여공과 같은 생산직 여성 노동자들은 당시 남성 노동자 임금의 3분의 2가량만을 받을 수 있었다. 식모나 하녀를 의미하는 가사 사용인은 주인과 급료, 노동의 종류, 노동 기간 등에 대해 합의한 계약을 맺지 못했다. 20세기 내내 아주 오랫동안 가사 사용인은 주인의 부당한 처우나 성적 착취, 일방적 해고에 시달리는 전근대 시대의 하녀와 같은 처지에 놓여 있었다. 그리고 이외의 작업장에서도 여성 노동자들은 대부분 크고 작은 성적 괴롭힘과 폭력을 겪었다.

가난한 집안의 젊은 딸들은 가사 사용인보다는 자신의 섹슈얼리티를 상품화하는 기생이나 여급이 되는 것이 더 일반적이었다. 이들의 수입은 개인의 수입이 아닌 가족의 생계를 위한 생활비가 되곤 했다. 그럼에도 이들은 자신이 부양하는 가족에게 생계 부양자로서 정당한 대접을 받지 못했을 뿐만 아니라 오히려 '집안의 명예를 더럽히는 창피한' 딸로 치부되기 일쑤였다. 이러한 여성 노동자들의 처지를 놓고 보았을 때 다음의 〈"오늘의 심청" 서복동〉이라는 1939년 기사와 이북명의 소설 〈야회夜會〉는 매우 의미심장하게 읽힌다.

마산부 교방동 서복동(19)이란 처녀는 적빈에 그의 아버지

1930년대 카페 여급들의 사진과 캐리커처

서병갑(61)이 오래전부터 병에 걸려 더욱이 궁박하여졌다. 그래서 한번 찌부러지기 시작한 살림살이는 좀처럼 회복할 수 없고 갈수록 심각하야 이에 효녀 복동은 굳게 결심하고 병들어 오래인 아버지 여생을 위하여 몸을 두 번 팔았으나 아버지의 병은 조금도 효험이 없고 도리어 붙은 것은 빚 뿐이었으므로 복동은 세 번째 몸을 멀리 이역 만주에 팔아 일천 원의 대가로서 병부를 부양하게 되었으니 즉 삼 년 계약으로 봉천의 요정에 가게 되었다. 이 일천 원으로 현재의 부채 전부를 갚고 교방동에 집 한 채를 빌려 병부를 옮기고 남은 돈 사백 팔십원을 마산 경찰서 조원條原 서장에게 맡겨 자기의 출발 후의 아버지 후사를 부탁한 바 조원 서장은 깊게 감동하야 즉시 관할 구역인 북마산 파출소 답택沓澤 부장에게 명한 바 동 부장은 돈을 저축하고 서 복동의 뜻을 알려 주게 하였다.[2]

> 선비는 처음에는 자지러지게 놀랐으나 아버지의 말에 조금도 거역하는 빛이 없이 순순히 영주네 집에 가서 그날부터 술상머리에 앉았다.
> H동리의 미인, 한재주의 딸이 영업자로 나서 아무 집에서 술을 판다는 소문이 그 이튿날 점심 때 전으로 온 동리에 쫙 퍼졌다. ……
> "어머니 아모 걱정 마시오. 심청이는 아버지 때문에 죽지 않았소. 이거야 죽기보다는 낫지요."[3]

병든 아버지를 위해 만주의 요정으로 팔려 간 마산 출신 서복동의 이야기는 이 기사에서 '현대인의 청량제'이자 '현세의 심청'으로서 예찬되었다. 한편 이북명의 소설 〈야회〉의 '선비'는 아버지에 의해 술집에 팔려 가 밤에는 술을 따르고 낮에는 병든 모친을 간호한다. 술집에 팔려 가면서 선비는 자신을 심청에 비유하며 부모를 안심시키는 듯하지만 실은 이 비유에는 부모에 대한 원망이 담겨 있다.

가난한 집안의 딸들이 성매매를 하여 집안을 부양한다는 이야기에 심청전이라는 메타포가 부여되고 가난한 집안의 딸들 스스로 자신을 심청으로 여기곤 했다는 점을 위의 인용문들을 통해 알 수 있다. 식민지 시기에 이렇게 인신매매된 딸들의 이야기는 당시 일간지와 잡지의 기사로 그리고 소설과 희곡의 소재로 넘쳐났다. 너무 많아 일일이 예를 들기도 어렵다. 1936년 10월 15일자 《조선일보》에 소개된 경북 의성 출신의 이월순은 그

나마 운이 좋았다. 이월순은 전신불수가 된 아버지를 위해 스스로 평양의 사창가에 몸을 던진 '당대의 심청'으로 기사화되었는데, '애화哀話'라고 소개된 이 기사가 게재된 후 조선일보 평양지국에 이월순을 구해달라는 서신이 빗발쳤고 이월순의 고향 마을 사람들이 연대보증으로 빚을 내어 '마굴'에서 이월순을 구하게 된다.[4] 이러한 해피엔딩이 가능했던 것은 그녀가 '효녀'였기 때문이다. 이렇듯 20세기의 심청 이야기는 대체로 집안의 가난으로 인해 성매매를 하게 된 여성들의 이야기였다.

장안의 유명 기생으로, 시인 백석의 연인이었던 김자야(김진향) 역시 기생이 될 무렵을 회고하면서 기생이 되기로 결심하는 순간 심청전을 떠올렸다고 말한다. 김자야는 아버지를 일찍 여의고 홀어머니 밑에서 자랐지만 원래 집안 자체가 가난한 편은 아니었다고 한다.[5] 그러나 한 친척이 벌인 사업에 그녀 가족의 집을 저당 잡히고 파산하는 바람에 그녀의 가족은 곤궁에 빠진다. 때마침 김자야는 '수정언니'라고 불리는 친구를 우연히 만나게 되었는데 그 친구가 기생 노릇을 하며 화려한 세간을 갖추고 부모를 '극진히' 봉양하는 모습을 보고 심청전의 주인공을 보는 듯했다고 한다. 이러한 모습에 고무되어 자신도 기생이 되기로 결심하면서 '심청이가 인당수에 속절없이 끌려가듯' 권번에 들어가게 되었다는 것이다.[6]

소설 속 주인공과 자신을 동일시하는 이러한 상상적 자기동일시는 인기 있고 잘 알려진 소설일수록 광범위하게 발생한다. 독자들은 소설 속 인물을 자기 자신이라 생각하고 소설 속 인물이라면 했을 것이라고 추측되는 행위를 스스로 하기도 한다. 소설 속 인물의 삶과 자신의 삶을 등치시켜 자신의 삶에 특별한 의미를 부여하는 것이다. 이러한 이유로 김자야나 서복동의 사례에서 알 수 있듯이 팔려 가는 자신과 타인의 이야기에 사람들은 심청전이라는 비유를 사용할 수 있었다. 고소설 심청전에서 자신의 인신을 판 심청은 인당수에서 목숨을 잃지만 환생하여 왕비가 되고 아버지와 재회하게 된다. 심청이 목숨을 잃은 이후의 이야기는 장화홍련전에서 두 자매가 원귀가 되어 복수한다는 설정과 마찬가지로 실현 불가능한 판타지이다. 현실적으로 자신을 죽인 사람들에게 원귀가 되어 복수하거나, 인신공희에 희생된 어린 소녀가 가장 고귀한 신분인 왕비로 환생할 가능성은 없다. 현실 속의 수많은 심청들은 물론, 심청전의 20세기 개작 버전 속 심청들은 대체로 고소설 속 심청이 누린 해피엔딩을 누리지 못했다.

기생 엽서 속 김자야의 모습

이상의 예들을 통해 고소설 심청전에서 20세기의 독자들은 여성의 인신매매와 성노동이라는 젠더 트라우마를 읽어냈다는 사실을 알 수 있다. 20세기 여성들의 성매매는 심청전에서 그러했다시피 모두 가족을 위한 희생이라는 공통점을 가지고 있다.

기생 수업을 받는 어린 기생들. 동기(童妓)들은 보통 10세 이전부터 기생 수업을 받았다.

여성의 성노동과 인신매매는 근대에만 국한되는 것은 아니지만 식민지 예속 경제하에서 특히 심했다. 식민지 시기, 가장의 경제적 무능력이나 가족의 곤궁으로 인해 여성들이 노동시장에 뛰어들게 되었고 그들은 무방비 상태에서 성노동과 인신매매의 폭력에 아주 쉽게 노출되었다. 여성들은 여공과 같은 생산직 노동자나 혹은 타이피스트 같은 사무직 노동자가 된다 하더라도 당시의 노동시장 내에서 기생, 여급 등 유흥업소의 성노동자가 될 위험이 도처에 널려 있었다. 유성기 음반으로 남아 있는 만극 〈모던 심청전〉(1935)은 그 전형적인 예를 제공한다.[7]

봉사: 아- 이거 참 딱한 일이로구나! 그런데 얘 대체 네가 간다는 그곳이 어디냐?
심청: 하루빈이래요.

봉사: 미쳤지! 하루빈에? 아 그럼 철로길로 하루를 뻔하게 간간 말이냐?

심청: 아니에요. 이틀이나 걸려요.

봉사: 이틀? 아니 이틀 걸리면 이틀이지 그게 어디 하루뻰이냐? 그래 이틀뻰한데 가서 어떻게 한단 말이냐?

심청: 댄스홀에 있다 올테에요.

봉사: 댄스홀에 갔다온다니? 아니 이런 자식이 있나? 진작 그런 말을 해야지. 그래 댄스홀에 갔다오겠다니 오고다고 내왕이면 다녀오겠구나!

심청: 아니에요. 적어도 삼년은 있어야 오게 될 걸요!

……

심청: 아버지 근심 마세요. 남들도 부모나 동생을 위해서 웨트레스 노릇도 하는데 댄스홀쯤이야 어때요![8]

〈모던 심청전〉의 심 봉사는 맹아학교 교사이다. 그는 광교천변을 지나다가 자전거 소리에 놀라 청계천으로 떨어지는 사고를 당한다. 치료를 위해 제중원에 간 심 봉사는 삼백 원을 치료비로 내면 앞을 볼 수 있게 해주는 '용한 의사'가 제중원에 있다는 말을 듣게 된다. 아버지의 말에 고무공장 여공으로 일하던 심청은 치료비 삼백 원을 구하기 위해 하얼빈의 댄스홀로 팔려간다. 이 연극에서 비판의 대상 그리고 풍자의 대상은 분명 심 봉사이다. 그는 떠나는 딸에게 댄스홀에 간다는 의미를 애써 모르는 척하며 "부디 댄스홀에만 있다 오라"고 어이없는 당부를 한다. "남들도 부모나 동생을 위해 웨이트리스 노릇도 하는데 댄스홀쯤이야 어때요!"라는 심청의 대꾸는 아버지에 대한 비난에 가깝다. 무능한 아버지를 대신해 고무공장 여공으로 가족을 봉양해온 심청은 목돈을 마련하기 위해 만주 하얼빈의 댄스홀 여급이 되기를 자처하지만 내심으로는 자신을 착취하는 아버지를 원망하고 있는 것이다.

가족의 문제를 떠안고 자신을 희생시킴으로써 그 문제를 해결하려는 심청은 전형적인 '희생양 콤플렉스'를 갖고 있다고 할 수 있다. 심청이라는 허구적 인물에 대한 정신분석학적 연구에 따르면 심청은 어머니가 자신을 낳고 죽었다는 어머니의 죽음에 대한 죄책감과 아버지가 자신을 유기했다는 공포심을 효심을 통해 방어하려는 인물이며 '효도'는 심청의 공격성이 죄책감 속에서 피학적으로 변화된 결과이다.[9] "댄스홀쯤이야 어때요!"라는 〈모던 심청전〉의 심청의 발언은 아버지에 대한 원망과 함께 자신이 결국은 희생양의 역할을 떠맡을 수밖에 없는 상황에 대한 억울함이 담겨 있다.

이 책에서 다루고 있는 세 편의 고전소설—춘향전, 장화홍련전, 심청전 가운데 20세기 개작에서 가장 문제적인 텍스트는 바로 심청전이다. 춘향전과 장화홍련전도 여성에 대한 폭력을 담고 있는 텍스트이지만 동시에 20세기적인 변화된 가치로 굴절시켜 새롭게 긍정적으로 개작할 수 있는 텍스트이기도 했다. 춘향의 사랑과 권력자에 대한 저항 의지, 장화와 홍련의 자매애가 기존의 모든 가치들이 재배치된 근대에도 여전히 중요한 가치로 부각되었기 때문이다. 근대에 들어서도 신분이 아닌 경제력과 권력을 앞세워 지배계급이 하위계급의 여성들을 성적으로 착취하는 현상은 끊이지 않았고, 이는 춘향전이 근대의 수용자들과도 주요한 공감대를 형성할 수 있었던 이유이다. 장화홍련전도 마찬가지이다. 근대 이후 가족의 문제는 그 어느 때보다 혼란스러웠다. 20세기 전반부에는 각 세대마다 '가족'에 대한 상이 서로 달랐음은 물론, 일부일처제가 아직 완전히 자리 잡지 못해 처첩의 문제와 그 자녀들의 문제가 여전히 가족 갈등의 중심을 이루고 있었다. 해방 이후에도 급격한 산업화로 '가족'은 갈등을 내장하고 있는 주제였기에 장화홍련전은 여전히 대중이 공감할 수 있는 소설이었다.

이에 비해 심청전의 지배적 가치이자 심청의 행위에 주요한 근거를 제시했던 '효'라는 가치는 20세기 들어 유교의 힘을 빌리지 않고 새롭게 가치화되기는 힘든 처지에 놓였다. 약자가 된 부모를 봉양하고 돌보는 것 자체가 의미 없다기보다는 인권의식이나 젠더 의식 그리고 개인성에 대한 인식이 확보되지 않은 상황에서 부모에 대한 효를 일방적으로 강조하는 것이 실은 효라는 이름의 '착취'가 될 가능성이 높았기 때문이다. 더구나 심청이 보여준 종류의 '효'는 자신의 목숨을 버린 것인만큼 논란의 여지가 분명해 보인다.

> 심청도 조타. 춘향을 반역적 여성이라 하면 심청은 또 희생적 여성이다. 아버지의 눈먼 것을 구하고저 제 생명을

林塘水에 던지엇다. 그의 행동은 빗난다.

어느 시대 어느 계급에도 희생적 정신은 우러러 존경할 것이다. 아버지에 대한 그때의 희생은 지금은 다른 범주의 희생에 어울너 마즈리라.[10]

위의 인용문은 '좋아하는 소설 속 인물'로 춘향과 함께 심청을 꼽으면서 소설가 최서해가 한 말이다. 최서해는 춘향전의 춘향이 보여준 희생정신을 높게 평가하면서도 현대에는 이보다는 '다른 범주'의 희생이 필요하다고 말한다. 즉 그는 '신경향파 작가'답게 심청의 희생보다도 다른 방식, 예컨대 계급투쟁에의 헌신과 같은 희생이 근대에 필요함을 암시하고 있는 듯하다. 이외에도 많은 근대 작가들이 어릴 적 독서 체험을 언급하면서 즐겨 읽었던 소설로 춘향전과 함께 심청전을 들고 있지만 춘향과 달리 심청에 대해서는 예찬 일변이지 않다. 그만큼 20세기에 들어서도 심청의 행위는 여전히 예찬되었지만 예찬의 근거가 빈약했고 문제적이었다. 더구나 당시에 앞서 언급한 인물들, 즉 마산의 서복동이나 기생 김자야, 경북 의성의 이월순처럼 집안의 몰락, 가부장의 무능으로 가족을 부양하기 위해 요릿집이나 유곽이나 주막에서 일해야 했던 '딸'들의 효도 방식은 분명 딸들에게 가해진 극한의 폭력이었다. 심청이 갖고 있는 젠더 트라우마는 다른 고전소설의 인물들보다 가족 내 젠더 불평등을 직접 보여준다는 점, 더구나 인신매매와 성매매와 관련되어 있다는 점에서 더 폭력적이다. 또한 더욱 문제적인 것은 심청전이 남성 작가들에 의해 다른 버전으로 개작되었지만 이러한 폭력적 상황이 개작 텍스트에서도 되풀이되고 있다는 점이다.

눈을 뜨지 못한 아버지와 남성 성찰

채만식은 잘 알려진 소설 《탁류》(1937)를 통해 식민지 자본주의와 여성의 노동에 대해 가장 비판적으로 성찰한 작가 중 한 명이다. 미두에 빠져 가산을 탕진한 초봉의 아버지 '정 주사'는 식민지 자본주의의 전형적인 무능한 가부장으로 초봉에게는 불행의 원흉이 되는 인물이다. 초봉은 고태수, 장형보, 박제호 등의 남성들 사이에서 성적 착취를 당하다가 아비가 불분명한 아이를 낳고 끝내 자신을 괴롭히는 장형보를 죽이게 된다.

채만식은 《탁류》 말고도 이미 '심 봉사'라는 제목으로 심청전의 개작 텍스트를 총 세 번 집필했거나 집필을 시도한 바 있다. 최초의 개작은 1936년의 7막으로 이루어진 희곡 〈심 봉사〉이며 1944년에는 같은 제목의 소설로 집필을 시도(미완성)했다. 마지막 버전의 심청전은 해방 후 1947년에 발표한 희곡 〈심 봉사〉이다. 이 희곡에서는 심청이 아닌 심청의 아비 심 봉사를 중심인물로 삼아 딸을 불행하게 만드는 가부장의 무능함을 전면적으로 비판하고 있는데, 채만식의 이러한 글쓰기는 장편소설 《탁류》에 드러난 문제의식과 동궤에 있다. 이 희곡은 플롯의 대부분이 고전소설 심청전과 비슷하지만 결말은 원작과 가장 큰

《탁류》의 연재본 삽화. 상점에서 점원으로 일하고 있는 초봉.

차이를 보인다.

장 승상 부인: 어쩌면! (심 봉사를 들여다보며) 정말 눈을 떴구려! 원 이런 신통한 도리가 또 있을까?

심 봉사: 네, 하도 반가워서 눈이 그냥 번쩍 떠졌습니다. 그런데 그런데.

장 승상 부인: 원 몽운사 부처님의 영험이 인제야 발현했나 보우. 그것도 다 심청이가 죽은 정성이지요.

심 봉사: 네, 심청이가 또 죽었어요?

장 승상 부인: 네, 아니 아니구 이걸 어쩌나 내가 입이 방정이야. 그 애가 또 아니라 하고 달어났지! 이건 어쩌면 좋습니까?

왕후: 할 수 없지요 일희일비라니 눈 뜬 것이나 다행한 일이니 바른대로 말해 주시오.

장 승상 부인: 여보, 심 생원 그런 게 아니라 심청이는, 정말 심청이는 저 임당수에서……

심 봉사: 네, 임당수에서? 아니 아까 그건?

장 승상 부인: 아까 그건 거짓말 심청이고 그래서 심 생원이 눈을 뜨니까 질겁을 해서 달어났다우. 그러고 정말 심청이는, 여보 심 생원 심청이는 임당수에서 아주 영영 죽었……

심 봉사: (자기 손가락으로 두 눈을 칵 찌르면서 엎드러진다.) 아이구 이놈의 누구먹! 딸을 잡어 먹은 놈의 눈구먹! 아주 눈알맹이째 빠져 바려라. (마디마디 사무치게 흐느껴 운다.) 아이구우 아이구우.[11]

채만식의 1936년 희곡 〈심 봉사〉는 해피엔딩에 대한 독자들의 기대를 허문다. 심 봉사는 왕후가 맹인 잔치를 연다는 소식을 듣고 서울로 향하던 도중 역시 맹인 잔치로 향하던 황 봉사를 만나 왕후의 아버지가 맹인이라는 이야기를 듣는다. 그의 이야기를 들은 심 봉사는 마치 고소설 심청전의 내용을 이미 알고 있다는 듯, 심청이 아직 살아 있으며 왠지 서울에서 심청을 만날지도 모른다는 기대감을 갖는다. 고소설 심청전의 이야기에 익숙한 희곡의 독자 혹은 연극의 관객 역시 이즈음에서 그 왕후가 심청일지 모른다는 기대와 예측을 자연스럽게 하게 된다. 그러나 그후 7막에서 관객들은 심청을 인신공희로 바쳐 '안맹'이라는 천벌을 받은 뱃사람 장 봉사와 왕후의 대화를 통해 심청이 이미 바다에 빠져 죽었다는 사실을 알게 된다. 한편 왕후와 장 승상 부인은 심 봉사를 위로하기 위해 궁녀를 심청이라 속여 재회하게 하고 심 봉사는 딸을 만난 기쁨에 기적적으로 눈을 뜬다. 그러나 곧 실제로는 딸이 죽었다는 말을 듣고 자신의 눈을 찔러 다시 눈멀게 만든다.

채만식은 현실 비판적 관점에 서 있었던 것으로 보인다. 심청을 환생시키고 심 봉사를 눈뜨게 함으로써 심청의 희생을 합리화하고 싶지 않았던 것이다. 〈심 봉사〉의 심청은 살아 돌아오지 못했고 따라서 왕후가 되는 일도 벌어지지 않았다. 이 희곡은 고소설 심청전의 해피엔딩이 현실에서는 일어날 수 없는 판타지라는 사실을 독자와 관객에게 폭로하면서 심 봉사를 징벌하는 데 초점을 맞추고 있다.

1930년대 대표적인 리얼리즘 작가답게 채만식은 희곡 〈심 봉사〉를 통해 고전소설 심청전을 패러디 하면서 그 결말을 바꿈으로써 심청전을 비판하고 있다. 이 희곡은 특별히 여성 독자에게 호소하는 작품은 아니다. 즉 여성 독자를 내포 독자로 상정하지 않고, 이 희곡을 보고 뉘우쳐야 하는 계몽의 대상으로서 여성을 상정하지도 않는다. 이 희곡에서 심청은 분명 주요 인물이기는 하나 아버지 심 봉사에 비해 주변적인 인물이다. 이 희곡이 일깨우고자 하는 대상은 바로 심 봉사와 같은 '남성'이다. 그는 분수에 맞지 않게 삼백 석을 시주하겠다는 허세를 부리고 딸이 인신매매되도록 방치하며 아들을 낳아주겠다는 뺑덕어멈에게 속아 딸이 남긴 돈을 모두 날려버린다. 급작스러운 회심의 장면이기는 하지만, 심 봉사가 자신의 눈을 찌르는 장면은 직접적으로 무능한 남성들의 성찰과 각성을 촉구하는 것으로 읽힌다. 채만식의 심청전 패러디는 여성 독자보다는 남성을 일갈하기 위해 쓰였다고 할 수 있다.

채만식은 소설 《탁류》에서도 여성인 초봉을 중심인물로 삼음으로써 여성의 수난과 비극을 전면화하는 또 다른 유형의 심청전 다시쓰기를 시도했지만, 승재와 계봉(초봉의 여동생) 같은 지식인을 긍정적인 인물들로 내세움으로써 여성의 비극적 상황을 타개할 수 있는 합리적이고 건전한 지성을 강조하고 있다. 그러나 이 가운데 남성인 승재도 결국은 해결사가 될 수 없었다. 그는 여성을 비극적 상황에서 구해내는 구원자의 역할을 자임하고 여성들을 성노동자로 만드는 자본주의의 폭력성에 분노하지만 정작 사건을 해결하는 데는 지극히 무력하다.

> 저렇게 애련하고 저렇게 순실하고 해보이는 소녀를 이 구렁창이에다 두어 '환장한 인간들로 더불어 동물로 역행'을 하게 하다니, 도저히 못할 노릇이라 생각하면 슬픈 것도 슬픈 것이려니와 그는 다시금 마음이 초조했다.
> 승재는 암만 동정이나 자선이란 제 자신의 감정을 위안시키기 위해 제 노릇에 지나지 못하는 것이라는 해석은 가지고 있어도 시방 명님이를 구해주겠다는 이 형편에서는 그런 생각은 몽땅 어디로 가고 없다. 또 생각이 났다고 하더라도 그 힘이 이 행동을 막진 못할 것이었다.

《탁류》의 연재본 삽화. 고민하는 승재.

그새 사흘 동안 승재는 제 힘껏은 눈을 뒤집어쓰고 날뛰다시피 했었다. 물론 승재의 주변이니 별수가 없기는 했었지만 아무려나 애는 무척 썼다.[12]

승재는 어릴 적부터 같은 마을에 살면서 친누이처럼 지냈던 명님이 유곽에 팔렸다는 사실을 알고 명님을 빼내기 위해 책을 팔아 돈을 마련해보기도 하지만 역부족이다. 더구나 "굶는 것보다 이런 곳이라도 와 있는 것이 더 낫다"는 유곽 주인 여자의 논리에 대해서도 제대로 대응하지 못한다. 《탁류》에서의 남성 인물의 각성은 말 그대로 각성으로 끝난다. 남성들의 각성은 문제를 해결하거나 여성들의 울분을 풀어주는 데 도움을 주지 못한다. 즉 채만식의 심청전 패러디물들은 고전소설 심청전에 대한 비판적 독해의 산물이지만 여성 인물에 대한 공감이나 여성의 목소리를 확대하는 데는 한계가 있는 것이다. 채만식은 여성들을 위로하고 공감하기보다는 여성들을 이렇게 불행하게 만든 남성들 그리고 전혀 문제를 해결하지 못하는 남성들의 각성을 촉구하는 '남성'의 이야기로 심청전을 바꾸어냈다. 이러한 개작 방식을 어떻게 바라보아야 할까. 채만식의 개작 텍스트는 일견 여성의 비극적 상황에 주목하고 비극적 상황을 초래한 원인에 대해 추궁하지만 정작 여성의 이야기에는 관심을 기울이지 않는다는 역설을 만들어낸다. 오히려 채만식의 개작 텍스트는 비극을 해결하고자 하는 남성들에게 더 관심을 기울인다. 심청전이 '심 봉사'라는 제목으로 바뀐 것은 결코 우연이 아니었던 셈이다.

여성의 이주와 인신매매 이야기

20세기 심청전 개작들의 특징 중 하나는 '이주'의 모티프를 적극 활용한다는 점이다. 원작인 고소설 심청전은 이본마다 배경이 다르지만 대체로 중국이나 황해도를 배경으로 하고 있으며 심청은 남경 상인들에게 인신매매된 뒤 '인당수'라는 바다에 빠진다. 인당수를 두고 중국과의 해상 무역 통로였던 황해도 앞바다 혹은 전라북도 근해의 임수도라는 주장도 있지만,[13] 허구적 작품 속의 인당수를 어느 한 장소로 확정 짓는 것은 불가능하다. 인당수가 한반도에 사는 이들의 심상지리상 한반도와 중국 사이에 위치한 그 어딘가인 것만은 분명하다. 심청은 중국으로 향하는 배에 타고 있었고 소설 속에서처럼 제물로 바쳐지지 않았다면 중국에 도착했을 것이다. 심청은 타의에 의해서이긴 하지만 배를 타고 '이주'를 하고 있었던 셈이다.

여성들은 자의든 타의든 집을 떠나 이동하고 다른 지역으로 이주하면서 대체로 위험천만한 모험에 부딪히게 된다. 그러나 자의를 전제로 한다면 다른 한편으로 집을 떠나는 것은 여성에게 삶을 개척할 수 있는 기회를 제공하기도 한다. 여성에게 고향과 집이 언제나 우호적인 것만은 아니기 때문이다. 남성들, 아들들이 떠나온 고향과 그곳을 지키는 어머니, 아내를 무한히 그리워하는 것과 달리, 가족 내에서 차별받던 여성들에게 떠나온 고향과 집이 늘 그리운 장소인 것만은 아니다.

여성들의 이주가 갖는 위험성 혹은 이득이 무엇이든 간에, 심청의 경우는 그 이주가 전혀 자발적인 것이 아니며 무엇보다 자신의 신체에 대한 자유와 권리를 포기한 이주라는 점에서 가장 고통스러운 이주이다. 고소설 심청전의 심청은 제물로 바쳐지기 위해, 즉 살해되기 위해 매매되었지만 20세기 후반의 개작들에서는 심청이 성매매를 위해 팔려 간 것으로 설정된다. 심청전 개작들에서 국제 인신매매단에 의해 자행되는 심청의 이동은 남성과 제국에 의해 식민지와 노예와 여성의 모빌리티가 관리되고 지배되는 전형적인 방식을 보여준다.

이동의 자유와 공간 점유의 권리는 인간뿐만 아니라 모든 생명체에게 가장 중요한 권리이다. 여성들을 타자화하는 모든 가부장제 사회는 여성의 자발적 이동을 제약하고 이에 비례해 여성들은 자발적 이동과 이주의 욕망을 키워왔다. 여성들이 이동, 이주에 엄청난 제약을 받아왔던 것에 대해서는 새삼 언급할 필요도 없다. 제1세계 백인 남성들이 정복의 이미지, 자율적이고 역동적인 이동의 이미지를 갖는 것과 달리 여성, 유색인종, 노예, 어린이 등의 타자들은 모빌리티의 관리 원칙에 따라 그 이동과 공간 점유가 철저히 규제되거나 타인에 의해 동원되거나 거주가 재배치된다.[14] 단순하게 정리하자면 20세기 이전의 여성들이 유폐된 공간은 '집'이었다. 20세기 이후, 여성들은 자유롭게 집으로부터 나올 수 있는 형식적인 해방을 누리게 되었지만 여성들에 대한 감시 권력은 '집' 이외의 공간에도 편재되어 있었다. 여성들이 거리를 거닐더라도 지속적으로 그들을 성적으로 응시하는 남성들의 시선에 갇히곤 했다. 근대 이후 물리적으로 여성을 가두는 것은 갈수록 가능하지 않게 되었지만 여성의 이동과 이주를 통제하는 방식은 훨씬 더 교묘하고 복잡해진다.[15]

심청의 이주는 인신매매라는 점에서 훨씬 문제적이다. 다시 말해 심청은 노예 수준으로 모빌리티를 완전히 박탈당한다. 아프리카 출신의 흑인들이 노예 사냥꾼에게 잡혀서 배에 짐승 혹은 짐짝처럼 실려 미국이나 유럽으로 강제 이동한 상황과 심청이 팔려 간 상황은 유사하다. 따라서 자발적으로 자신의 욕망을 실현하기 위해 집과 고향을 떠나거나 단지 방랑 또는 여행을 위해 애인, 아내, 어머니를 떠나는 남성들의 서사와 심청의 서사는 본질적으로 다른 지점에서 출발한다. 더구나 여성인 심청은 남성 노예와도 다르게 성 착취를 당할 수 있다는 점에서 모빌리

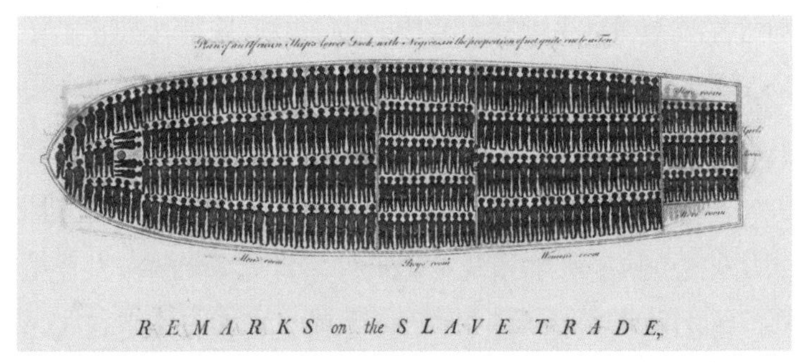

아프리카 서부와 미국을 오갔던 노예선의 내부 삽화(1789)

티 권리의 상실이 초래할 수 있는 가장 비참한 상황에 처하게 된다.

20세기 심청전 개작들은 심청이 처한 이러한 이동의 문제를 얼마나 인지하고 있었던 것일까. 결론적으로 말하자면 20세기 남성 작가들에 의한 심청전 개작은 심청이 처한 이동 불가능성을 포르노화하고 있다. 최인훈의 희곡 〈달아 달아 밝은 달아〉(1978)와 황석영의 《심청, 연꽃의 길》(2007)[16]은 공히 심청이 이국으로 팔려 가 몸을 팔게 되고 이후에도 이리저리 여러 남성의 성노예로 살아가는 이야기이다.

최인훈의 희곡 〈달아 달아 밝은 달아〉에서 심청은 장 부자(고소설에서는 '장 승상')네로부터 소실로 들어오라는 제안을 받지만 거절하고 아버지가 약속한 공양미를 위해 색주가에 팔려 간다. 심청이 팔려 간 뒤 심청의 인신매매를 주선한 뺑덕어멈은 심 봉사에게 심청을 판 돈으로 색주가를 열자고 유혹하고 심 봉사는 마지못한 듯 이 제안에 동의한다. 한편 중국으로 팔려 간 심청은 '조선에서 온 해당화'로 불리며 고가의 흥정 대상이 된다.

> 매파, 손님을 이끌어 발 쪽으로 간다. 발을 들치고 손님을 밀어 넣는다. 매파 귀를 기울인다. 안에서는 아무 소리도 안 난다. 매파, 발소리를 죽이고 오락가락한다. 가끔 안의 기척에 귀를 기울인다. 발 속에 닫힌 둥근 창문에 갑자기 비치는 용의 그림자, 드높아지는 파도 소리, 바위에 부딪히는 물결 소리, 그러자, 물결 소리 사이로 들리는 여자의 신음 소리, 바닷물 소리는 점점 드높게, 거칠어지고, 신음 소리는 깊은 바다 밑으로 들려오듯, 흐느끼며, 끊어졌다 이어졌다 불빛이 어두워지고 창문에 비친 용의 그림자만 뚜렷이 아가리를 벌리고 뿔을 흔들며 꿈틀거린다. 바다를 밀어붙이는 바람 소리, 비구름이 쏟아 붓는 세찬 물소리 번개가 치며 찢어지는 듯한 여자의 외마디
>
> 소리: 악-!
>
> 차츰 어두워지는 빛 속에 힘이 사그라지는 용, 비바람 소리와 바닷물결 소리도 따라서 사그라지면서 마침내 아무 소리도 아무 빛도 없는 조용하고 캄캄한 무대[17]

이 인용문은 심청이 중국의 유곽에서 최초로 손님을 받는 장면을 묘사하고 있는 지문이다. 이 장면 후에 처녀성을 가진

'천 냥짜리 꽃'인 심청은 강간당한 채 '짓밟힌 해당화 무더기'처럼 쓰러져 있다. 이후 심청은 유곽에서 인삼 장수인 조선인 김 서방을 만나게 된다. 심청은 '착실해 보이는' 김 서방과 사랑에 빠진다. 김 서방은 심청의 몸값을 치러주고 조선으로 가는 배에 그녀를 태운다. 그리고 인삼 장사를 하느라 관아에 진 빚을 갚아야 하니 돈을 마저 번 뒤에 조선으로 따라가겠다면서 심청에게 정표로 거울을 건넨다. 심청을 실은 배는 조선으로 향하던 중 해적들에게 나포되고 '조선년' 심청은 이제 해적의 성노예로 살아가게 된다. 이 희곡에서는 영혼을 상실한 채 해적의 성노예가 된 심청을 '인형'으로 표현하고 있다.

누워 있는 인형
인형의 팔은
뻣뻣하게 위로 올려져 있고
일어서면서
인형을 걷어차는
해적
벽에 부딪혔다가
바닥에 떨어지는
인형
문을 열고
해적 나와서
제 갈 길을 간다[18]

극적 장치로서 심청의 육체를 '인형'으로 표현함으로써 이 희곡은 심청의 신체적, 정신적 자율성이 완전히 박탈되었음을 묘사하고 있다. 정황상 왜구로 짐작되는 이들 해적은 조선에서 일어난 전쟁에 청부를 맡으면서 심청을 조선으로 데려간다. 전란 틈에 조선으로 돌아오게 된 심청은 고향인 황해도 도화동으로 가는 길에 죄인이 되어 수레에 실려 가는 이순신을 목격한다. 고향으로 돌아온 심청은 눈먼 노파가 되어 동네 아이들에게 먼 기억 속의 '용궁' 이야기를 들려주고 미친 노파라는 놀림을 받으며 김 서방이 정표로 준 거울을 꺼내 본다. 이 장면을 끝으로 희곡은 막을 내린다.

심청의 육체는 심청을 발견한 남성들의 소유이며 심청은 '인형'처럼 인간으로서 갖는 모든 자율성을 박탈당한다. 그럼으로써 이 희곡은 원작과 달리 구원되지 못하고 보상받지 못하는 심청의 비극성을 극대화한다. 심청의 몸은 남성 사회에서 철저하게 교환의 대상이다. 심청에게 호감을 보였던 장 부자는 실은 심청을 수양딸이 아닌 소실로 탐낸 것이었고, 배를 타고 도착한 '용궁'은 원작과 달리 산호로 만든 의자에 산호로 만든 책상과 침대를 놓은 중국의 유곽이었다. 희곡의 독자 그리고 연극의 관객에게 여성의 구원과 행복에 대한 낙관적 희망과 판타지를 제공하지 않는다는 점에서 이 희곡은 채만식 희곡과 같은 현실주의의 계보에 서 있다. 이런 무자비한 현실주의를 어떻게 설명해야 할까.

채만식의 〈심 봉사〉와 비교해볼 때 최인훈의 〈달아 달아 밝은 달아〉에서는 김 서방이나 이순신과 같은 실패한 남성 구원자들의 존재가 두드러져 보인다. 〈달아 달아 밝은 달아〉에는 심 봉사의 뻔뻔함과 비도덕성이 더 노골적으로 드러나 있지만 다른 한편으로는 심청을 구해낼 남성들이 등장한다. 심청이 중국 유곽에서 만난 인삼 장수 김 서방은 진실해 보이는 인상에 같은 조선 사람이라는 이유로 심청과 가까워진다. 그는 심청이 노파가 되어서도 끝내 잊지 못하는 인생의 남자이지만 최종적으로 심청을 구원하는 데는 실패하고 만다. 이순신도 비슷한 유형의 인물이다. 이순신과 심청이 어떤 관계를 갖는 것은 아니지만 고향으로 향하던 심청은 죄인이 되어 끌려가는 이순신을 목격한다. 이순신은 왜구를 막지 못하고 죄인으로 끌려가며 인삼 장수 김 서방은 끝내 심청을 구하지 못한다.

최인훈의 〈달아 달아 밝은 달아〉에서 심청에게 불행의 발단을 제공한 인물은 애초에 그녀를 유곽에 팔았던 아버지 심 봉사이다. 그리고 심청이 고향으로 온전히 돌아올 수 없었던 것은 또 다른 남성들이 그녀를 지키는 데 실패했기 때문이다. 즉 심청의 불행의 원인은 조선 남성들의 무능과 부도덕에 있으며 도덕적 우위를 가진 남성들도 김 서방처럼 능력 부족으로 심청을 구해내지 못하거나 혹은 이순신처럼 죄인이 되어 끌려가는 처지가 되고 만다. 결국 이 희곡에서 심청은 무능한 남성 주체들이 구해낼 수 없어 희생되었던 민족을 표상한다. 이러한 민족주의적 상상력은 유곽을 드나드는 중국 남성들 그리고 왜구로 짐작되는 해적들에게 심청이 유린되는 상황에도 잘 형상화되어 있다. 이 희곡의 시대 배경인 16세기 동아시아의 권력 구도에서 조선은 명을 섬기며 왜구의 침략을 받는 약자였고 심청은 바로 그 속에서 희생된 민족 공동체를 대표하는 인물이다. 여성의 육체에 대한 이러한 표상 방식은 낯선 것이 아니다. 여성 수난을 보여주고 여성들이 수모를 겪지 않으려면 남성들이 보다 강인해져야 한다는 식의 서사를 가부장제는 일찍이 고안해왔다.

황석영의 《심청, 연꽃의 길》은 최인훈 희곡이 보여준 여성 육체에 대한 상상력에 기반을 두고 그 이동 스케일과 스토리 분량을 더욱 키워나간다. 이 소설은 근대 전환기인 19세기를 무대로 하여 심청을 성노동 하는 여성으로 바꾸고 팔려 가는 이동의 범위를 아시아 전역으로 확대한다. 《심청, 연꽃의 길》은 〈달아 달아 밝은 달아〉의 확장된 소설 버전이라 할 수 있을 정도로 최인훈 희곡과 동일하게 이주와 성노동이라는 기본적인 모티프를 내세우고 있다.

이러한 유사점에도 불구하고 최인훈 희곡과 황석영 소설에 차이점이 있다면 《심청, 연꽃의 길》에는 자신의 육체가 여러 남성들에 의해 유린되는 가운데서도 심청이 자신의 삶을 적극적으로 개척해나가고 오히려 남성들을 굴복시키는 인물로 설정되어 있다는 점이다. 이전의 여러 개작들에서 심청이 일방적인 희생양으로 그려진 것과는 자못 다른 설정이다.

> 풍후장에서 첸 대인이 자신의 배 위에서 숨이 끊겼을 때, 처음에 두려워했던 청이는 그의 시체를 곁에 두고 탄생에

서 죽음까지를 꿈처럼 보고 나서 다시는 사내들을 무서워하지 않게 되었던 것이다.

내가 저들을 다 삼켜버릴 거야. 그래, 조금만 참자. 저들을 차례차례 쓰러뜨릴 테니까.

사내는 시체처럼 늘어져 있다가 등 뒤에서 다른 자가 어깨를 잡아당기자 흐느적하고 그네의 다리 사이로 빠져나갔다. 이제 그들은 청이의 팔다리를 잡을 필요도 없었다. 청이는 그저 팔다리를 내던지고 멍한 얼굴로 있었기 때문이다.[19]

첸 대인의 소실로 중국에 팔려 간 청이는 우여곡절 끝에 동유라는 이름의 남성과 사랑에 빠지고 그와의 새로운 삶을 꿈꾸지만, 낯선 이가 권한 약을 탄 술을 마시고 인신매매 조직인 슈마지아瘦馬家에 의해 납치된다. 위의 인용문에서 청이를 납치한 사내들은 청이의 저항을 무력화하기 위해 윤간하고 이에 청이는 물리적 저항을 멈추고 그들에 대한 정복과 복수를 다짐하며 고통스러운 상황을 견디고 있다. 사내들이 모든 행위를 마치자 청이는 그들에게 자신이 '화지아'였음을 밝히며 화대를 내놓으라고 소리친다. 청이는 극한의 고통을 주관적인 초월의식으로 견디며 폭력적인 상황을 정신적으로 극복한다. 폭력을 폭력으로 인지하지 않는 이러한 주관적 초월의식은 일견 청이의 정신적 강인함을 보여주는 것일 수 있지만 청이가 수시로 그리고 반복적으로 겪는 성적 폭력의 상황을 희석시킨다.

성적 고난을 주체적으로 극복하고 오히려 남성들을 굴복시키는 강인한 여성의 모습은 여성의 주체성을 논할 때 종종 빠질 수 있는 함정이다. 여성의 성매매가 발생하는 근원적인 사회구조나 여성의 신체에 가해져온 폭력의 역사가 여성의 '정신 승리'라는 허울 속에 감춰지기 때문이다. 여성의 주체성은 폭력적인 상황을 주관적 의지 혹은 정신력으로 초월하는 데 있지 않다. 여성의 주체성은 여성 억압 '체제'에 어떤 방식으로 저항하거나 거기에 흠집 내려는 시도 그 자체에 드러나 있다. 혹은 폭력에 의해 분열되거나 상처 입는 여성 인물의 내면을 그리는 것도 소설이 보여줄 수 있는 저항 방식이다. 물론 성공의 서사도 저항의 한 종류이다. 그러나 그 성공의 서사가 남성들의 폭력을 용인하거나 그것을 인정하는 가운데 얻어진 것이라면 그것은 폭력을 가한 이들의 죄의식(만약 그들이 느낀다면)을 희석시키거나 폭력을 정당한 것으로 만들 뿐이다. 황석영의 《심청, 연꽃의 길》에서 청이는 인신매매, 강간, 윤간 등 극한의 폭력적인 상황에서 모든 상황을 담담하게 그리고 때로는 적극적인 응전의 태도로 임한다. 그리고 성노동을 통한 일종의 '성공' 서사를 써내려간다. 그러나 이러한 주체성은 소설에 그려져 있는 무수한 폭력에 대한 비판과는 거리가 멀다.

청이는 난징, 진장, 대만을 거쳐 싱가포르와 일본의 류큐, 나가사키로 옮겨 가며 렌화, 로터스, 렌카라는 연꽃을 의미하는 3개 언어의 이름을 가지고 살아간다. 이 모든 지역에서 청이는 유곽에서 일하거나 혹은 요정을 경영하며 산다. 인신매매 때문에 집을 떠났지만, 청이는 차츰 이동의 주체성을 회복한다. 싱

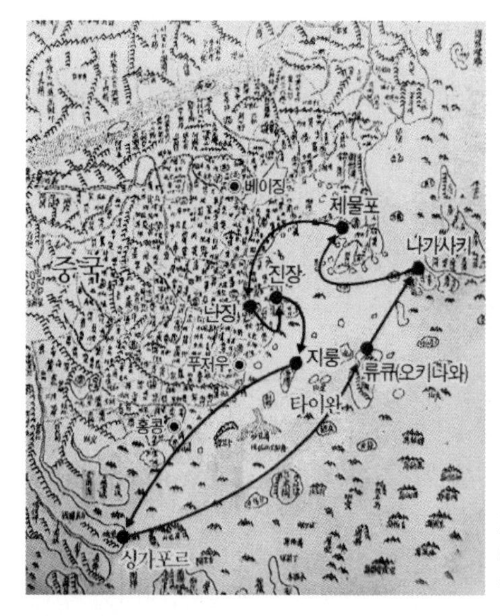

고지도에 표시된 청이의 이동 경로. 출처: 황석영, 《심청, 연꽃의 길》.

가포르에서 동거하던 영국인 제임스가 정식 아내가 되어달라고 청하지만 청이는 "남편감은 내 자신이 고른다"며 그의 청혼을 거절하고 양딸 유자오가 있는 단수이로 돌아간다. 이후 웬지 부인과 함께 류큐를 거쳐 일본 나가사키로 들어간 청이는 여생을 인천(제물포)에서 마치게 된다. 청이의 이러한 주체성 회복은 신체 이동에 대한 권리 회복과 궤를 같이한다. 그러나 청이의 모빌리티 회복은 자신의 섹슈얼리티를 무기로 한 것이었다. 청이가 거주지를 어디든 선택할 수 있었던 것은 그녀의 아름다움과 유곽 경영 경험 덕이었다. 성노동의 자발성을 기반으로 한 청이의 이동성은 청이가 무수한 폭력에도 살아남을 정도로 지독하게 '운'이 좋았다는 우연성 혹은 자기부정의 결과이다. 청이는 최초로 난징의 첸 대인 집에 팔려 갔을 때 거울을 보고 "너는 내가 아니야"[20]라고 외친 자기부정 혹은 정체성 망각에 기대어 혹독한 시련을 견뎌나간다. 《심청, 연꽃의 길》의 청이는 살해당할 수 있는 모든 위험을 피하는 행운을 누렸고 자기 정체성을 기각하는 지독한 자기부정을 통해 모든 폭력을 감수할 수 있었다.

결국 황석영의 《심청, 연꽃의 길》은 심청이라는 캐릭터에 내재된 여성의 (성)노동과 인신매매에 의한 강제 이주라는 자본주의의 폭력성에 대한 성찰보다는 근대의 폭력성을 희석시키고 심청의 벌거벗은 육체를 볼거리로 만들며 심청이 겪었던 성적 폭력을 폭력이 아닌 섹스로 치환시키는 한계를 지니고 있다. 20세기 심청전의 개작들은 거의 모두가 심청이 인신매매와 성매매를 당하는 설정을 보이고 있으며 여성을 여성의 몸으로만 치환시키는 근대성의 젠더 트라우마를 가장 잘 보여준다. 그만큼 20세기 심청이 겪은 수난이 춘향, 장화와 홍련이 겪은 수난에 비해 더없이 비참하게 묘사됨을 알 수 있다.

윤이상과 신상옥, 1972년 뮌헨 올림픽과 심청전

춘향전과 장화홍련전에 이어 심청전 역시 자주 영화화된 고전소설 중 하나다. 불세출의 배우이자 감독인 나운규가 단역 가마꾼으로 데뷔한 이경손 연출의 1925년 무성영화 〈심청전〉을 필두로 1937년 토키 〈심청전〉, 해방 후 이규환 감독의 1956년 〈심청전〉, 1962년 〈대심청전〉 그리고 1972년 신상옥의 〈효녀 심청〉 등이 1970년대까지 영화화된 심청전이다.

1937년 토키 〈심청전〉의 신문 광고

춘향전 영화들에서도 확인되지만 고전소설을 영화화할 때는 관객들이 이미 해당 소설에 대해 갖고 있는 이미지와 타협하는 것이 필요하다. 관객들이 갖고 있는 소설에 대한 이미지를 제작진이 거슬러서는 안 되기 때문이다. 그런데 고전소설 가운데서 심청전은 영화로 제작하기에 꽤 까다로운 작품이다. 무엇보다 영화의 하이라이트인 용궁 신과 연꽃 신이 무대장치나 특수효과가 필요한 장면이기 때문이다.

> 더웁기로 극장엘 갓드니 심청전이 왓다고 떠든다. 심 봉사 환경행동과 심청이의 물에 빠진 모양, 연화 속에서 나오는 장면 등 비과학적이라도 유분수지요. 이래서야 감천의 효녀전도 어디 환영 밧겟습니까. 이 땅의 정서를 영화화시키는 분들 좀더 힘써 주기 바라오.[21]

위의 관객은 〈심청전〉의 장면들, 특히 심청이 바다에 빠지는 장면과 연꽃에서 나오는 장면에 대해 '비과학적'이라고 일컫고 있다. 그러나 이 관객은 환상적 요소가 있다는 사실을 불만스럽게 여겼다기보다는 자연스럽지 못한 연출에 불만을 표현하고 있는 것으로 보인다. 심청의 죽음과 환생은 심청전에서 가장 위기감이 고조되는 장면들이자 환상성이 돋보이는 장면들로서 영화의 하이라이트를 차지하는 부분이다. 이 밖에도 심청이 바다에 뛰어든 뒤 경험하게 되는 용궁 세계에 대한 묘사도 관객들이 가장 기대하는 부분으로 꼽을 수 있다.

1972년 〈효녀 심청〉을 연출한 바 있는 신상옥 감독은 용궁 신과 연꽃 신이 심청전에서 관객들이 가장 주목하는 장면으로 심청전 영화의 하이라이트임을 누구보다 잘 알고 있었다. 1978년 납북된 신상옥은 1985년 북한에서 뮤지컬 영화 〈심청전〉을 연출하면서 이 장면들을 독일(당시 서독)의 뮌헨 바바리아 촬영소에서 공들여 찍었다.[22] 해외 로케이션 촬영이나 외국 스튜디오에서의 촬영은 북한으로 납북된 뒤 김정일의 파격적인 지원을 받으며 영화를 만들었던 신상옥 감독에게만 허락된 특권이었다.[23] 신상옥 감독의 회고에 따르면 그가 북한에서 〈심청전〉를 만들기 이전, 북한에는 이미 1950년대에 제작된 무용극 〈심청전〉이 있었다. 이 무용극은 화주승으로 상징되는 종교, 심청을 사려는 남경 상인들로 상징되는 자본주의와 제국주의에 맞서는 혁명 투사로 심청을 그려냄으로써 원작을 사회주의 이념에 맞게 각색한 영화였다.[24] 이와 달리 신상옥은 자신이 북한에서 연출한 〈사랑 사랑 내 사랑〉과 〈심청전〉이 사회주의의 영향을 덜 받고 원전에 충실한 영화였다고 여러 문헌에서 자랑스럽게 언급했다. 그러나 2장에서 언급한 것처럼 신상옥의 〈사랑 사

신상옥이 북한에서 연출한 〈심청전〉의 한 장면. 독일(서독) 바바리아 촬영소에서 촬영한 '연꽃 신'이다. 출처: 신상옥·최은희, 《우리들의 탈출은 끝나지 않았다》, 월간조선사, 2001, 345쪽.

랑 내 사랑〉 역시 사회주의 이념의 영향이 농후한 영화였다.

심청전 영화는 춘향전 영화와 마찬가지로 1925년부터 1970년대까지 꾸준히 제작되었지만 춘향전 영화에 가려져서 독자적인 영향력을 가지고 있었다고 보기는 어렵다. 심청전 영화는 언제나 춘향전 영화의 인기에 힘입어 관객 몰이를 하는 정도였다. 심청전 영화의 최전성기가 있다면 그것은 바로 1972년이었다. 1972년에 심청전이 주목받게 된 것은 다름 아닌 1972년 독일 뮌헨에서 열린 올림픽 때문이었다.

1972년 뮌헨 올림픽 축하 공연작으로 작곡된 오페라 〈심청〉은 1972년 8월 뮌헨에서 초연되었다. 오페라 〈심청〉을 작곡한 사람은 바로 재독 작곡가 윤이상이었다. 윤이상은 잘 알려진 바대로 1967년 한국대사관을 통해 한국으로 강제 소환되었고 그렇게 돌아온 한국에서 이른바 '동백림 사건'으로 기소되어 무기징역을 언도받았다. 한편 독일에 있는 윤이상의 친구들에게 윤이상이 한국 중앙정보부에 의해 납치, 소환되어 무기징역

윤이상 오페라 〈심청〉의 뮌헨 초연 당시의 한 장면. 심청 역은 소프라노 릴리언 수키스가 맡았다.

을 받았다는 사실이 알려지면서 세계 각지에서 윤이상 석방 운동이 일기 시작했다. 이 석방 운동 덕인지 1968년 2심에서 윤이상의 형은 15년으로 감형되었고 1969년에는 서독 정부의 압력을 의식한 박정희 정권이 그를 석방한다. 석방 후 독일로 돌아가 1971년 독일 국적을 취득한 윤이상은 올림픽 축전 오페라로 〈심청〉을 작곡하게 된다. 친구인 윤이상에게서 심청 이야기를 들은 하랄트 쿤츠Harald Kunz는 뮌헨 올림픽의 주제가 동서양의 문명 교류라는 점, 심청전의 결말에서 맹인 잔치에 온 모든 맹인이 눈을 뜬다는 설정이 인류애라는 올림픽 주제와 들어맞는다는 점을 들어 윤이상에게 심청전을 오페라로 작곡할 것을 권유하고 하랄트 쿤츠 자신은 대본을 쓴다.[25] 그의 권유로 작곡한 오페라 〈심청〉은 성공적이었고 이 오페라로 윤이상은 올림픽 문화 부문 금메달을 받는 영광을 누린다. 한국에서의 윤이상의 위상 역시 높아졌는데, 몇 년 전 한국 감옥에 갇혀 고초를 겪었던 윤이상은 이 오페라가 주목받으면서 한국과 한국 문화를 전 세계에

알리는 세계적인 작곡가로 평가받기에 이른다.

하랄트 쿤츠가 쓴 심청전 개작에서 두드러진 것은 심 봉사와 심청을 오이디푸스와 안티고네 부녀 혹은 파우스트와 그레트헨처럼 가혹한 운명에 의해 희생되는 인물들로 그려내었다는 점이다. 유럽인의 시선에서 '심청'이라는 여성 인물이 겪는 불행과 아픔에 공감하기보다는 심 봉사를 서사의 중심에 놓고 심청전을 해석한 까닭이다. 하랄트 쿤츠의 〈심청〉은 심 봉사를 '귀한 가문 출신'으로 보고 그가 학문을 열심히 탐구했지만 본질을 찾는 데 실패하고 게다가 시력까지 잃게 되었다는 사연을 제시함으로써 그를 비극적인 운명의 주인공으로 설정하고 있다.

> 심씨: 나는 귀한 가문 출신의 심가.
> 학문은 모두 연구했다오. 쓸데없이!
> 학문의 빛은
> 내 본질을 무디게 했다오.
> 내 감정을 좁혔소.
> 현혹하여 나는 눈이 멀게 되었소.[26]

학문에 열중한 나머지 진실을 망각하게 되었다고 토로하는 심 봉사의 모습은 괴테의 파우스트를 연상시킨다. 눈먼 파우스트가 '영원히 여성적인 것'에 의해 구원받았듯이 심 봉사도 왕비가 되어 살아 돌아온 딸의 효성에 눈을 뜨는 기적을 체험하게 된다. 오페라 〈심청〉의 심청은 그레트헨이나 안티고네처럼 비극을 겪고 희생당하지만 초월적인 힘을 가진 용왕과 절대 권력을 가진 황제에 의해 극적으로 회생한다. 원작인 고소설 심청전에서도 심청이 고귀한 신분으로 거듭나게 된 것은 용왕과 임금의 힘 때문이지만 한국의 심청전 개작, 특히 1972년 신상옥이 남한에서 연출한 〈효녀 심청〉에서 심청의 신분 상승은 그의 강인한 의지에 대한 대가이자 불합리하고 억울한 희생에 대한 보상으로 보인다. 이 점을 비교하기 위해서는 윤이상의 〈심청〉과 같은 시기인 1972년에 제작된 신상옥의 〈효녀 심청〉을 들여다볼 필요가 있다.

1972년 윤이상의 오페라 〈심청〉이 올림픽 문화 행사로 뮌헨에서 초연될 때 신상옥의 〈효녀 심청〉이 서독에 소개되었는데, 〈효녀 심청〉은 올림픽과 윤이상의 오페라를 적극적으로 의식한 홍보성 영화였다. 특히 맹인 잔치의 몹 신mob scene은 올림픽이라는 축제의 분위기와 잘 어울리도록 설정되었다. 즉 이 영화는 뮌헨 올림픽 기간에 독일에서 상영된 일종의 한국 홍보물로서 올림픽이라는 축제에 맞춰 공동체 의식을 적극 살리는 방식으로 개작된 것이었다.

이 영화에서 심청은 마을 공동체에 의해 양육된다. 고소설에서도 심 봉사가 태어나자마자 어미를 잃은 아이를 안고 동냥젖을 먹여 기르지만, 영화에서는 더 나아가 마을 사람들이 심청을 적극적으로 보호하고 심청을 마을의 자랑으로 여긴다. 심청전의 등장인물 중 최고 악인이라 할 수 있는 뺑덕어멈도 다른 마을 사람들과 마찬가지로 소극적이나마 심청을 비호하는 사람으

영화 〈효녀 심청〉의 광고. 1972년 뮌헨 올림픽 출품작이라는 광고 문고를 실은 이 영화는 국내에서는 1973년에 개봉했다.

로 그려진다. 뺑덕어멈은 심청을 뱃사람들에게 소개하지만 막상 심청이 배를 타기로 한 날이 되자 심청에게 도망칠 것을 종용한다. 한편 심청이 뱃사람들에게 끌려가자 마을 사람들이 심청을 되찾기 위해 낫과 몽둥이를 들고 나와 뱃사람들과의 육탄전을 시도한다. 마을 사람들은 자신들이 삼백 석을 만들어 주겠다며 심청의 목숨을 적극 구하고자 한다.

이 영화에서 이른바 '올림픽 정신'이 특별하게 반영된 장면은 바로 맹인 잔치 장면이다. 심 봉사와 왕비가 된 심청이 해후하고 그가 극적으로 눈을 뜨는 순간 비가 내리며 그 비를 맞은 맹인들도 모두 눈을 뜬다. 심청의 고향 마을에서도 비를 맞은 장애인들(절름발이 처녀와 벙어리 소년)이 모두 치유된다. 심청의 희생이 단지 아버지만이 아니라 당시에 극심했던 가뭄을 해소하고 모든 이들, 특히 장애를 가진 이들을 치유했다는 메시지가 엿보이는 대목이다. 애초에 심청은 마을 아낙들이 젖을 물리고 밥을 먹여 키운, 즉 마을 공동 육아로 키운 아이였고 마을 사람들

영화 〈효녀 심청〉의 한 장면. 눈을 뜬 심 봉사가 비를 맞으며 기뻐하고 있다.

이 모두 '효녀'라고 부르며 사랑하는 아이였다. 심청의 희생이 갖는 공동체적 의미를 강조한 것은 이전의 영화들과 확실히 구별되는 것이었다. 이 영화는 심청의 희생을 이러한 공동체적 차원으로 승화시킴으로써, 심청전을 인신매매라는 보다 구체적이며 현실적인 맥락에서 해석할 여지를 없애고 전설이나 신화의 분위기를 띠도록 했다.

이 영화는 심청의 희생을 신화적 차원으로 만들고 여성의 희생을 공동체의 이익으로 환수시키는 구조를 갖고 있다. 이러한 구조는 심청의 희생을 통해 발생하는 공동체의 이익을 공동체적 명분으로 합리화하면서 여성 개인인 심청의 내면과 목소리를 대폭 축소하는 결과를 낳게 된다. 그러나 이 영화가 가진 미덕은 심청의 목소리와 내면을 '완전히' 삭제하는 대신에 모성 상실과 상실한 모성과의 재회라는 여성적 이슈를 여성들의 목소리를 통해 드러내고 있다는 점이다. 이 영화는 전형적인 '한국적' 여성영화로서의 자질을 드러낸다. 여성영화women's cinema의 개념에 대해서는 수많은 견해들이 있지만 테레사 드 로레티스 Teresa de Lauretis의 견해에 따르면 여성영화는 주로 여성 공동체의 이슈들을 제기하면서 여성들에게 말을 거는 영화이다.[27] 해방 전부터도 그러했지만 특히 1960년대와 1970년대 한국 영화 중 다수를 차지하는 멜로드라마 장르의 영화들은 대체로 드 로레티스의 여성영화 개념에 부합한다. 무엇보다 주된 관객이 여성이었기 때문에 한국 영화계는 그 어떤 분야보다 여성들의 감각을 의식할 수밖에 없었다.

〈효녀 심청〉 역시 이전의 한국 영화들이 그러했듯이 표면적으로 공동체와 가족에 대한 여성의 희생을 묘사하고 그 희생을 예찬하지만, 동시에 여성들의 울분과 한 그리고 희망을 곳곳에 삽입하고 있다. 이러한 서사 구조, 즉 전체적으로는 공동체의 논리에 동의하고 기꺼이 순응하는 것으로 보이는 여성 인물이 자신의 한과 울분을 간헐적으로, 그것도 '울음'이라는 수동적인 방법으로 표출하는 경향을 1960년대와 1970년대 한국 영화에서 흔히 볼 수 있다. 여성 인물들의 감정 표현은 영화의 흐름상 갑작스럽게 등장하여 서사의 일관성을 해치기도 하지만 한국 영화의 주된 소비층인 여성 관객들의 심성을 직접적으로 드러내는 주요한 방식이 되어왔다. 한국 영화 담론에서 '신파성'으로 불리기도 하는, 여성들의 이러한 과잉된 감정은 여성의 욕망이 공동체 질서 속에서 오랫동안 삭제되어온 데 대한 누적된 반응이다. '울음'은 개개의 여성들이 갖는 경험의 차이를 뛰어넘어 여성들에게 타인에 대한 공감을 불러일으키는 중요한 매개이다.

고귀한 신분의 어머니들

영화 〈효녀 심청〉에서도 희생양이 된 심청의 울분과 한은 주로 '모성 상실'과 관련되어 있다. 장화홍련전의 개작 버전들과 마찬가지로 심청전 개작 버전에서 여성 인물에게 '어머니'의 상실은 그녀가 겪게 되는 모든 비극의 출발점이다. 〈효녀 심청〉의 진짜 주제도 상실한 어머니와의 해후라고 볼 수 있다. 이 영화에서 심청의 어머니는 하나가 아니라 여러 사람으로 등장한다. 즉 이 영화에서 가장 특징적인 것은 심청에게는 죽은 어머니를 대체할 수 있는 여러 '어머니'가 있다는 점이다. 그중 첫 번째는 장 승상 댁의 노마님이다. 고소설 심청전에서도 장 승상 부인은 심청에게 수양딸 제안을 하는, 심청에게 매우 호의적인 인물이다. 장 승상 댁 노마님이라는 인물 설정에서 가난하고 보잘것없는 부모를 떠나 고귀한 신분의 부모를 찾을 수도 있다는 전형적인 가족 로맨스의 요소를 찾아볼 수 있다. 심청은 노마님의 청을 거절하지만 노마님은 심청의 상실한 어머니를 대체할 수 있는 가장 눈에 띄는 인물이다.

어머니를 대체할 수 있는 두 번째 인물은 마을 아낙인 귀덕어멈이다. 1937년 영화 〈심청전〉에서도 귀덕어멈은 심청을 주변에서 열심히 돌보는 인물로 등장한다. 그녀는 어릴 적부터 심청을 돌보아온 실질적인 어머니라 할 수 있지만, 심청은 귀덕어멈에 대해 고마움 외에 애착 등과 같은 친밀한 감정을 표현하지는 않는다. 세 번째 어머니는 심청이 바다에 빠지고 난 뒤 용궁

장 승상 댁 마님과 심청

귀덕어멈과 심청

배우 최은희가 연기한 여성 용왕

모친과 재회하는 심청

에 들어가 만난 용왕이다. 고소설 심청전에서는 심청이 죽은 뒤 만나는 초월적 존재로서 용왕, 옥황상제 등 남성이 등장하는 반면 1972년 영화 〈효녀 심청〉에서 시각화된 용왕은 여성이다. 배우 최은희가 맡은 이 인물은 용궁에 온 심청을 다정하게 맞아주고 죽은 어머니와 해후하게 해준다. 마지막으로는 용궁에서 해후하게 되는 생모를 들 수 있다. 고소설은 물론, 이 영화에서도 심청은 죽은 생모를 용궁에서 만나지만 그 어머니는 심청에게 위에 나열한 여러 명의 어머니 가운데 한 사람일 뿐이다.

한국 영화의 전통에서 여성 인물들에게는 어머니가 부재하는 것으로 등장하며 그들에게 어머니의 부재는 슬픔에 기반을 둔 과잉된 정서적 표현, 이른바 신파성을 강화하는 역할을 한다. 한국 영화에서 여성 인물들이 어떤 이유로 고난을 받을 때 제일 먼저 떠올리는 사람은 결혼이나 사별 등의 이유로 상실한 '어머니'이다. 어머니의 부재는 여성들에게 자신에게 공감해주고 자신을 위로해주며 무엇보다 자신을 돌봐줄 사람이 없다는 무한한 상실감의 근본 요인이다. 어머니의 부재로 인해 여성 인물들은 더욱 고통스러워하며 눈물을 흘린다. 2017년 영화 〈아이 캔 스피크〉에서도 볼 수 있듯이 많은 한국 영화에서 여성 인물이 어머니 무덤 앞에서 눈물을 흘리며 억울함을 호소하거나 어머니에 대한 그리움을 드러내는 장면은 여성 인물의 슬픔을 표현하는 한국 영화의 클리셰 같은 것이다.

〈효녀 심청〉에도 심청이 어머니 무덤 앞에서 뱃사람들에게 팔려 가는 자신의 처지를 비관하며 우는 장면이 등장한다. 이 영화의 실질적인 주제는 '효'가 아니라 '어머니의 부재'이다. 심청에겐 어머니가 부재하지만 이 영화에서 심청을 돌보고 사랑하는 여성은 여러 명이다. 흥미로운 것은 이 복수의 어머니들 가운데 실질적으로 근거리에서 심청을 돌보아온 사람은 귀덕어멈인데 심청은 귀덕어멈에 대해 어떤 애착도 보이지 않는다는 점이다. 마을의 평범한 여성 귀덕어멈을 제외하면 다른 어머니들은 모두 고귀한 신분이다. 장 승상 댁 노마님이 그렇고 여성 용왕은 말할 것도 없으며 죽은 어머니조차 고귀한 신분이 되어 심청과 해후하게 된다. 고소설에서도 수궁에서 심청과 재회하는 생모 곽씨 부인은 '옥진玉眞부인'이라는 고귀한 신분의 여성이 되어 있다. 심청은 분명 어머니를 그리워하고 어머니를 꿈꾸지만 현실 속에서 그 대체물을 찾지는 않는다. 마을 아낙들의 공동 육아로 자란 심청이지만 현실에서 마주하는 어머니들 가운데 심청이 진짜 어머니로 여긴 이는 없었다.

어머니 찾기에 관한 한, 심청은 재력이 있거나 고귀한 신분의 여성을 어머니로 꿈꾸는 전형적인 가족 로맨스의 업둥이형 인물이다. 프로이트의 가족 로맨스 개념이 구현되는 양상에 대해 프랑스의 비평가 마르트 로베르Marthe Robert는 두 가지 인물 유형의 서사로 분류하여 분석한다. 로베르가 제시하는 사생아형 인물과 업둥이형 인물 가운데 심청은 어딘가에 '진짜' 부모가 있을 것이라고 상상하는 업둥이형 인물에 가깝다. 업둥이형 인물은 세상에 불만이 있지만 정면 승부를 피하면서 자기만의 세계를 창조하는 유형이다.[28] 심청은 아버지와 세계에 대한 불만을 직접 표출하지 않지만 스스로 희생양이 되는 매저키즘적 행동을 통해 아버지와 세계를 간접적으로 징벌하고 자신은 환생하여 임금의 아내가 됨으로써 희생에 대해 보상을 받는다. 심청은 임금과 결혼함으로써 스스로 고귀한 신분을 성취하게 되는데 이 결혼은 실은 신분 상승이라기보다는 고귀한 부모의 아이로서 고귀했던 원래의 신분을 회복한 것이다. 임금은 아내를 잃고 상심하던 차였고 죽은 아내와 닮은 심청은 임금의 죽은 아내의 자리에 들어가 스스로 죽은 어머니가 됨으로써 자신의 상실감을 극복한다.

결국 영화 〈효녀 심청〉은 심청의 상상된 '어머니들'을 시각화하여 모녀의 이야기에 보다 집중하고 용궁 세계를 여성들만의 세계로 그려냄으로써 채만식, 최인훈, 황석영 등 남성 작가들이 보여주지 못했던 여성들의 이야기에 보다 집중하고 있음을 알 수 있다. 독일에서 활동하던 윤이상의 〈심청〉에서도 여성의 이야기에 대한 고려는 거의 없었다. 이러한 버전들 사이의 차이를 어떻게 설명할 수 있을까. 영화 〈효녀 심청〉 역시 여성주의 의식이 그다지 강하지 않았던 시기에 제작되었다는 것을 고려해보면 남성 작가들의 개작 텍스트에 비해 영화로 개작된 텍스트가 여성의 목소리를 더욱더 반영한다는 사실은 중요한 의미가 있다. 각각의 장르들은 이전의 텍스트들이 만든 전통과 계보 속에 위치해 있다. 문학은 최근까지도 영화에 비해 훨씬 더 강력한 문화적 헤게모니를 가지고 있었던 장르다. 채만식, 최인훈, 황석영 등의 (남성) 작가들이 가지고 있었던 문화 권력은 이들로 하여금 타자들의 목소리를 쉽게 간과하게 만들었다. 일반적으로 남성 엘리트 작가들은 식민지 시기부터 대접받는 '지위'에 있었다. 남성 엘리트 작가들은 보잘것없는 인물인 심청이 꿈꾸었던 판타지에 관심이 없었다. 애초에 현실적으로 죽은 심청이 살아 돌아와 왕비가 된다는 설정이 그들에게는 허황되게 보였던 것이다. 채만식의 개작 버전에도 딸을 팔아 자신의 장애를 고치려는 허세 가득한 심 봉사가 등장할 뿐, 심청을 살려내는 용왕과 심청과 결혼하는 임금은 등장하지 않는다. 리얼리즘이라는 새로운 문학 규약이 심청의 환생과 완벽한 신분 상승이라는 판타지를 제거해버린 것이다. 잃어버린 어머니와의 해후, 심청의 환생, 임금과의 결혼은 한국 영화처럼 판타지를 자유롭게 구가할 수 있는 장르에서 가능한 일이었다.

20세기 심청전의 문학 텍스트들에서 문제적인 인물 유형은 바로 식민지 남성이다. 외세, 자본주의, 산업화로 인해 수난과 고통을 겪는 여성의 서사는 곧 식민지 남성의 자각과 성찰 그리고 각성을 촉구하는 서사이기도 했다. 개작된 문학 텍스트들 속에서 외세와 자본주의에 의해 식민지로 전락한 여성 인물들은 무기력한 식민지 남성들의 주체 구성의 한 계기로 묘사된다. 그러나 수난을 겪는 여성들의 서사에서 힘을 빼앗겨버린 남성들은 여성들의 고통에 공감하기보다는 문제를 해결할 수 없는 무능한 자신들에 대한 기괴한 나르시시즘적 도취에 사로잡혀 있다. 여성들의 수난에 그들이 원인을 제공한다면 그것은 무능함이다. 고소설 심청전의 심 봉사는 실은 식민지 남성 주체와 유사한 인물이다. 그는 부유한 남경 상인들처럼 인신매매라는 폭력을 직접 행사하지는 않지만 자신의 무능함으로 딸을 죽게 만든다. 혹은 식민지 남성 주체는《탁류》의 승재처럼 유곽에 팔려 간 이웃집 처녀를 구하고자 '노력'하지만 결국 무기력하기만 한 자신을 '발견'한다. 그들이 할 수 있는 최대치의 '행동'은 남성으로서 시대와 사회에 대해 고민하는 제스처를 보여줌으로써 '어쨌든' 괴로워하고 고통스러워하기는 했다는 면죄부를 스스로에게 주는 것뿐이다. 이에 비해 개작된 영화 텍스트에서 심청은 적어도 자신의 고통을 '울음'으로 표현할 수 있었고 고귀한 신분으로의 계급 이동 욕망 역시 드러낼 수 있었다. 임금을 만나 결혼을 한다는, 가부장제가 여성들에게 꿈꾸게 한 판타지가 등장하지만 그것 역시 고난에 대한 응당한 보상이라는 점에서 여성 관객들이 지지할 수 있는 판타지이다. 또한 어머니 같은 여성 용왕은 결정적으로 심청을 살려낸다. 그리고 무엇보다 심청은 울고 싶을 때 울 수 있다.

한국 영화 비평의 담론에서 과잉의 감상성, 사건의 우연성을 의미하는 신파성은 늘 극복, 지양되어야 하는 한국 영화의 고질적 병폐로 지목되어왔다. 그러나 이 신파성에 대한 비판을 잠시 유보한다면 신파성은 남성 중심의 '미학적' 기준들을 무너뜨린다. 한국 영화에서 여성들이 갑자기 서러움에 울고 갑자기 죽은 모친의 묘소를 방문하는 것은 '여성이라면' 누구나 눈치챌 수 있을 정도로 해독이 어렵지 않은 암호이다. 그녀가 지금 할 말이 있다는 것, 그들의 대화에는 특별하게 친밀한 상대가 필요하며 특별한 대화 방식이 있다는 것 등이 '울음' 속에 포함되어 있다. 영화의 스토리가 무엇이든 간에, 혹은 스토리의 개연성이 허락하는 것 이상으로 한국 영화 속의 여성 인물들은 늘 울 준비가 되어 있으며 그 울음은 관객의 울음으로 전염된다. 누구나 구체적으로 처한 상황은 다르지만 여성들의 눈물 공동체에는 설명이 필요 없다.

5장

도시로 간 심청 혹은 70년대 여성 프롤레타리아

5
장

도시로 이주한 여성 프롤레타리아들의 집합적 경험

심청전의 20세기 텍스트들이 '이주'와 '성노동(성매매)'이라는 두 가지 모티프를 중심으로 개작되었음은 앞 장에서 언급한 바 있다. 《심청, 연꽃의 길》의 작가 황석영은 심청전의 원형 설화가 마을에서 팔려 나간 소녀들의 이야기임을 알게 되면서 1970년대 서울로 돈 벌러 간 소녀들을 떠올렸다고 말한다.[1] 황석영의 연상 작용에서 알 수 있듯이 심청전은 1970년대 여성들의 (성) 노동과 이주의 이야기를 연상하게 한다. 심청전의 시대, 즉 전근대 시대에 여성들의 이주와 매매는 매우 비극적인 상황에서 벌어졌다. 17세기 전란의 시대에 여성들이 청나라에 포로로 끌려가는 엄청난 이산의 고통이 있었다. 또한 이들 중 일부는 고향으로 돌아올 수 있었지만, 이들에게는 '더럽혀진 여자'라는 의미의 이른바 '환향녀' 낙인이 찍혔다. 18세기에서 19세기 사이 자신을 노비로 판 '자매自賣' 문서에 대한 연구에 따르면, 이 시기에 흉년과 빈곤으로 인해 어린 소녀들이 자신을 노비로 파는 일이 성행했다.[2] 자매 행위는 이 소녀들이 고아라서 목숨을 부지하기 위해 일어나기도 했지만 부모가 있는 경우에도 발생했다. 이 경우 부모에 대한 소녀들의 '효'에서 비롯된 행위로 치부되기도 했다. 심청 이야기는 판타지가 아니라 조선 후기에 비일비재하게 일어난 현실 속의 이야기였다.

오랫동안 여성들에게 가장 큰 이주의 경험이 된 사건은 바로 결혼이었다. 조선 전기만 하더라도 양반가의 여성들은 아주 오랫동안 친정에서 살면서 아이도 낳을 수 있었지만 가부장제가 강화되면서 결혼은 곧 '시집을 가는' 고통스러운 이주의 체험이 되었다. 여성들의 이주는 근대에 들어 더 활발해졌다. 20세기에 이주는 여성들이 일상적으로 겪을 수 있는 일이 되었다. 정도의 차이는 있으나 여성들에게 이주가 일반적으로 모험이 내재된 경험인 것은 분명하다. 직장이나 학교에 다니기 위해 이주하는 경우는 기회를 얻기 위해 자발적으로 거주지를 옮기는 것이지만 이러한 이주조차 낯선 공간에서 겪을지 모르는 위험을 전제로 하고 있기 때문이다.

이주와 성매매라는 두 개의 모티프는 1970년대적 영화 장르인 일명 '호스티스 멜로드라마'에서 결합된다. 호스티스 멜로드라마는 1970년대 가난한 여성들이 돈을 벌기 위해 대도시로 이주해 온 시절에 만들어진 독특한 장르이다. 호스티스 멜로드라마는 도시로 올라온 여성들이 쉽게 접근할 수 있는 동시에 그들에게 강요된 노동이 바로 여러 종류의 성노동이었음을 폭로한다. 물론 호스티스 멜로드라마가 심청전의 직접적인 개작 텍스트는 아니다. 그러나 가난한 여성이 가족의 부양을 위해 혹은 가난에서 벗어나기 위해 도시로 이주하고 성노동을 하게 된다는 호스티스 멜로드라마의 기본적인 스토리라인은 이 특정한 장르를 심청전의 20세기 버전이라고 지칭하게 할 만하다.

호스티스 멜로드라마라는 가장 대중적인 장르 영화에서 우리는 거의 모든 개작 텍스트에서 삭제되었던 심청의 고통스러운 내면이 드러나는 아이러니를 볼 수 있다. 호스티스 멜로드라마는 고상한 예술 장르가 아니라 여성의 몸을 볼거리로 만드는 남성들의 욕구를 전형적으로 충족시키는 상업 영화였다. 즉 호스티스 멜로드라마는 여성의 입장과 시각만을 반영하는 영화가 분명 아니었고 남성 관객들의 욕구와 여성들의 목소리가 서로 경합하며 타협과 절충을 벌이는 전형적인 젠더 트라우마의 텍스트이다.

1970년대 후반 영화계는 〈별들의 고향〉에서 시작된 이른바 호스티스 멜로드라마 장르를 통해 텔레비전 드라마에 뺏긴 관객들을 되찾아 올 수 있을 것이라는 기대에 사로잡혀 있었다. 흥행한 영화를 중심으로 꼽자면 〈별들의 고향〉(이장호, 1974)과 〈영자의 전성시대〉(김호선, 1975), 〈여자들만 사는 거리〉(김호선, 1976), 〈미스 양의 모험〉(김응천, 1977), 〈O양의 아파트〉(변장호, 1978), 〈나는 77번 아가씨〉(박호태, 1978), 〈꽃순이를 아시나요〉

〈O양의 아파트〉의 한 장면

호스티스 멜로드라마의 신호탄이 된 〈별들의 고향〉

(정인엽, 1978) 등을 들 수 있다. '호스티스 멜로물'이라는 호칭은 당시 언론 매체에서 흔히 사용한 용어이지만 그 범주가 명확하게 규정되어 사용된 것은 아니었다. 이 용어는 집창촌의 매춘 여성, 비어홀의 호스티스, 선술집의 작부, 호텔이나 여관의 콜걸, 도시의 떠돌이 여성이 주요 인물로 등장하는 영화를 편의적으로 일컫는 말이었다. 실제로 《한국영화연감》에 '현대 여성의 현대적인 풍속도', '요즘 여성들의 고민과 애환'을 표현한 영화로 소개되기도 했다.[3] 1970년대 호스티스 영화의 여성 인물들은 처음에는 버스 안내양, 여공 등 성별화된 노동을 하다가 성매매를 하는 경우가 대부분이다.[4]

당시에 '성인 멜로드라마'라고도 불린 이 영화들은 대체로 최인호, 조해일, 조선작 등 인기 작가의 소설을 원작으로 하여 제작된 것이었다. 호스티스 멜로물은 1970년대 영화계의 기대주 장르였고 실제로 이 영화들에서 묘사된 '정상적인 여성들이 아닌 특이한 여성 주인공들' 덕에 한국 영화의 관객이 일부 증가하기도 했다.[5] 그러나 이 장르의 영화들이 전체적으로 불황에 빠졌던 당시 영화 산업을 구해내기에는 역부족이었다.

호스티스 멜로드라마는 한편, 도시로 몰려든 젊은 남녀 노동자 관객들의 취향을 적극적으로 반영하는 장르이기도 했다. 1960년대까지 한국 영화의 주요 관객을 차지했던 기혼녀 관객들이 1970년대에는 주로 텔레비전 드라마에 몰두하면서 극장에서 멀어졌고 점차 그 빈자리를 메운 것은 일자리를 찾아 도시로 몰려든 젊은 노동자들이었다. 당시 영화 제작자로 활동했던 호현찬이 한국 영화의 주요 관객을 '행동력이 왕성한 젊은이', '근로 청소년', 그리고 '유흥업소의 호스티스'라고 언급한 바 있듯이[6] 고향을 떠나 외롭게 지내는 도시 노동자들에게 영화는 여가를 보내기에 매우 유용한 오락거리였다. 서울로 올라온 여성들의 서사는 여성 관객에게는 공감과 동일시를, 남성 관객에게는 성적 호기심을 불러일으킬 만한 요소가 있었고 그 결과 호스티스 멜로드라마는 각각 다른 성별의 관객들의 요구를 모두 반영했다.

당시의 관객들은 호스티스 멜로드라마를 그저 허구로만 받아들이지 않았다. 그들에게 호스티스 멜로드라마 속 인물은 현실에서 흔히 발견할 수 있는 유형의 인물이었다. 호스티스 멜로드라마의 광고도 영화가 현실과 매우 흡사함을 강조하는 전략을 사용했다. 영화 〈별들의 고향〉의 원작 소설인 《별들의 고향》의 신문 광고에는 "현실에도 여주인공 같은 타입 얼마든지"[7]라는 문구가 사용되었는데 이러한 문구는 소설 속 인물인 '경아'가 당시 현실에서 얼마든지 볼 수 있는 인물임을 가리키고 있다. 〈영자의 전성시대〉의 광고 포스터도 '우리가 사랑한 여자', '우리가 버린 여자'라는 문구를 통해 '영자'라는 인물이 현실에서 관객들이 마주칠 수 있는 친숙한 인물임을 표현하고 있다. 현실과 영화를 비교해가며 영화를 보는 관객들을 만족시키기 위해서는 영화의 리얼리티, 즉 실감을 끌어올리는 작업이 중요했다. 〈영자의 전성시대〉를 촬영할 당시 배우 염복순은 '실감나는' 연기를 위해 영자와 비슷한 직업의 사람들을 일일이 찾아다니며 대화를 나누었고,[8] 〈꽃순이를 아시나요〉의 감독 정인엽은 수많은 실제 '꽃순이'들을 만나본 뒤 주연배우에 정윤희를 발탁했노라고 언급한 바 있다.[9]

영화 〈꽃순이를 아시나요〉 포스터

이 영화들이 실제로 당시 관객들에게 영화 속 인물에 대한 매우 큰 공감과 동일시를 불러일으켰다는 점은 다음과 같은 예를 통해서도 확인된다. 당시의 호스티스들이 〈별들의 고향〉의 흥행 이후 자신의 영업용 닉네임을 '경아'라고 개칭하기 시작했다는 잘 알려진 일화가 있고,[10] 〈영자의 전성시대〉 촬영 시 영화의 무대가 된 청계천 주변의 주민들이 제작진에게 커피를 건네며 원작의 영자가 불에 타 죽는 장면을 찍지 말아달라고 간청했다는 일화도 있다.[11] 이러한 일화들을 통해 호스티스 멜로드라마의 허구적인 인물을 주변의 인물이나 자신과 동일시할 수 있을 정도의 공감대가 관객들에게 형성되어 있었음을 알 수 있다.

이러한 공감대가 가능했던 것은 호스티스 멜로드라마가 당시의 현실을 적극 반영하고 있기도 하지만 형식적으로도 집을 떠난 여성 인물들의 체험을 생애사life history[12]의 형식으로 서사화하고 있기 때문이다. 그들이 왜 집을 떠났고 도시에서 어떤 일을 겪었으며 그들의 내면은 어떠했는지를 호스티스 멜로드라마는 적극적으로 보여준다. 이 영화 텍스트들은 오히려 원작 소설보다 여성들의 생애사적 요소들을 속도감 있게 압축적으로 다루면서 여성들이 겪는 삶의 고통을 잘 드러내고 있다. 이 시기에 붐을 일으킨 호스티스 멜로드라마는 분명 관음증에 기대어 있는 전형적인 상업 영화이지만 도시로 몰린 성노동자들의 인생담, 즉 산업화 시기에 일어난 거대한 사회 이동social mobility을 배경으로 구성된 여성의 생애사이기도 하다. 인류학자 낸시 에이블먼Nancy Abelmann은 분단과 전쟁 그리고 산업화를 경험한 8명의 한국 여성을 인터뷰하면서, 이들의 삶이 일개인의 삶을 넘어 압축적 성장과 자본주의 발전이 가져온 사회적, 계급적 변화를 담고 있으며 이들의 삶을 잘 재현할 수 있는 장르가 바로 멜로드라마라고 말한다. 에이블먼은 멜로드라마와 한국 여성의 실제 삶 사이에 상동적 구조가 있으며 우연적 사건들, 이상하고 극단적인 반전, 과잉된 감정을 특징으로 하는 멜로드라마의 서사 관습이 중요한 사회문제를 극화dramatization하고 한국의 여성 관객들을 대화의 장으로 이끌었다고 말한다.[13]

호스티스 멜로드라마에서 경아, 영자 등으로 명명된 개인들은 특정한 일개인이 아니라 어떤 그룹의 집합적 경험collective experience을 반영하고 있는 이들이다. 이들의 삶은 한국 사회의 변화와 그 궤적을 같이했지만 한국 사회가 지금도 누리고 있는 화려한 성공 서사와는 관련이 적었다. 호스티스 멜로드라마는 그들이 어떤 폭력에 노출되었고 어떻게 유혹되었으며 어떤 보상을 받고 싶었는가를 서술하고 있는 20세기 심청들의 이야기이다. 1970년대 산업화 시대에 도시로 온 여성들의 이야기인 호스티스 멜로드라마는 유혹과 폭력으로 이루어진 산업화 시대 '심청'의 생애사라 할 만하다.

여성들의 노동: 유혹과 폭력

전근대 시대에 제물로 팔려 간 심청은 왕비가 되는 극적인 신분 상승을 통해 자신의 고난과 희생에 대해 보상받지만 20세기의 심청들에게 이러한 극적인 신분 상승 판타지는 현실적으로 실현 가능한 사건으로 대체되어야 했다. 호스티스 멜로드라마의 여성들은 자신과 결혼해줄 왕자나 임금 대신 그리 신분은 높지 않지만 자신을 보호해주고 사랑해줄 만한 순정적인 남성을 기다린다. 그녀들의 바람은 거의 이루어지지 않지만 낯선 대도시에서의 삶이 그녀들에게 이러한 순정적 사랑에 기대감을 갖게 한 것은 사실이다.

여성 인물들의 희망과는 달리 호스티스 멜로드라마에서 여성 프롤레타리아가 경험하는 노동의 세계에는 거의 모든 종류의 폭력의 위협이 도사리고 있다. 이들 영화에서 강간, 폭행, 납치, 인신매매, 스토킹은 여성들이 당하는 가장 흔한 종류의 폭력이다. 〈별들의 고향〉의 경아는 분열증을 앓는 남편으로부터 학대당하는 것은 물론, 그녀에 대한 소유권을 주장하는 동혁이라는 인물에게 지속적으로 스토킹을 당한다. 다른 영화 속 인물들 역시 일터에서 상시적인 성폭력 위협에 시달린다. 영자(〈영자의 전성시대〉)는 식모로 일하던 주인집 아들에게 성폭행당한 후 쫓겨나고 세라(〈꽃띠 여자〉)는 버스 회사 동료에게 성폭행당할 위험에 처한다. 다방에서 일하던 은하(〈꽃순이를 아시나요〉)는 '사랑'이라는 명목하에 손님으로 알고 지내던 화가에게 성을 착취당한다.

호스티스 멜로드라마 속의 여성들이 이렇게 성적 폭력에 거의 무제한으로 노출된 이유는 바로 그들이 할 수 있는 노동이 모두 '성노동', 즉 성별화된 서비스 업종의 노동이거나 아니면 직접적인 성매매였기 때문이다. 이들 모두가 처음부터 성매

영화 〈영자의 전성시대〉의 한 장면

매를 생업으로 삼은 것은 아니지만 주변의 성 착취에 노출된 결과, 성매매 업종으로 빠지게 되는 계급적 추락을 경험한다. 〈별들의 고향〉의 경아는 처음에는 주판을 놓는 사무직 노동자였지만 사귀던 남성에게 성폭행당하고 낙태를 경험하게 되는데 경아는 이 사건으로 인해 사무직 노동자에서 호스티스로 추락한다.[14] 〈영자의 전성시대〉의 영자는 식모, 여공, 버스 차장 등 생산직과 서비스직을 오가며 일하다가 외팔이 장애인이 되어 집창촌의 성매매 여성이 된다. 〈여자들만 사는 거리〉의 근옥도 고아원에서 자라 식모와 여공을 거쳐 성매매에 이르렀으며 〈꽃순이를 아시나요〉의 은하는 시골에서 올라와 다방 레지로 서울 생활을 시작했다가 화가와 사진사의 누드모델이 된다. 〈꽃띠 여자〉(노세한, 1979)의 세라는 버스 차장이었다가 낮에는 월부 책장수로, 밤에는 호스티스로 일하게 된다. 여성들은 모든 종류의

영화 〈가시를 삼킨 장미〉 포스터

일터에서 정당한 노동자라기보다 오로지 남성들을 유혹하는 인물로 치부된다. 여성들이 이러한 성적 역할을 거부할 때 대체로 남성들은 여성들을 폭력으로 징벌한다. 이러한 징벌은 당연히 매우 부당하지만 호스티스 멜로드라마는 여성들에 대한 남성들의 폭력을 그다지 부당하게 그려내지 않으며 오히려 남성들의 폭력을 합리화하기까지 한다. 또한 영화에서 묘사되는 바로는, 노동의 세계에서 남성들의 요구에 응해주거나 그 요구를 일시적으로 회피하는 것만이 여성들에게 남성들의 폭력을 모면할 수 있는 거의 유일한 방법이었다.

성노동 이외에 다른 노동의 기회가 단절되어 있는 것은 영화 속 인물인 경아, 영자, 은하, 세라와 같은 여성 프롤레타리아만의 문제가 아니다. 호스티스 멜로드라마의 확장된 버전이라 할 수 있는 〈가시를 삼킨 장미〉(정진우, 1979)의 여대생 '장미'에게도 적절한 공적 노동의 기회가 거의 단절되어 있기는 마찬가지이다. 부산의 부유한 사업가의 딸인 장미는 대학을 다니기 위해 서울의 아파트에서 혼자 살고 있다. 그녀는 집을 떠나 학교를 다니면서도 부산에 있는 아버지로부터 생활 통제를 받아야 한다는 데 대해 강한 반발심을 품고 있다. 방학 때 집으로 돌아온 장미를 보며 아버지는 "저걸 어디에다 치울고"라며 딸의 장래를 걱정한다. 아버지는 대학생인 딸의 미래에 대해 '결혼' 이외의 다른 가능성은 생각하지 않는다. 딸에 대한 아버지의 통제도 결국은 결혼 시장에서 딸의 상품 가치를 높이기 위한 '관리'에 불과하다. 아버지의 시각은 당시로서는 중산층 이상의 가정에서 갖고 있던 아주 일반적인 시각이었다. 딸은 아버지에 대한 반항심에 아버지뻘 되는 중년 남자와 성관계를 가지고 호스티스가 됨으로써 아버지에게 복수를 감행한다.

1970년대까지도 여대생의 수는 매우 적었다. 1970년대 여성의 대학 진학률은 한 자리 숫자의 퍼센트에 불과했다. 여성의 대학 진학이 폭발적으로 늘어난 것이 대학 정원이 늘어난 1980년대 초반부터였던 점을 고려해보면 당시 여대생의 희소가치는 매우 높은 편이었다.[15] 그러나 여대생의 희소가치가 공적 영역에서 노동자로서의 희소가치를 의미하지는 않았다. 그들은 결혼 시장에서만 그 가치를 인정받을 수 있을 뿐이었다. 1970년대 여대생은 사회적으로 매우 선망되는 중산층 이상 계급의 신붓감이었고 신붓감으로서 갖는 그녀들의 가치는 오직 조신한 품행과 세련된 패션을 통해 인증되었다.[16] 여대생은 호스티스들과는 계급적으로 아예 비교할 수 없을 정도로 선망되는 사회적 욕망의 대상이었지만 섹슈얼리티를 통해서만 인정받는다는 점에서는 동일한 처지였는지도 모른다. 1970년대 중반부터 호스티스 멜로드라마 장르가 점차 변화하여 후반으로 갈수록 여대생의 고민과 성욕, 자유분방함을 관음증적으로 노출하는 방향으로 변신해간 것은 이러한 측면에서 보면 '자연스러운' 흐름이었다. 〈겨울 여자〉(김호선, 1977)와 같은 영화가 바로 여대생의 고민과 방황을 다룬 대표적인 영화라고 할 수 있다.

여성들에게 이주는 온갖 종류의 폭력에 노출되는 위험천만한 일이지만 다른 한편으로 어떤 식으로든 여성들에게 새로운 삶의 기회를 제공한다는 점은 부인할 수 없다. 산업화 과정에서 많은 여성들이 경제적 이유이든 아니면 대학 공부를 위해서든 모종의 기회를 얻기 위해 이주를 하게 된다. 그러나 가부장제와 젠더 이데올로기는 이주를 통해 얻을 수 있는 이득과는 무관하게 여성의 이주를 제한한다.[17] 가부장제의 이데올로기를 충실하게 재현하고 있는 영화들을 살펴보면, 영화 속에서 이주를 감행한 여성들은 질병으로 죽거나 자살하거나 혹은 결혼하여 가부장제에 안착한다. 많은 상업 영화들이 여성이 가정을 '떠나봐야' 비참하게 죽거나 아니면 가정의 편안함을 깨닫고 다시 가정으로 돌아온다는 식의 결론을 내고 있다. 이러한 영화들은 다분히 현실 속의 여성들에게 이주의 위험성에 대해 엄중한 경고를 하고 있는 셈이다. 이러한 측면에서 보면 호스티스 멜로드라마는 여성들이 집을 떠났을 때 겪어야 하는 고통을 보여줌으로써 관객들에게 이주와 취업의 위험을 경고하는 이야기이자 역으로 가정의 안온함을 설파하는 이야기이기도 하다. 집을 떠난 경아(〈별들의 고향〉)나 영자(〈영자의 전성시대〉)의 비참과 불행은 어느 여성 관객에게는 이미 겪은 과거의 '경험'일 수 있지만 어느 여성 관객에게는 미래에 대한 '경고'가 될 수 있는 것이다.

이러한 호스티스 영화와 그 변종 영화들이 가능했던 것은 무엇보다 도시로 젊은 여성들이 일자리를 찾아 쏟아져 나왔기 때문이다. 1970년대 호스티스 멜로드라마는 공적 세계에서 노동을 통해 인정받기를 원했지만 끝내 섹슈얼리티만을 인정받은 여성들의 불만을 내장하고 있는 텍스트이기도 하다. 그러나 이러한 불만은 영화에서는 명시적으로 표현되어 있지 않다. 표면적으로 보면 호스티스 멜로드라마 속의 여성 인물들은 자신의 계급적 지위와는 상관없이 오로지 육체를 통해 적극 (남성) 관객들을 '낚아야만' 하는 처지에 있었다. 그러나 분명 호스티스 멜로드라마가 이러한 남성적 시선과 목소리만을 일방적으로 담은 것은 아니다. 그 이상의 목소리가 영화 속에 매우 혼란스러운 방식으로 내재되어 있다.

복화술: 순응, 저항, 타협

영화 속에서 여성의 몸을 전시하는 것은 여러 맥락이 있지만 1970년대와 1980년대 한국 문화의 맥락에서는 탈정치적이라는 맥락을 띠고 있었다. 호스티스의 육체와 섹스를 묘사하는 소위 '야한 영화'들이 (남성) 관객들의 리비도를 자극하여 그들이 현실에서 품은 불만을 잠시 잊게 만든다는 것이 바로 그 '야한 영화'들에 대한 최근까지의 대체적인 평가였다. 1980년대 신군부 정권의 소위 3SScreen, Sports, Sex 정책 중 하나인 '에로 영화' 제작이 대중을 탈정치화시켰다는 매우 상식화된 지적을 떠올려보면, 섹슈얼리티를 강조하는 영화 텍스트가 어떤 정치적 의도와 효과를 갖지 않는다고 가정하는 것은 매우 자연스러워 보인다. 1980년대에 에로 영화 붐이 일었을 때 1970년대의 호스티스 멜로드라마는 에로 영화의 선배 격으로 취급되었고 호스티스 멜로드라마 역시 암묵적으로 1970년대 유신 통치에 대한 정치적 관심을 완전히 삭제한 영화로 인정받았다.

이러한 암묵적인 인정은 옳은 것일까. 1980년대 에로 영화들의 탈정치성 문제는 차치하더라도 적어도 1970년대 호스티스 멜로드라마에 묘사되어 있는 여성 프롤레타리아들의 모습에 어떤 저항이 감추어져 있지는 않은가. 호스티스 멜로드라마는 여성 프롤레타리아들의 섹슈얼리티를 과장함으로써 검열을 '성적인' 것에만 집중시키는 전략을 구사하면서 비판적이며 저항적인 요소를 우회적으로 드러내었다고 할 수 있다. 그 비판의 대상은 당시의 박정희라는 통치자가 아니라 폭압적인 남성 통치자를 정점으로 하는 1970년대적 가부장제였다.

호스티스 멜로드라마에 가부장제에 대한 저항과 비판이 '감추어져' 있다는 사실은 이 영화들이 모호성ambivalence에 의해 구조화되어 있다는 점에서 잘 드러난다. 호스티스 멜로드라마에는 여성의 육체를 대상화하여 관음증적 쾌락을 추구하는 남성 관객을 소구하는 장면들과 여성 인물의 목소리를 드러내면서 그 내면과 의식을 관객에게 보여주는 요소들이 혼재되어 있다. 호스티스 멜로드라마는 여성의 문제를 여성 관객들에게 제기하는 여성영화인가? 아니면 남성의 욕망에 의해 영화 내러티브가 디자인된다는 로라 멀비의 고전적 이론[18]에 잘 들어맞는 소프트 포르노인가? 결론부터 말하자면 두 가지 다 참이라고 할 수 있을 정도로 호스티스 멜로드라마는 다성적이며 모호하다.

이러한 다성적이며 모호한 특성은 호스티스 멜로드라마에 대한 평가를 이중적인 것으로 만들기에 충분하다. 개별 영화 텍스트들에 대한 평가 역시 상이하다. 〈별들의 고향〉이 가부장제의 지배 이데올로기를 재생산하거나 질병으로써 여성의 육체를 사회적으로 통제하는 역할에 치우쳐 있다면,[19] 〈영자의 전성시대〉의 경우에는 원작 소설에 비해 고통받는 여성의 내면을 드러내는 저항적 요소가 강화되어 있으며[20] 영자의 육체를 통해 몸에 대한 관습적 사고를 유보하고 그녀가 처한 사회 상황을 비판적으로 보게 하는 여성영화의 가능성을 갖고 있다고[21] 평가되기도 한다.

이러한 기존 평가들의 상이함은 호스티스 멜로드라마로 통칭될 수 있는 영화들에 단일하고 일방적인 의미만을 부여하기 어렵다는 점을 증명한다. 그러한 어려움은 바로 호스티스 멜로드라마가 가부장제적 지배 이데올로기의 시각과 이에 저항하는 여성들의 이야기가 교차하는 지점에서 발생하는 텍스트라는 점에서 비롯된다. 특히 호스티스 멜로드라마는 여성 페르소나의 목소리가 '복화술ventriloquism'의 형태로 드러나 있는 텍스트이다. 복화술이란 텍스트 내부에서 여성 페르소나의 목소리가 가부장제, 남성, 국가를 대리하면서 정작 여성의 진짜 목소리는 침묵당하는 상황을 비유하는 단어이다. 다시 말해 복화술화된 목소리는 그것이 여성 페르소나에 의한 것이라 하더라도 가부장제 이데올로기를 대리하고 있는 목소리이다. 영화 속 여성 인물들의 고백이나 회고가 남성들과 가부장제에 의해 전유되고 정작 여성의 진짜 목소리는 없어지거나 줄어들 수밖에 없다는 사실, 즉 여성의 이야기에 여성의 목소리와 지배 이데올로기적인 남성 담화가 겹쳐 있는 이중적 발화의 구조가 있다는 점을 고려해야 한다.[22]

호스티스 멜로드라마에서 여성 주인공들의 언어를 액면 그대로 여성의 언어로만 볼 수 없는 것은 바로 여성의 목소리에 복화술화되어 있는, 혹은 여성의 목소리를 전유하고 있는 가부장제의 언어 때문이다. 이러한 예로 호스티스 멜로드라마에 자주 등장하는 "추워요. 안아주세요"와 같은 감상적인 대사를 들 수 있다. 이 대사는 〈별들의 고향〉에서 경아가 문호에게 말하는 장면에서, 〈영자의 전성시대〉에서 한쪽 팔을 잃고 방황하는 영자가 '추워서 안아줄 남자가 필요하다'고 말하는 장면에서, 〈꽃순이를 아시나요〉에서는 은하가 재회하게 된 첫사랑 봉수에게 "봉수야, 나 추워. 안아줄래?"라고 말하는 장면에서, 그리고 임권택 감독의 〈왕십리〉(1976)에서는 호텔 콜걸인 윤애가 정태에게 외로움을 호소하는 장면에서 모두 동일하게 발견된다. 1970년대 호스티스 멜로드라마에서 최고의 클리셰라고 할 수 있는 이 대사는 세상에서 '닳고 닳은' 그녀들을 보호받아야 하는 미성숙한 어린아이로 만들면서 남성들과 사회에 대해 어떤 공격성도 갖지 않고 투항하게 한다. 이러한 복화술 전략은 일견 젠더 질서를 뒤흔들지 않으면서 남성과 여성 모두가 이익을 얻게 한다는 장점이 있다. 여성들은 이 대사를 통해 연약함을 연기함으로써 남성들의 보호 심리와 애정을 얻어내고 이 대사를 들은 남성들은 보호자, 구원자로서의 남성의 위치를 확보할 수 있게 된다. 만약 여성 인물들이 이러한 복화술의 방법을 통해 연약한 여성성을 연기하지 않고 분노를 있는 그대로 표출한다면 남성 인물들의 폭력으로부터 자신들을 보호하기는 어려워진다.

호스티스 멜로드라마에서 여성들은 때때로 연약하고 의존적인 모습이 아닌 거친 언행으로 남성들에게 항의하기도 한다. 그녀들의 거친 언행에는 분노가 담겨 있다. 그녀들은 한국 영화에서 폭력을 행사하는 남성들에게 "왜 때려!"라고 항의하며 거의 유일하게 맞서는 여성 인물들이기도 하다. 〈O양의 아파트〉의 오미영은 손님에게 따귀를 맞지만 때린 손님을 따로 불러내 똑같이 따귀를 때려 갚아줄 정도로 자존심이 강하고 〈영자의 전성시대〉의 외팔이 영자는 한쪽 팔로도 남성의 멱살을 잡아챌 정도로 드세다. 또한 〈여자들만 사는 거리〉의 '거리'의 여성들은 여성 동료를 배신한 남성에게 달려들어 그를 폭행한다. 부르주아계급의 여대생에게 요구되는 '조신하고 상냥한' 모습과 대조적인 호스티스 여성들의 '거칠고 천박한' 언행은 그 자체로 폭력적인 남성들에 대한 적극적인 복수이지만 '거친' 그녀들에 대한 사회적 편견을 재생산한다. 그녀들이 가부장제 사회가 걸어놓은 표상의 스테레오타입에서 헤어나기란 좀처럼 쉽지 않다. 나

영화 〈영자의 전성시대〉의 한 장면

약하고 의존적인 모습을 보이지 않으면 막돼먹은 '술집 여자'가 되는 표상의 스테레오타입에 갇히게 될 뿐이다. 이들 호스티스 여성의 언어는 가부장제의 복화술을 통해 위장되거나 연기되지 않으면 '막돼먹은' 호스티스, 즉 가부장제가 보호해줄 필요가 전혀 없는 '천박한' 호스티스로 타자화될 뿐이다.

이러한 제한된 시각적 표상 방식은 가부장제 사회의 서사적 표상들이 갖는 한계이기도 하지만, 1970년대의 한국 영화계가 표상의 스테레오타입을 뒤엎을 만큼 야심 있는 영화를 만들지 못한 데서 오는 한계이기도 하다. 특히 복화술화된 여성의 목소리는 지배 이데올로기에 대해 전혀 저항하지 않는 것처럼 보인다. 그렇다면 호스티스 멜로드라마 속의 여성들은 가부장제가 제작해놓은 표상의 스테레오타입 혹은 가부장제의 복화술에서 결코 헤어나지 못하는 것일까.

이즈음에서 우리는 '저항'이라는 개념을 다른 관점에서 파악할 필요가 있다. 저항은 강자에 대해 약자들이 취할 수 있는 정치적 항의의 표현이지만 현실적으로 강자에 대한 항의는 목숨을 잃을 정도로 위험한 행위이다. 1970년대는 긴급조치를 통해 시민들에 대한 초헌법적 통제가 가능했으며 많은 영화들에서 묘사되는 바와 같이 상시적으로 공안에 의해 통치되던 비상체제 시기였다. 한국의 1970년대 통치 권력은 생명 정치를 통해 현대 국가로서 그 통치 시스템을 은밀하게 작동했다기보다는 군주의 봉건적 권력처럼 생살여탈권을 쥐고 국민들을 통치하던 권력이라 할 수 있다. 이러한 상시적 '예외 상황'이었던 1970년대를 떠올릴 때 우리는 저항이라면 노동운동, 민주화운동과 같은 일종의 전면전 형태의 저항을 떠올리곤 한다.

여성 프롤레타리아들이 초법적 독재자가 통치하는 공적 영역으로서의 국가와 사적 영역을 지배하는 가부장 남성이라는 이중 지배 체제 속에 놓인 약자였다는 점을 고려하면 이러한 전면적 저항이 흔하게 발견될 수 없다는 것은 자명하다. 전면적 저항보다는 일상적 저항, 즉 약자들이 강자를 속이고 골탕 먹이는 일상적 차원의 저항이 다수 여성들이 선택할 수 있는 저항 방식일 것이다. 아나키스트 정치학자 제임스 C. 스콧은 《약자의 무기Weapons of the Weak》에서 소작농들이 어떻게 눈에 띄지 않는 방식으로 지주를 속이는가에 대해 언급하면서 강자에 대한 약자들의 일상적 저항 방식을 탐구한 바 있다.[23] 스콧이 말하는 약자들의 저항은 강자의 눈에 띄지 않는 방법, 즉 비유컨대 강자의 시선을 분산시키는 게릴라전과 같이 강자의 전면적 보복을 면하게 하는 방식의 저항이다. 약자들의 게릴라전이란 소작농의 경우라면 시간 지체하기, 밀렵, 훔치기, 시치미 떼기, 사보타주 등이 포함될 수 있다.[24]

이러한 약자들의 저항 방식을 호스티스 멜로드라마에 적용해본다면 호스티스 멜로드라마의 여성 인물들은 지배 이데올로기의 주체(남성과 국가)를 대상으로 시선을 분산시키는 눈속임을 벌이고 있다. 게릴라적 저항의 핵심은 권력자, 지배자가 예측하지 못하거나 눈치채지 못하는 방식으로 저항하는 데 있다. 호스티스 멜로드라마 속 여성 프롤레타리아들의 속임수 중에서 가장 큰 것은 바로 자신의 육체를 보여주는 것이다. 그것은 비유컨대 현란한 스트립쇼를 벌여 남성들의 시선을 자신의 육체로 돌린 다음 그들의 지갑을 훔치는 상황과 비슷하다. 호스티스 멜로드라마 속 여성들은 자신의 육체에 남성의 시선이 쏠리게 하면서 대신 무언가를 얻기 때문이다. 당시의 모든 영화는 검열을 거치게 되어 있었고 호스티스 멜로드라마도 예외는 아니었다. 검열 당국은 호스티스 멜로드라마에 대해 외설적이며 저속한 대사와 장면 묘사에만 관심을 기울였고 이 장르가 가부장제에 대해 어떤 항의를 벌이고 있는가에 대해서는 별 관심을 기울이지 않았다.[25]

〈별들의 고향〉의 경아는 육체를 노출하고 알코올중독과 같은 자신의 육체적 훼손을 공개하면서 그 대가로 분열적인 남성성을 폭로한다. 같이 여관에 들어가지 않는다고 협박하는 남성(첫사랑 남성), 스토킹하는 남성(동혁), 의처증으로 전처를 자살하게 만든 남성(경아의 남편), 부모 돈에 의존해 살면서 여성을 성적으로 착취하는 남성(문호) 등 〈별들의 고향〉은 경아의 생애사이면서 동시에 남성 루저들의 '열전列傳'이기도 하다. 〈영자의 전성시대〉의 영자와 〈여자들만 사는 거리〉의 근옥이 누리게 되는 이익은 경아의 경우보다 더 명료하며 드라마틱하다. 그녀들은 '결혼'을 하고 가정을 갖게 된다. 실질적으로 심각한 결혼 장벽에 부딪힌 그녀들에게 결혼하여 평범한 가정주부가 되는 것은 판타지이자 큰 위험이 걸린 모험이다. 외팔이 창녀인 영자는 가난하고 다리에 장애가 있긴 하지만 자신의 '과거'를 아는 남성과 평온한 결혼 생활을 유지하며 산다. 모범적이고 성실한 학교교사를 짝사랑하던 술집 작부 근옥은 결국 그와의 사랑을 이루게 된다. 영화의 서사가 결혼 이후로 더 진행된다면 이들의 결혼은 파탄에 이를 수도 있겠지만 〈영자의 전성시대〉의 후속작인 〈창수의 전성시대〉(1975) 역시 결혼에 대한 판타지를 유지하며 끝난다. 영화는 그녀들의 가장 행복한 순간에서 이야기를 끝맺음으로써 영자와 근옥의 판타지를 해치지 않는다.

그녀들의 '결혼'이 가부장제에 의한 '교화'로 보이기 때문에 전혀 가부장제를 위협하는 것으로 보이지 않는다는 점은 서사를 위장하는 데 중요한 요소이다. 결혼을 서사의 해피엔딩으로 처리하는 것은 매우 오랫동안 지속되어온 가부장제의 마스터 플롯master plot[26]이다. 영자, 근옥 등의 성매매 여성들도 가부장제의 마스터 플롯에 의지하여 자신의 판타지를 키울 수밖에 없었다. 그러나 이들의 결혼은 분명 육체를 담보로 그녀들이 겪었던 성적 고난의 서사를 관객들에게 펼쳐 보인 대가이다. 그녀들이 불행했던 만큼 그에 비례해 당당하게 결혼해 행복해질 권리가 있다는 당위를 발생시키기 때문이다. 이들의 결혼 서사는 부르주아 사회의 결혼 이데올로기를 전복하지 않을 뿐만 아니라 일견 '타락한' 여성들에 대한 '교화'로도 보이게 한다. 결혼은 그 자체로는 지배 이데올로기를 재생산하는 장치이지만, 종종 호스티스 멜로드라마에서 호스티스의 결혼은 지배 이데올로기와 그에 대한 저항 사이에서의 아슬아슬한 줄타기처럼 모호하게 묘사된다. 특히 몇몇 영화에서 중심인물들은 결혼을 자신의 판타지로 재전유함으로써 지배 이데올로기에 포섭되지 않는 의미, 호스티스도 가부장제 내에서 결혼할 수 있고 행복해질 수 있다는 자신만의 의미를 결혼에 부여하기도 한다.

그녀들이 저항하는 법: 공간의 전유, 시선의 탈주, 우울한 산보

눈에 보이지 않는 저항의 방식과 달리, 실제로 심각하고 전면적인 '저항'이라 일컬을 수 있을 정도로 일정한 규모를 갖춘 성매매 여성들의 시위는 다름 아닌 미군 기지 주변 기지촌 여성들의 시위였다.[27] 캐서린 문Katharine H. S. Moon이 지적했다시피 기지촌 내에서 국가(한국)의 권위는 상대적으로 취약했는데(특히 1960년대) 한국 정부가 미군이 기지촌 주변에서 일으킨 여러 사건들에 방임 정책으로 일관했기 때문이다. 기지촌에서 일어난 시위 중에서 매우 큰 규모였던 것으로는 1971년 미군의 매춘 여성 살해로 촉발된 시위를 들 수 있다. 기지촌 여성 600여 명과 인근 주민 3,000여 명이 가담한 이 시위에서 경찰은 바리케이드를 치고 최루탄으로 대응하다가 여성들을 곤봉으로 내리쳤다. 이 시위 사건 이후 기지촌 정치학에서 매춘 여성들이 저항의 주체로 공식 인정되었다고 캐서린 문은 말한다.[28] 한국 속의 미국이었던 이곳은 한국 공안의 통치가 약했기 때문에 아이러니하게도 성매매 여성들의 권리 의식이 만들어질 수 있었던 듯하다. 기지촌이라는 공간이 내장하고 있는 인종적, 민족적 갈등은 그녀들의 불만을 집단 행위로 만드는 정동affect으로 전환될 만했다.

기지촌이라는 특별한 공간을 제외하면 박정희 통치 기간에 일정한 규모의 성매매 여성 시위는 가능하지 않았다. 서울과 같은 인구가 밀집된 대도시에서 공안은 매우 촘촘하게 관리되었고 윤락가 주변에서 벌어지는 사건에 경찰이 신속히 대응할 수 있었기 때문이다. 잘 알려져 있다시피 1972년 유신 시대가 열리면서 거리는 경찰이 상주하며 상시적으로 교통법규의 준수 여부는 물론, 시민들의 복장과 헤어스타일을 감시, 통제하는 공간이 되었다. 그러나 개인적인 혹은 소규모 집단 차원에서 이루어지는 성매매 여성들의 항의는 분명 존재했고 이들이 가진 것 없이 삶의 막다른 골목에 몰려 있는 이들인만큼, 때로는 알몸 시위인 '스트리킹'처럼 매우 강렬한 방법을 취하는 경우도 있었다. 성매매 여성의 스트리킹 사례로는 1974년 여수의 한 성매매 여

집창촌에서 쫓겨난 영자는 어느 공간에서도 자신의 자리를 찾지 못한다.

성이 포주의 부당한 행위에 항의하여 알몸으로 여수 시내를 활보한 것을 들 수 있다.[29]

〈영자의 전성시대〉는 일상을 지배하는 공안 통치를 가장 많이 묘사하고 있는 영화이다. 첫 장면부터 경찰의 단속으로 유치장에 끌려온 영자와 그녀의 동료들을 보여주는 것으로 시작되고 후반부에는 정권의 '집창촌 소탕 작전'으로 경찰에 의해 집을 잃은 영자가 서울의 도심부인 광화문 주변을 배회하다가 경찰의 제지를 받는 장면이 삽입되어 있다. 영자는 자신이 머물 '공간'을 두고 경찰들과 일종의 숨바꼭질을 벌인다. 공간의 점유권이라는 측면에서 보면 〈영자의 전성시대〉는 여성 프롤레타리아인 영자가 어떻게 공간에 대한 권리를 빼앗겼으며 어떻게 자신이 온전히 차지할 수 있는 공간을 찾아 헤매는가를 보여주는 서사라고 할 수 있다.

이러한 공간에 대한 권리의 박탈과 회복 시도는 모든 호스티스 멜로드라마에 나타나는 중요한 테마이다. 호스티스 멜로드라마라는 여성 생애사에서 기본적으로 한 여성이 여러 남성을 '전전하는' 행위는 안착할 공간, 즉 자신에게 온전히 허락된 공간을 찾아 전전하는 것으로 읽을 수 있기 때문이다. 그녀들이 공적 영역에서 안전하게 지속적으로 노동하기 어려운 것도, 정식 결혼이든 동거 상태이든 혹은 일시적 피난이든 모처럼 들어간 어느 사적 거처에서도 견뎌내지 못하고 다른 곳으로 이동하는 것도 그녀들이 공간에 대한 권리를 제대로 갖지 못해서이다. 공간에 대한 권력은 국가와 가부장제에 의해 행사되며, 시민권을 갖지 못한 타자들은 다른 말로 표현하자면 공간 점유의 권리를 갖지 못한 이들이기도 하다. 1970년대 박정희 정권하에서 일어난 타자들에 대한 박해는 많은 경우 '공간'에 관한 것이었다. 1971년에 발생한 광주대단지 사건과 같은 도시 빈민의 반란이나 1977년 고시 공부를 하던 청년 박흥숙이 철거반원들을 살해한 일명 광주 '무등산 타잔' 사건은 시민권을 갖지 못한 이들을 공권력의 이름으로 강제 이주시키거나 그들의 주거지를 게토화한 데서 비롯되었다. 〈영자의 전성시대〉에서 벌어지는 집창촌 소탕 작전 역시 도시 정화 사업이라는 명목 아래 여성 타자들이 도시에서 내쫓긴 사건을 묘사하고 있다.

호스티스 멜로드라마의 여성 인물들은 이러한 공간 점유권의 측면에서 보면 철저한 타자이지만 가부장과 국가의 권력이 미치지 않는 데서 일시적으로 특별한 공간을 점유하기도 한다.

그 특별한 공간 점유는 미셸 드 세르토Michel de Certeau에 따르면 일상적 실천, 즉 강자의 전략과는 구별되는 약자의 '전술'에 의해 가능하다. 세르토에 따르면 전술은 '약자가 강자를 이기기 위한 기술'이자 '일상의 실천'이다.[30] 세르토는 특히 도시 공간에서의 전술을 언급하는데 그에 따르면 도시계획을 세우고 이를 실행하는 것은 권력을 가진 자들의 '전략'이지만 이 공간을 '술수와 저항'이라는 자신만의 방식으로 전유하는 것은 약자의 전술이다.

이러한 예를 김호선 감독의 1976년 영화 〈여자들만 사는 거리〉에서 찾아볼 수 있다. 선술집이 즐비한 청계천 하류를 무대로 한 이 영화는 빈민가 혹은 사창가로 치부된 공간이 어떻게 약자들의 전술적 공간으로 기능하는지를 잘 보여주고 있다. 주요 배경인 하천 주변 '거리'는 남성들의 권력이 위축되면서 대신 성매매 여성들의 공동체가 위력을 발휘하는 공간이다. 이 거리에 자리 잡은 술집 '명월옥'에 한 초등학교 교사가 가정방문을 한다. 포주 부부는 아들의 담임교사를 보기가 창피하여 자리를 피해버리고 포주 부부를 대신하여 명월옥의 작부 근옥이 그를 맞이한다. 근옥은 자신의 방으로 교사를 들이고 술상을 차려 오지만 '이런 술집'에는 처음 온다는 금욕적이고 보수적인 교사는 천박할 정도로 상냥한 근옥의 태도에 꿈쩍하지 않는다. 그러나 곧 교사의 엄숙주의는 힘을 발휘하지 못하며 관계의 주도권을 근옥이 갖게 된다. 요지경 같은 거리에서 얼떨결에 근옥과 하룻밤을 보낸 교사 용준은 이후에 근옥의 적극적인 구애를 받는다. 용준에게 구애하는 과정에서 근옥의 활동 공간은 거리를 벗어나 더 넓어진다. 특히 그녀에게 가장 접근이 허락되지 않았던 공간인 '학교'에도 출몰하게 된다. 근옥은 학교에 용준의 속옷을 챙겨 들고 오는가 하면 교장과 학부모들이 참관하는 공개수업에 친구들과 함께 커피를 싸 들고 나타나 사람들의 눈살을 찌푸리게 한다. 또한 독신인 용준의 아파트에 들어가 밥을 짓고 청소를 한다. 그녀의 이러한 기습적인 출몰은 물론 주변 사람들의 비난과 혐오를 사지만 그녀는 타인의 시선에 아랑곳하지 않는다.

근옥이 사는 '거리'는 여성 공동체의 공간이다. 근옥이 학교 교사를 짝사랑한다는 사실을 안 동료들은 근옥의 사랑을 이뤄주기 위해 그녀를 응원하고 물질적으로 부조하는 등 성심껏 돕는다. 근옥이 들려주는 과장된 연애담은 그중 한 소녀 취향의 동료에게는 낭만적인 사랑 이야기로 상상된다. 이들은 또한 이 '거리' 출신으로 결혼하여 가정을 꾸린 남숙의 남편이 다른 여자를 사귀기 시작하자 떼로 달려들어 그를 응징하기도 한다.

이러한 여성 공동체는 비어홀이나 바에서 일하는 여성들에게도 중요하게 기능한다. 〈꽃순이를 아시나요〉의 은하는 단속에 걸려 구치소로 향하는 경찰 단속 차량 안에서 '미스 고'라는 이름의 호스티스를 우연히 만난다. 그들은 첫 만남에서는 드잡이하는 관계였지만 곧 자매애를 느낄 만큼 친숙한 사이가 된다. 〈O양의 아파트〉에서도 미영은 아버지와의 불화로 가출하여 호스티스가 된 여대생 경아를 자신의 아파트에 기거하게 하면서 그녀의 보호자가 된다. 모두 우연한 만남에서 생성된 그녀들의

<여자들만 사는 거리>의 여성들과 그들의 공간

자매애는 폭력적인 일터인 술집이나 경찰의 단속 차량과 같은 엄혹한 곳을 공동체 혹은 '집'으로 만든다.

고향을 떠나온 그녀들에게 도시라는 공간은 어느 순간 자신들을 경제적, 성적으로 착취하는 곳이 아닌 위로와 친밀성을 만드는 공간이 되기도 한다. 집을 떠나 고향을 상실한 그녀들이 새로운 공간을 집으로 전유하는 이러한 현상은 벨 훅스Bell Hooks의 말을 빌리자면 "집이 단순히 하나의 장소가 아니게 되고 수많은 곳에 집이 생기는"[31] 현상이라 할 수 있다. 도시의 공간에서 새로운 집을 찾는 이러한 행위는 고향을 하나의 고정된 장소로만 이해하는 방식과는 다르다. 고향과 집을 고유한 하나의 장소로만 이해하는 것, 즉 떠나온 고향을 그리워하며 고향을 훼손되지 않은 온전한 곳으로 여기고 도시와 도시로 온 여성의 신체를 '훼손된 것'으로 여기는 것은 집과 고향에 대한 전형적인 남성적 상상력이다. '집'이라고 불릴 수 있는 고정된 장소가 있다고 여기는 것은 그곳에 강제로 잔류해 있는 여성 타자를 전제로 한다.[32] 그렇기 때문에 집을 떠난 남성들은 여성(아내, 어머니)이 지키고 있는 고향을 그리워하게 된다. 호스티스 멜로드라마에서도 종종 여성들이 자신의 신체적 훼손을 문자 그대로의 '훼손'으로 받아들이면서 서울로 떠나온 것을 후회하며 고향을 그리워한다. 남성 복화술의 전형적인 예라고 할 수 있는 고향에 대한 노스탤지어는 종종 여성 인물들에 의해서도 클리셰처럼 발화된다. 〈꽃순이를 아시나요〉의 은하가 그러한 한 예이다. 평소 고향을 그리워하던 그녀는 고향의 남자 친구 봉수에게 "고향 마을 물새들도 나 다시 반겨주겠지?"라고 말한다. '다시'라는 부사는 이 대사에서 매우 의미심장하다. 은하는 고향을 떠나 도시로 온 자신이 '훼손'되었다고 여기고 훼손된 자신이 고향에서 다시 환영받을 수 없을 것이라는 가정을 전제로 삼고 있다. 고향 사람들이 그녀를 반기는 것이 성취되기 힘든 소망이라는 것 그리고 자신에 대한 그들의 적대감에 타당한 이유가 있다는 것을 은하 스스로 인정하고 있음을 위의 대사는 상징적으로 보여준다.

이러한 예를 통해서도 호스티스 멜로드라마가 지속적으로 남성의 복화술과 여성들의 탈주 사이를 오가는 복합적인 텍스트라는 점을 알 수 있다. 그러나 애초에 고향과 집에서 타자로서 대접받지 못한 여성들은 오히려 도시에서 새로운 집과 고향이라 여길 수 있는 공간을 적극적으로 만듦으로써 고정된 장소로서의 고향에 대한 집착에서 벗어난다. 자매애로 결속된 여성 공동체를 만드는 것도 여성들이 집을 만드는 한 방법이지만 여성들이 자신들만의 새로운 공간을 만드는 또 다른 방법은 바로 남성들의 응시로부터 탈주하는 것이다. 여성들에 대한 남성들의 응시는 여성들을 성적으로 대상화하고 지배하는 방식이기도 하다. 남성적 응시는 여성을 통제 가능한 특정한 공간에 가둬두고 그들을 성적으로 대상화하며 일탈을 감시하는 가부장제의 대표적 젠더 통치 방식이다. 여성들을 물리적, 심리적 감금 상태에 두려면 무엇보다 그들을 통제의 대상으로 '응시'하는 행위가 필요하다. 그들의 일터인 집창촌이나 비어홀 등의 윤락가는 이미 그들이 물리적으로 가둬진 공간이다. 또한 무엇을 본다는 것은 그 대상을 보고 인식하며 나아가 그 대상에 대한 이야기를 만들어내는 행위를 포함한다. 몇 편의 호스티스 멜로드라마에서는 호스티스들을 오랫동안 보아왔던 연인 혹은 고객인 남성이 이야기 발화의 주체가 되기도 한다. 문호가 경아의 유골을 들고 가는 장면으로 시작되는 것에서 알 수 있듯이 〈별들의 고향〉은 '호스티스' 경아의 이야기이지만 정확히는 문호의 시선에서 재구성된 경아의 이야기이다. 이 영화에서 문호가 인지할 수 없었던 경아의 과거에 대해서는 경아가 '문호에게' 들려주고 고백하는 것으로 설정되어 있다. 〈영자의 전성시대〉 역시 창수가 몇 년 만에 매춘 여성이 된 첫사랑 영자와 재회하면서 이야기가 시작된다. 이러한 사례들은 남성들의 시각에서 여성들의 이야기가 재구성되고 있다는 사실을 말해준다.

이러한 남성의 시선과 그 지배로부터 탈출하기 위해 여성들은 남성에 의해 구성된 이야기에서 이탈하여 그녀들만의 '다른' 이야기를 스스로 만든다. 〈영자의 전성시대〉와 〈여자들만

사는 거리〉의 경우, 남성들의 시선에 남성들이 알 수 없는 어떤 인지적 결핍이 있음을 의식적으로 드러냄으로써 결과적으로 남성의 시선에 의해 구성된 이야기로부터 여성 인물들을 벗어나게 한다. 〈영자의 전성시대〉는 애초부터 창수의 플래시백에 의해 구성된 이야기와 영자의 플래시백에 의해 구성된 이야기로 이원화되어 있다. 영화의 서사는 몇 년 만에 경찰서 유치장에서 창수가 영자를 발견하면서 시작되지만 창수가 모르는 몇 년간의 영자의 과거가 영자의 플래시백을 통해 관객에게 '직접' 펼쳐짐으로써 영자도 스스로 '눈'을 소유한 이야기 주체로서 제시된다. 그러나 기본적으로 이 영화는 영자의 눈보다는 창수의 시선에 의해 전개되고 있으며, 이 두 사람의 시선에 의한 이야기들 중에서 관객들은 영화가 유도하는 대로 영자보다는 주로 창수의 시선에 의지해 영화의 서사를 읽어낸다. 이 영화에서 가장 극적인 장면은 관객의 눈이 창수의 눈으로부터 분리되는 순간이다. 구치소에서 나온 창수는 영자가 어디론가 사라진 것을 발견한다. 영자가 갑자기 창수의 시선 밖으로 사라짐으로써 창수의 시선에 자신의 시선을 일치시켜 사건을 파악하던 관객의 시선은 창수의 눈과 분리되게 된다. 이어 카메라는 심각한 표정으로 마치 자살을 고려하고 있다는 듯이 육교 위에서 지나가는 열차를 바라보는 영자의 얼굴을 비춘다. 영자는 경찰의 집창촌 소탕작전으로 집을 잃고 서울 시내 곳곳을 떠돌고 있었다. 기차의 경적이 다급히 울리고 영자가 육교 위에서 열차를 향해 뛰어내릴지 모른다는 위기감이 고조된다. 이때까지 창수의 시선을 따라

영자의 결혼 생활. 영자는 자신만의 공간과 이야기를 만들어낸다.

가고 있던 관객은 창수가 유치장 안에서 영자를 걱정하듯 영자의 안위를 걱정하게 된다. 그러나 다음 장면에서 카메라가 갑자기 세월이 흘러 세탁소를 운영하는 자영업자가 된 창수의 일터를 비추는데, 이 두 장면은 서로 점프 컷으로 잘려 있어 관객을 어리둥절하게 만든다.

이 '어리둥절함'은 창수의 눈을 통해 이야기를 인지해왔던 관객의 눈이 불가피하게 창수의 시선과 갑자기 분리되지 않으면 안 되는 데서 온다. 영자는 자신을 창수의 시선에서 완전히 빼냄으로써 창수와 연루되어 있던 삶으로부터 도주한다. 창수에게 다시 '발견된' 영자는 창수와 관객의 우려와는 달리 자살로 생을 마감한 것이 아니라 결혼하여 아이 엄마가 되어 있었다. 영자의 도주는 서사적으로 창수의 인지적 결핍을 관객에게 주지시키는 것은 물론, 영자가 남성의 인지 범위를 벗어나 독자적 공

〈여자들만 사는 거리〉의 용준과 근옥. 용준은 작부인 근옥과 동거하면서 그녀에게 술을 끊고 책을 읽을 것을 요구한다.

간과 이야기를 만들어낼 수 있음을 알려준다. 영자와 자신의 이야기에서 서술의 주도권을 갖고 있던 창수의 인지적 결핍이 드러나는 순간이 벌어진 것이다.

남성 인물의 시선에 내포된 인지적 결핍은 〈여자들만 사는 거리〉에서도 동일하게 드러난다. 근옥이 임신했다는 거짓말에 그녀를 받아들이기로 한 용준은 학교를 그만두고 책 장사를 시작한다. 용준은 근옥과 동거를 시작하지만 그녀를 교화하기 위해 동침하기를 미루고 술을 끊고 외출을 자제하며 대신 집 안에서 책을 읽고 공부할 것을 주문한다. 환웅과 웅녀의 이야기가 이 장면들에 보이스 오버로 처리되면서 근옥에게는 '사람이 되기 위해' 일정 기간 쑥과 마늘만을 먹어야 하는 웅녀의 이미지가 씌워진다. 근옥에 대한 용준의 이러한 가부장적 통제는 근옥의 외출로 곧 흔들리게 된다. 용준은 근옥이 몰래 집을 나간다는 사실을 알고 혹시 그녀가 다시 매춘을 하지 않을까 괴로워하고, 근옥의 뒤를 밟았다가 그녀가 '호텔'로 들어가는 모습을 보고 충격에 빠진다. 그러나 곧 근옥이 실은 호텔에서 청소부로 일하고 있다는 사실을 알게 된 뒤 오해를 풀고 근옥에 대한 사랑을 확인한다. 근옥은 용준을 속인 것은 아니지만 결과적으로 용준이 지배하는 공간을 탈출하여 독자적으로 노동하고 행동 범위를 넓힘으로써 용준의 시선을 벗어나는 탈주를 감행한 것이다. 용준의 시선에서 그녀가 탈주했을 때 용준이 느끼는 불안감과 의심은 다분히 병적이다. 여성이 독자적인 동선을 갖는 것에 대해 남성이 품는 편집증적 의심은 폭력적이기까지 하다.

남성의 시선에 기반을 둔 가부장제적 통제에 어떤 흠집을 내는 것은 이렇듯 여성들에게 어떤 위험을 감수해야 하는 일이다. 영자와 근옥은 남성의 불안과 자신의 탈주 욕망 사이에서 적절히 타협하면서 남성의 시선이 미치지 못하는 범위가 분명히 있고 자신들의 독자적인 이야기를 생성할 수 있다는 사실을 보여준다. 이렇게 남성들의 인지적 결핍을 발생시키는 것은 매우 효과적인 탈주 방법이지만 당시의 호스티스 멜로드라마에서 흔히 볼 수 있는 저항 방법은 아니다. 그대신 호스티스 멜로드라마에서 보이는 가장 보편적인 탈주 방법은 바로 여성 인물들의 '우울한 보행'이다. 여성들은 스산한 도시의 거리를 '혼자' 걷는다. 가끔 바닷가를 걸을 때도 있다. 여성들의 '우울한 보행'은 그 누구의 시선에도 갇히지 않고 뭇사람의 시선으로부터 탈출하여 스스로를 자발적으로 고립시키는 행위이다.

자발적으로 자신을 고립시켜 우울하게 보행하는 것은 세

여성들의 우울한 보행. 왼쪽은 〈꽃순이를 아시나요〉의 은하, 오른쪽은 〈O양의 아파트〉의 미영.

영자의 보행

르토에 의하면 자유롭게 이동함으로써 전방위 감시체제(판옵티콘)을 교란시키는 행위이다.[33] 여기서 감시체제란 가부장제의 시선, 즉 남성의 시선이 될 수도 있고 관객의 시선이 될 수도 있다. 영자와 근옥을 '보호'해주던 창수와 용준 같은 자상한 남성들조차 실은 자신의 시선 안에 영자와 근옥을 가두는 일종의 판옵티콘적 권력을 행사한다. 모든 호스티스 멜로드라마에 어김

없이, 여성의 내면을 표현하는 클리셰로 등장하는 우울한 보행은 여성이 누구의 이야기로도 종속되지 않고 오로지 스스로의 이야기 속에만 자기 자신을 위치시키는 행위이다. 그녀를 불행하게 만드는 남성도 그리고 관객도 그녀가 우울한 보행을 하면서 무슨 생각을 하는지 알 수 없다. 단지 그녀의 심적 상태가 매우 '우울하다'는 것, 그리고 그녀가 자신의 내면을 들여다보고 그간의 삶을 곰곰이 되씹으며 뭔가 정리하고 있다는 사실을 알 수 있을 뿐이다. 우울하게 보행하는 여성은 침묵하지만 그 침묵은 가부장제에 의해 강제된 침묵이라기보다는 스스로 택한 침묵에 가깝다. 자신의 삶이 거대한 도시의 서사 속으로 흡수되기를 원치 않으며 자신만의 내면의 이야기로 간직되길 원해서 선택한 침묵이기 때문이다.

이주의 충격과 멜로드라마

1960년대 이후 급격하게 진행된 산업화 시대는 여성의 이주라는 측면에서 큰 변화의 시기였다. 도시로의 이주는 여성들에게 경제적으로 더 많은 기회를 준 것이 사실이지만, 실은 성적 위험을 포함한 여러 종류의 위험이 수반되어 있었다. 호스티스 멜로드라마는 이러한 변화의 시기에 집을 떠난 여성들이 도시라는 공간에서 겪게 되는 경험을 담은 여성들의 생애사이다. 기회를 찾아 도시로 온 여성들이 성노동을 하게 되고 그럼으로써 그녀들의 '불행'이 시작되었다는 이야기는 당시 관객들에게 낯설지 않은 현실이었다. 자신이 아는 누군가의 이야기일 수도 있었기 때문에 남성 관객들조차 영화 속 여성 인물들의 육체를 그저 편하게만 즐길 수는 없었을 것으로 추측된다. 도시로 여성들이 몰려들고 교육을 받은 여성들도 상대적으로 많아졌지만 일자리의 젠더적 재협상은 요원하여 여성들에게 아직 노동의 세계는 활짝 열려 있지 않은 상황이었다. 그녀들의 일터가 공장이든 술집이든, 아니면 사무실이든 여성들이 '결혼'을 꿈꾸며 일터를 탈출하고자 하는 것도 무리가 아니었다. 호스티스 멜로드라마를 통해 여성 관객들은 교훈을 얻기도 하고 위로와 공감을 받기도 하면서 여성의 노동과 이주가 주는 충격에 대한 완충 효과를 얻었을 것으로 짐작된다.

호스티스 멜로드라마는 가부장제를 대리하는 복화술의 목소리와 가부장제의 통제에 저항하는 여성들의 목소리가 혼합되어 있는 텍스트이다. 이들 영화에서 경합하는 두 개의 목소리, 즉 가부장제의 목소리와 여성들의 목소리 가운데 가부장제에 의해 전유된 목소리의 볼륨을 낮추고 후자의 목소리에 더 귀를 기울일 필요가 있다. 여성들의 목소리에 담긴 저항이란 전면적인 것은 아닐지라도 가부장제의 시선으로부터 탈주하면서 도시 공간을 자신의 집으로 만들고, 심지어 '결혼'이라는 가부장제의 오래된 헛된 약속을 자신들의 판타지로 바꾸어내는 약자들의 안간힘에서 나온 것임을 호스티스 멜로드라마에서 읽어낼 필요가 있다.

<O양의 아파트>의 미영

심청전의 20세기 개작 텍스트들과 호스티스 멜로드라마를 엮어서 독해해볼 때, 호스티스 멜로드라마 역시 다른 개작 텍스트들과 마찬가지로 남성 중심의 시각에서 여성의 노동과 이주를 바라보는 한계에서 자유롭지 못하다. 남성 작가들이 가부장제의 완벽한 희생양인 심청의 육체를 볼거리로 만들었다면 1970년대 호스티스 멜로드라마 역시 희생의 이야기라는 외피를 쓴 관음증적 시각에 의해 구성되었다. 그러나 남성 제작자와 남성 작가에 의해 만들어진 호스티스 멜로드라마에 여성적 시각과 입장이 반영되어 있다면 그것은 이 영화들을 적극적으로 찾아 보았던 여성 관객들, 특히 이주의 체험을 공유한 여성 관객들의 힘이다. 문화적 헤게모니를 쥐고 있었던 것은 남성들이지만 영화 산업은 티켓을 살 수 있는 여성 관객들을 의식할 수밖에 없었다. 또한 가족 혹은 자신의 생존을 위해 일자리를 찾아 도시로 나올 수밖에 없었던 가난한 여성 프롤레타리아들에 대한 부채의식이 사회적으로 널리 퍼져 있었던 것도 이들의 목소리를 드

러내는 데 한몫했다. 문학의 영역이 이들 희생양에게 가혹했던 것에 비해 영화의 영역은 상대적으로 이들에게 너그러웠던 것인가. 물론 이렇게 일반화하기는 어려운 측면이 있지만 적어도 20세기 심청의 이야기들을 펼쳐놓고 볼 때 상대적으로 호스티스 멜로드라마는 심청의 고통에 보다 주목했던 산업화 시대의 심청전이라고 부를 만하다.

에필로그

새로운 시대의 춘향, 장화·홍련, 심청

춘향과 장화·홍련과 심청은 전근대 사회의 젠더 트라우마와 20세기 젠더 트라우마의 역사성을 잘 보여주는 인물이며, 동시에 타자들이 엘리트들에 의해 독점되어있던 표현의 도구들을 어떻게 조금씩 탈취해가는가를 보여주는 중요한 예이다. 20세기 페미니즘 운동의 여러 성취에도 불구하고 한국에서 여성들의 목소리는 매우 나지막했고 위장되거나 남성들의 스피커 속에 묻히기도 했다.

흔히 고전소설이라고 일컫는 세 편의 소설—춘향전과 장화홍련전, 심청전은 20세기 이전부터 형성되어온 저자 불명의 소설이지만 20세기에 들어 다양한 저자들에 의해 개작되었다. 그 저자들은 소위 1급의 문학 작가일 수도 있고, 아니면 영화의 경우 감독과 작가를 포함한 다중적 창작 주체일 수도 있다. 독자나 관객 또한 분명 이 다중적 창작 주체 중 하나로 당당히 이름을

올릴 수 있다. 20세기 춘향전, 장화홍련전, 심청전의 저자가 다중적 창작 주체일수록 텍스트의 다성성은 강화되고 여성의 목소리를 텍스트 속에 끼워 넣을 수 있는 여지가 상대적으로 커진다고 할 수 있다.

이 책에서 다루고 있는 장르들은 소설과 영화가 주를 이룬다. 소설의 경우 남성 작가만이 아니라 여성 작가에 의한 글쓰기도 있었다. 저자의 성별이 텍스트의 모든 의미를 결정하는 것은 당연히 아니지만 엘리트 남성 작가들은 특히 춘향과 심청을 강하게 보수적으로 전유하는 양상을 보인다. 이들은 춘향과 심청과 장화·홍련에게 고통을 주는 불합리하고 억압적인 상황을 비판하기는 하지만 그들의 고통에 대해 본질적으로 공감하지는 못한다. 춘향전, 장화홍련전, 심청전의 개작 양상을 살펴볼 때, 각각의 개작들은 각 시대의 분위기와 역사적 국면에 매우 강한 영향을 받았다. 특히 민족, 국가와 같은 공동체 의식을 강조하는 맥락 속에서 개작될 때 춘향과 같은 여성 인물들은 보수화되는 경향을 보인다.

다른 한편으로 급격한 산업화나 풍속상의 변화 과정에서 고전소설 속의 여성 인물들은 가부장제와 근대의 젠더 이데올로기에 저항하고 비판하는 인물로 거듭나기도 한다. 그러나 이들은 대부분 투사처럼 적극적으로 항의하며 싸우는 것이 아니라 눈물을 흘리며 자신의 고통을 표현하는 방식을 택한다. 일견 이들의 저항은 기득권을 가진 이들에게 전혀 위협적으로 보이지 않으며 오히려 답답하리만치 순응적이고 수동적으로 보이기까지 한다. 특히 1960년대 이후 영화화된 고전소설 속 여성 인물들이 그러했다. 1960년대 이후 고전소설 원작 영화들은 여성들의 슬픔의 감정을 극대화하여 강조함으로써 여성 관객들의 공감을 얻도록 구조화되어 있다. 어느 텍스트를 저항적이라고 일컬을 수 있으려면 그 텍스트에 내재된 저항적 요소만이 아니라 그 텍스트를 누가 읽고 누가 공감하는지에 대한 고려가 있어야 한다. 하나의 텍스트는 독서에서 비로소 완성된다. 춘향과 장화·홍련, 심청은 독자와 관객에게 자신을 표현할 수 있는 도구를 주었고 그들을 위로했으며 자신의 처지를 이해하고 버틸 수 있는 힘도 주었다. 이러한 위로와 공감이 여러 모순들 속에서 삐걱거리고 있다 하더라도 그 사실만으로도 이들 고전소설은 충분히 저항적인 의의를 갖는다.

텍스트의 이데올로기적 전유, 서사 구조의 불균형, 순응과 저항과 타협 사이의 모순들. 젠더 트라우마는 아직도 진행형이다. 고전소설 개작 텍스트들은 하나의 예에 불과하다. 젠더 트라우마는 젠더 이데올로기에 대한 의문과 맹목이 공존하고 있는 사회에서 지속되어왔다. 춘향과 장화·홍련과 심청은 자신의 욕망과 그 욕망을 인정하지 않는 사회 사이에서 적절하게 균형점을 이루면서 그들의 삶을 살았다. 그 균형점이 모순적으로 보이는 것은 바로 가부장제 자체가 거대한 모순을 갖고 있기 때문이다. 엥겔스가 언급했듯이 여성이라는 젠더가 하나의 거대한 피지배계급을 이루고 있다면 식민지화된 여성이 스스로의 욕망을 드러내는 것은 매우 위험하다. 춘향은 유일한 사랑을 지키면서 양반의 정실 아내가 될 수 있었지만 결혼 후 진정으로 양반의 구성원으로 대접받기는 어려웠을 것이다. 인신매매를 당한 심청은 죽음으로써 왕비가 되지만 이러한 비현실적인 수직 상승의 계급 이동이 초래한 비극적 사례는 이미 숱하게 목격해왔다. 현대의 현실적인 대중은 결혼의 판타지를 즐기기보다 결혼으로 신분 상승한 여성들이 이후에 겪는 비극에 더 관심을 기울인다. 영국 왕실의 다이애나 왕세자비의 비극적 죽음이라든지 한국에서 가십거리로 소비되곤 하는 재벌가 며느리가 된 연예인 출신 여성의 불행한 결혼 생활이 그것이다. 한편 장화와 홍련은 자신들의 숙적인 계모를 징벌하는 데 성공하지만 이 성공 뒤에는 자신들의 말에 귀 기울여주는 남성의 존재가 있었다. 춘향, 심청, 장화·홍련의 이야기에서 성차별의 문제를 남성 권력에 의존하여 해결한다는 모순이 존재하지만 그 모순 속에서 특별히 자신의 생각을 말하고 싶고 (은밀히) 복수하고 싶고 인간으로서 인정받고 싶은 여성들의 욕망은 20세기 텍스트들에서 선택되어 강화되었다.

이 책의 에필로그에서 마지막으로 언급하고 싶은 텍스트는 웹툰 《그녀의 심청》(2017~2019)이다.[1] 여성 인물에게 가장 폭력적인 텍스트인 심청전이 21세기 페미니즘 시대에 다시쓰기 욕망에 의해 웹툰으로 개작되는 양상은 의미심장하다. 작가 세리는 아주 단순한 질문, 즉 "그녀(승상 부인—인용자)는, 왜 심청의 공양미를 대신 내준다고 했을까"라는 질문에서 출발하여 《그녀의 심청》의 서사를 풀어나간다. 이 질문을 푸는 과정에서 독자들은 심청과 승상 부인의 숨겨진 이야기를 대면하게 된다. 승상 부인은 고소설은 물론, 다른 개작들에서처럼 어머니 연배의 중년 여성이 아니라 심청 또래의 소녀이며 그녀 역시 오라비의 빚과 출세 때문에 늙은 승상에게 시집을 왔다. 그런데 결혼한 첫날밤 승상이 쓰러져 사망하자 승상 부인은 동네 사람들로부터 둔갑한 '여우'라는 손가락질을 받는다. 오라비의 뻔뻔함, 승상 아들의 위협과 동네 사람들의 비난 속에서 승상 부인은 극도의 경계심을 갖고 살아가던 중 동네에서 밥을 빌어먹고 사는 심청을 우연히 만난다. 심청과 승상 부인은 신분을 뛰어넘는 우정을 나누다가 급기야 서로에게 사랑을 느낀다. 심청과 승상 부인을 동성애 관계로 설정함으로써 이 웹툰은 심청전의 이성애 중심 서사를 걷어찬다. 승상 부인과 심청의 관계는 나이와 젠더와 신분에서 몇 겹의 타자성을 가진 소녀들의 동성애 관계이다. 이들에게 동성애는 타자성을 한 겹 덧붙인 것이 아니라 여성을 노예화하는 가부장제 질서를 완전히 분쇄하는 강력한 무기가 된다.

이 웹툰에서 빌런은 모두 남성들이다. 몽은사 주지, 승상의 아들, 승상 부인의 오빠, 심청의 아버지 모두 여성 인물들을 속이고 착취하며 그들에게 직접적인 폭력을 가한다. 고소설 심청전은 물론, 20세기 개작 텍스트들에서 최고의 빌런은 바로 뺑덕어멈이었다. 그러나 《그녀의 심청》은 뺑덕어멈을 일방적으로 빌런으로 그리지 않는다. 그는 생존을 위해 타인을 속이고 이용하며 이기적으로 살아왔지만 실은 화상을 입은 아이를 기르는 미혼모이자 자기 욕망에 매우 충실한 독립적인 여성으로 묘사된다. 자매애로 결속한 뺑덕어멈과 심청 그리고 승상 부인은 남성들의 권력 앞에 쉽게 굴복하지 않으며 남성들의 사랑을 더 받기 위해 경쟁하지 않는다. 결국 《그녀의 심청》의 두 소녀, 심청과 승상 부인은 초현실적인 힘에 기대지 않고 스스로를 자력으로 구해내고 자신이 원하는 삶을 찾아간다.

《그녀의 심청》은 이성애적 로맨스를 거부하고 동성애와 자매애를 적극적으로 내세운다. 이전의 개작들이 주저하고 적절히 위장하며 가부장제와 타협했다면 《그녀의 심청》은 그러한 한계를 날려버리고 심청전을 페미니즘 텍스트로 거듭나게 만든다. 《그녀의 심청》만큼 남성 중심적 젠더 이데올로기를 정면으로 반박하고 나선 심청전 개작은 거의 없었다고 해도 과언이 아니다. 무엇이 이러한 변화를 가능하게 했을까. 이제까지 살펴본 모든 개작들은 고소설의 익숙한 이야기를 빌려와서 당대의 현실을 반영하고 여성들의 목소리를 대변해왔다. 《그녀의 심청》도 마찬가지이다. 단지 《그녀의 심청》은 이전의 개작들과 다르게 가부장제에 눈치 보지 않고 가부장제가 만들어낸 '진짜' 빌런들에게 통쾌한 복수를 감행한다는 점이 다를 뿐이다. 남성 빌런들에 대한 통쾌한 복수는 또 다른 의미에서의 판타지이지만 15세 소녀들의 소원을 가감 없이 성취시킨다. 2010년대 이후 재부팅된 페미니즘의 힘이다. 소설, 영화에 비해 가장 젊은 세대가 즐겨 보는 웹툰 장르는 바로 그런 흐름 속에서 선택되었다고 할 수 있다.

싫은 것을 싫다고 말할 수 있는 권리, 부당한 것에 분노를 표출하고 그것을 바로 잡을 수 있는 권리를 여성들이 현재에도 온전히 누리고 있다고 보기는 어렵다. 그러나 20세기와 21세기 개작 텍스트들의 역사를 볼 때 확실히 여성의 권리는 예전보다 더 많이 보장되어가고 있다. 한 가지 의문이 있다면 21세기에도 웹툰이라는 장르 이외에서 춘향과 장화·홍련과 심청의 모습을 발견할 수 있을까. 앞으로도 한동안은 춘향과 장화·홍련과 심청의 변화된 모습을 다른 텍스트들에서도 발견할 수 있으리라 예측한다. 역설적이게도 이들의 모습을 더 이상 어떤 개작 텍스트에서도 발견할 수 없다면 그것은 완전히 성차별을 극복하여 가부장제를 더 이상 새삼스럽게 비판하거나 공격할 필요가 없는 세상이 되었다는 의미이기 때문이다.

주

프롤로그: 다시읽기와 다시쓰기의 여성 욕망

1 지경순, 〈스타-의 고백, 청춘좌의 스타-지경순 양, 카츄샤를 해 보고 싶담니다〉, 《삼천리》, 1938.8, 174쪽.

2 〈스타의 서간집〉, 《삼천리》, 1940.5, 151쪽.

3 지경순, 〈배우의 수첩〉, 《삼천리》, 1940.10, 175쪽.

4 마리아로사 달라 코스따, 《페미니즘의 투쟁》, 이영주·김현지 옮김, 갈무리, 2020, 185쪽.

5 '자매애는 힘이 세다'는 1970년 시인인 로빈 모건이 페미니스트들의 글을 엮은 책의 제목이다. 1970년대 페미니즘 운동의 기폭제가 된 이 책의 제목은 여성들 간의 연대와 단합을 상징하는 정치적 울림을 당시의 여성들에게 전달했다.

6 성 각본sexual script은 1972년 존 개그넌John H. Gagnon과 윌리엄 사이먼William Simon의 책 《성적 행위Sexual Conduct》에서 제안된 개념으로 사회문화적으로 학습되는 성적 행위들의 지침이다. 성적 관계에 위치해 있는 인물들은 마치 무대 위의 배우처럼 사회적으로 허용되고 구

성된 각본들에서 선택하여 행동한다.

7 이 책에서는 고전소설과 고소설이라는 표현을 맥락에 따라 혼용하고 있다. '고전소설'은 많은 독자들에게 잘 알려진 문학사적 의미가 있는 20세기 이전의 소설이라는 의미로 사용했고, '고소설'은 20세기 개작 텍스트들과 비교했을 때 원전의 지위를 갖는, 20세기 이전에 나온 옛 소설이라는 의미로 사용했다.

8 이 용어는 캘리포니아 대학교 샌디에이고 캠퍼스UCSD의 TV·영화 속 여성 연구 센터Center for the Study of Women in Television & Film에서 펴낸 마사 로젠Martha Lauzen의 보고서 제목에서 유래했다. '유리 천장'이 일반적인 직장에서의 성차별을 지칭한다면, '셀룰로이드 천장'은 할리우드 영화 산업의 성차별을 은유하기 위해 '유리 천장'을 패러디한 단어이다. 셀룰로이드는 영화 필름의 원료이다.

9 린다 허천, 《각색 이론의 모든 것》, 손종흠·유춘동·김대범·이진형 옮김, 앨피, 2017.

10 제임스 C. 스콧James C. Scott은 동남아시아 농노들의 일상적 저항 방식을 연구하면서 은닉 대본hidden transcript이라는 개념을 발전시켰다. 은닉 대본은 공개적인 직접 대결이 불가능할 때 출현하는 저항의 예술 방식이다. 하부정치intrapolitics 영역에서 이루어지는 은닉 대본에 의한 저항 방식은 위장되어 있고 주목받지 못하는 방식이며, 엘리트가 아닐뿐더러 '시민'으로조차 인정받지 못하는 이들의 저항 방식이다. 스콧은 노동자 혹은 시민이라는 혁명의 주체가 아닌 농노, 노예, 불가촉천민 등 일방적으로 종속된 이들의 저항 방식으로서 은닉 대본을 언급하면서 은닉 대본이 만들어지는 위장된 저항 혹은 하부정치는 공개적인 저항의 조용한 동반자라고 말한다. 제임스 C. 스콧, 《지배, 그리고 저항의 예술: 은닉 대본》, 전상인 옮김, 후마니타스, 2020, 332~337쪽.

11 프루던스 체임벌린, 《제4물결 페미니즘: 정동적 시간성》, 김은주·강은교·김상애·허주영 옮김, 에디투스, 2021, 143~147쪽.

1장. 누구의 것도 아닌 춘향

1 임화, 〈조선영화론〉, 《춘추》, 1941.11.

2 〈녹음실 춘향전의 내력〉, 《경향신문》, 1961.3.11.

3 〈'춘향'의 영화사: 우리 앞에 선 누이 같은 연인〉, 《한겨레》, 1999.3.11.

4 Timothy Corrigan, *Film and Literature*, Routledge, 2012, p.14.

5 릭 울트먼, 〈영화와 장르〉, 제프리 노웰 스미스 엮음, 《옥스퍼드 세계 영화사》, 김경식 외 옮김, 열린책들, 2005, 338~348쪽.

6 린다 허천, 《각색 이론의 모든 것》, 손종흠·유춘동·김대범·이진형 옮김, 앨피, 2017, 256쪽.

7 애니메이션을 제외한 극장판 영화로 춘향전이 제작된 흐름을 정리하면 다음과 같다.

제목	감독	연도	비고
춘향전	하야카와 고슈	1923	최초의 춘향전 영화
춘향전	이명우	1935	최초의 토키
그 후의 이도령	이규환	1936	스핀오프 버전
춘향전	이규환	1955	해방 후 첫 춘향전 흥행작
대춘향전	김향	1957	
춘향전	안종화	1958	최초의 국내 현상 컬러 영화
탈선 춘향전	이경춘	1960	원작: 이주홍의 《탈선 춘향전》
춘향전	홍성기	1961	
성춘향	신상옥	1961	한국 최초의 컬러 시네마스코프
한양에서 온 성춘향	이동훈	1963	
춘향	김수용	1968	주연배우 공개 오디션 이벤트
춘향전	이성구	1971	국내 최초의 70mm 영화
방자와 향단이	이형표	1972	스핀오프 버전
성춘향전	박태원	1976	
성춘향	한상훈	1987	
탈선 춘향전	김봉은	1997	
춘향뎐	임권택	2000	
방자전	김대우	2010	스핀오프 버전

8 〈영화 춘향전 박이는 광경: 조선서는 처음인 토-키 활동사진〉, 《삼천리》, 1935.9, 124쪽.

9 심훈, 〈다시금 본질을 구명하고 영화의 상도에로〉, 《조선일보》, 1935.7.15.

10 최옥희, 〈남원 춘향제 참별기, 삼만여명 군중이 모여 성대하게〉, 《삼천리》, 1939.6, 16~18쪽. 이 글을 쓴 최옥희는 일본 니혼대학교에서 예술을 전공한 엘리트 여성으로 당시 임화가 운영하는 학예사의 실무를 담당하던 이였다. 그의 오라버니인 최남주는 출판사인 학예사에 출자하고 영화사인 조선영화주식회사 설립을 주도하는 등 문화 사업에도 뛰어들었다. 최남주가 설립한 조선영화주식회사('조영')에서는 1939년 〈춘향전〉을 일본 작가 무라야마 도모요시村山知義의 각색으로 제작해 수출할 계획을 갖고 있었다. 최옥희가 춘향제를 취재하게 된 것은 '조영'의 〈춘향전〉 제작 기획과 깊은 관련이 있다. 최남주와 최옥희의 활약에 대해서는 위경혜, 〈식민지 엘리트의 '상상적 근대': '최남주'의 활동을 중심으로〉, 《한국극예술연구》 49, 2015를 참조했다.

11 〈춘향 상像 화필을 잡고, 그리운 광한루를 찾아가며〉, 《삼천리》, 1939.4.

12 〈채관에 재생된 춘향〉, 《동아일보》, 1939.5.21.

13 창해, 〈김은호 화백의 춘향상을 보고〉, 《동아일보》, 1939.5.27.

14 이철혁, 〈춘향전 제작여담〉, 《신태양》, 1954.10, 92쪽.

15 〈화제의 영화. 춘향전 한국 영화사상 초유의 히트〉, 《한국일보》, 1955.1.26.

16 마샬 버만, 《현대성의 경험》, 윤호병·이만식 옮김, 현대미학사, 2004, 151~152쪽.

17 인돌, 〈조선 최초의 발성영화 춘향전을 보고〉, 《동아일보》, 1935.10.12.

18 〈길이 간직될 춘향의 넋〉, 《동아일보》, 1962.5.15.

19 이어령, 《흙 속에 저 바람 속에: 이것이 한국이다》, 문학사상사, 1986(원 발표는 1963년), 186쪽.

20 이능우, 〈춘향전〉, 《경향신문》, 1969.12.27.

21 슐라미스 파이어스톤, 《성의 변증법》, 김민예숙·유숙열 옮김, 꾸리에, 2016, 184쪽.

22 케이트 밀렛, 《성 정치학》, 김유경 옮김, 쌤앤파커스, 2020, 36쪽.

23 노천명·이선희·최정희·모윤숙, 〈여류문사의 연애문제 회의〉, 《삼천리》, 1938.5, 314쪽.

24 김안서 외, 〈내가 좋아하는 소설 중의 여성〉, 《삼천리》, 1931.12, 44쪽.

25 남만민, 〈춘향의 정조 재음미〉, 《여성》, 1936.10, 39쪽.

26 에바 일루즈, 《낭만적 유토피아 소비하기: 사랑과 자본주의의 문화적 모순》, 박형신·권오헌 옮김, 이학사, 2014, 31쪽.

27 사회학자 앤서니 기든스Anthony Giddens에 따르면 낭만적 사랑은 가정의 창조, 부모와 자식의 관계 변화, 모성의 발명 등 친밀성의 구조 변동과 관련해 18세기 후반부터 최근까지 존재해온 포괄적인 사회적 힘이다. 앤서니 기든스, 《현대 사회의 성·사랑·에로티시즘》, 배은경·황정미 옮김, 새물결, 2001, 85쪽.

28 일기자, 〈경성의 화류계〉, 《개벽》, 1924.9, 100쪽.

29 이동근, 〈1910년대 '기생'의 존재양상과 3·1운동〉, 《한국민족운동사연구》 74, 2013.

30 〈정절의 감: 광한루도 의연하다〉, 《동아일보》, 1938.1.4; 〈길이 간직될 춘향의 넋〉, 《동아일보》, 1962.5.15. 해방 이후에 이 행사는 관에서 주도하게 되었고, 규모 역시 날로 커져 남원의 대표적인 지역 축제로 자리매김했다.

31 〈전설의 가인, 춘향제 거행〉, 《동아일보》, 1933.5.25.

32 김기형, 《춘향제 80년사》, 민속원, 2015, 23쪽.

33 유목화, 〈남원 춘향제 연구〉, 전남대학교 박사학위 논문, 2012, 58~64쪽. 춘향제를 처음 조직하는 과정에서 지방의 향리 조직 '양로당'도 중요한 역할을 했다. 춘향제의 공식적인 발의자는 향리 퇴임자 조직인 양로당의 회원 이현순, 강봉기, 정광옥과 남원권번의 조합장 이백상이었다. 양로당은 춘향제를 발의하며 남원의 번영과 민족 정체성의 확립 등을 명분으로 내세웠으나 결과적으로 춘향제 사업은 지역

토호들이 지역 사회에 행사하는 권력을 강화하는 결과를 초래했다. 말하자면 이 사업은 지역 토호들의 첨예한 이해관계가 얽힌 일이었다. 이와 달리 기생들은 춘향에 대한 흠모와 애정을 바탕으로 춘향제를 조직하고자 했고 최봉선은 사실상 실무자로서 춘향제 조직에 결정적 역할을 했다.

34 《동아일보》, 1931.5.22; 《동아일보》, 1958.11.18; 《동아일보》, 1966.5.28.

35 〈춘향은 역시 가공인물?〉, 《조선일보》, 1965.5.11.

36 〈음독예기 수절명〉, 《조선일보》, 1929.2.1. 최수련이 최봉선의 동생이라고 이 기사에 소개되었는데 최수련이 최봉선의 친동생인지, 아니면 의자매를 맺은 기생 아우인지는 불분명하다. 그러나 정황상 '동생'이라고 표현한 것을 보면 친동생일 가능성이 높다. 어떤 경우이든 최수련이 최봉선에게 매우 소중한 사람이었던 것만은 사실이다.

2장. 춘향전의 이데올로기와 프로파간다

1 팔각정 이도령, 〈몽견춘향기〉, 《별건곤》, 1929.2, 113~114쪽.

2 이인영, 〈해방의 비애〉, 《개벽》, 1922.2, 37쪽.

3 〈식도로 목을 찔러 망부를 하종한 19세 열녀〉, 《조선일보》, 1926.2.24; 〈약혼한 이는 죽었는데 무덤에서 결혼식〉, 《동아일보》, 1925.12.21.

4 〈열녀! 열녀! 나병 남편 위해 할고〉, 《조선일보》, 1926.2.8.

5 류미나, 〈19c말~20c초 일본 제국주의의 유교 이용과 조선 지배〉, 《동양사학연구》 111, 2010.

6 소현숙, 〈수절과 재가 사이에서: 식민지 시기 과부 담론〉, 《한국사연구》, 2014.3, 83쪽.

7 주요한, 〈성에 대한 제문제〉, 《동광》, 1931.12, 45쪽.

8 윤덕경의 생애에 대해서는 김영범, 〈현계옥 스토리 이면의 '또다른 신여성' 윤덕경 연구〉, 《여성과 역사》 32, 2020.6. 참조.

9 이상경, 〈일제 시대 열녀 담론의 향방: 독립운동가 아내의 '순종殉終'과 그 맥락〉, 《여성문학연구》, 2012.

10 손성준·한지형, 《투르게네프, 동아시아를 횡단하다》, 점필재, 2017, 46~67쪽.

11 같은 책, 89~90쪽.

12 현진건, 〈지새는 안개〉, 《개벽》, 1923.5, 128쪽.

13 나도향, 〈별은 안거든 울지나 말걸〉, 《백조》 2, 1922.5, 17쪽.

14 정충량, 〈오늘의 정조문제: 새로운 관념에의 지향〉, 《경향신문》, 1954.6.13. 정충량은 해방 전에는 여학교 교사였고 해방 후에는 미군정청 번역사와 기자를 거쳐 이화여대 교수를 역임한 바 있다.

15 김은주, 《한국의 여기자 1920~1980》, 커뮤니케이션북스, 2014, 201~203쪽.

16 이임하, 《전쟁미망인, 한국현대사의 침묵을 깨다》, 책과함께, 2010, 23쪽.

17 장명덕,〈우리의 고유의 도덕은 엄연히 살아 있다: 눈물과 고난과 싸우며 몰락하는 윤리를 바로 잡은 사람들〉, 《신태양》, 1954.11.

18 이숙인, 《정절의 역사: 조선, 지식인의, 성, 담론》, 푸른역사, 2014, 35~39쪽.

19 소현숙, 〈수절과 재가 사이에서: 식민지 시기 과부 담론〉, 《한국사연구》, 2014.3, 70쪽.

20 〈여성 재혼 금지 기간 없앤다〉, 《조선일보》, 1998.7.28.

21 유민영, 《한국근대극장변천사》, 태학사, 1998, 83쪽. '옥중화'라는 제목으로 창극이 1910년대부터 무대에 올려졌다.

22 〈김소랑 일행의 연쇄활동사진 십팔일부터 단성사에서 처음 개막〉, 《매일신보》, 1922.4.17.

23 Stam, R. & Spence, L, "Colonialism, Racism and Representation", *Screen*, Vol.24, 1983, pp.12-17.

24 구인모, 《한국 근대시의 이상과 허상: 1920년대 '국민문학'의 논리》, 소명출판, 2008.

25 평양H생, 〈문인회에 바라는 말〉, 《동아일보》, 1924.1.6.

26 〈소설예고, 춘향개작 춘향: 춘원작〉, 《동아일보》, 1925.9.24.

27 〈코리아〉, 《동아일보》, 1954.4.25.

28 성일봉(인천 내동), 〈맹목에 젖은 한국여성 전통의 미 점차 망각 일로〉, 《경향신문》, 1955.12.1.

29 웅초 김규택(1906~1962)은 식민지 시기의 대표적인 삽화가로 주로 《조선일보》와 계열 잡지사에 실린 소설의 삽화와 만화를 그렸다.

30 소설 《나이론 춘향전》에 대해서는 노지승, 《영화관의 타자들》, 앨피, 2016 참조.

31 안수길, 〈이런 춘향〉, 《안수길 선집》, 어문각, 1982, 289쪽.

32 장성규, 〈후기-식민지에서 소설의 운명: 최인훈의 고전 서사 장르 전유를 중심으로〉, 《한국근대문학연구》 31, 2015, 214쪽. 장성규에 의하면 고전소설을 다시쓰기 한 최인훈의 기본적인 전략은 후기 식민지화된 남한 사회와 5·16 이후에 집권한 군부 엘리트에 대한 비판 의식에서 비롯되었다.

33 최인훈, 〈춘향뎐〉, 《웃음소리: 최인훈 전집 8》, 민음사, 2009, 314쪽.

34 위의 소설, 315쪽.

35 위의 소설, 327쪽.

36 감독 윤룡규는 1931년 대구 출생으로 1949년 해방기 대표작이라 할 수 있는 〈마음의 고향〉을 연출한 바 있다. 함세덕의 희곡 〈동승〉을 영화로 각색한 〈마음의 고향〉은 '미망인' 역할을 맡은 최은희를 영화계 스타의 반열에 오르게 한 작품이기도 하다. 이후 월북한 윤룡규는 1951년 〈소년 빨찌산〉과 1955년 문예봉 주연의 〈빨찌산의 처녀〉를 연출하기도 했다.

37 전영선, 〈춘향전에 대한 북한의 인식과 접근 태도〉, 《민족학연구》 4, 2000, 146~147쪽.

38 민병욱, 《연극과 영화를 통해 본 북한 사회》, 살림, 2012, 36~37쪽.

39 신상옥, 《난, 영화였다》, 랜덤하우스코리아, 2007, 133쪽.

40 안숭범, 〈신상옥 연출 남북한 춘향전 원작 영화 속 몽룡'들'〉, 《비교문

화연구》, 2016.3, 364쪽.

41 박영자, 《북한 녀자》, 앨피, 2017, 82~87쪽.

42 조혜란, 《옛 여인에 빠지다》, 마음산책, 2014, 223~232쪽.

3장. 자매애와 모성애 다시쓰기

1 원대연, 〈명화明花〉, 《동아일보》, 1938.12.10.

2 메릴린 옐롬·테리사 도너번 브라운, 《여성의 우정에 관하여: 자매애에서 동성애까지, 그 친밀한 관계의 역사》, 정지인 옮김, 책과함께, 2016, 13~24쪽. 이 책은 서구 여성들의 우정의 역사를 추적하면서, 라틴어 대신 토착어가 글쓰기 언어로 사용되기 시작한 이후 여성들이 더 쉽게 펜을 들고 친구들에게 편지를 쓸 수 있게 되었으며 그와 더불어 여성들의 우정이 더 '많이' 표현되었다고 말한다.

3 계모 허씨는 몰락한 가문 출신으로서 후처로 들어간 남편의 집안 내에서 열등한 지위에 놓여 있었다. 장화홍련전의 계모가 가정 내 최약자라는 점에 대해서는 많은 연구자들이 이미 지적한 바 있다. 김재용, 《계모형 고소설의 시학》, 집문당, 1996; 이원수, 《가정소설 작품 세계의 시대적 변모》, 경남대 출판부, 1997; 조현설, 〈남성 지배와 장화홍련전의 여성 형상〉, 《민족문학사연구》 15, 1999; 정지영, 〈조선후기 재혼가족 구성원의 위치〉, 《역사비평》 61, 2002; 윤정안, 〈계모를 위한 변명: 장화홍련전 속 계모의 분노와 좌절〉, 《민족문학사연구》 57, 2015.

4 차상찬, 〈계모 비극 비판〉, 《삼천리》, 1919.11, 25쪽.

5 염상섭, 〈작품의 명암〉, 《동아일보》, 1929.2.20.

6 〈계모와 가정비극 그 대책은 무엇이냐〉, 《동아일보》, 1934.11.8.

7 자녀 중심의 가족관이 식민지 조선에서 설파된 대표적인 예로는 이광수의 논설 〈자녀중심론〉(《청춘》, 1918.9.)을 들 수 있다.

8 한국동, 〈지방색〉, 《별건곤》, 1926.12, 86쪽.

9 《매일신문》, 1924.9.10. 1924년 무성영화 〈장화홍련전〉은 단성사에서 개봉해 흥행을 하게 되고 이후에는 지방에서 순회공연의 형식으로 상영되어 큰 인기를 누린다.

10 이선희, 〈고전명작감상, 장화홍련전〉, 《삼천리》, 1940.10, 195~196쪽.

11 이선옥, 〈이선희: 집과 거리의 긴장의 미학〉, 《역사비평》, 1997.5. 참조.

12 이선희 소설 〈연지〉와 장화홍련전의 관계에 대한 정보는 고전문학 연구자인 이화여대 조혜란 선생님으로부터 얻을 수 있었다. 조혜란 선생님께 감사드린다.

13 〈여류들의 대표작〉, 《경향신문》, 1971.5.22. 1957년 여원사가 간행한 임옥인의 최초 창작집 제목도 '후처기'였을 만큼 이 소설에 대한 임옥인의 애정은 각별했던 것으로 보인다.

14 조현설, 〈남성 지배와 장화홍련전의 여성 형상〉, 《민족문학사연구》 15, 1999 참조.

15 《고대소설 쟝화홍련젼》, 경성 덕흥서림, 10판, 소화 5년(1930), 25쪽(초판은 대정 14년, 1925).

16 이선희, 〈연지〉, 《월북작가대표문학 5: 김사량·이선희 편》, 한국도서출판중앙회, 1991, 362쪽.

17 임옥인, 〈후처기〉, 《후처기》, 여원사, 1957, 345쪽.

18 나탈리 에니크, 《여성의 상태: 서구 소설에 나타난 여성상》, 서민원 옮김, 동문선, 1999, 93쪽.

19 대프니 듀 모리에, 《레베카》, 이상원 옮김, 현대문학, 2018, 360쪽.

20 토릴 모이, 《성과 텍스트의 정치학》, 임옥희·이명호·정경심 옮김, 한신문화사, 1994, 109쪽.

21 임옥인, 〈후처기〉, 《후처기》, 여원사, 1957, 354쪽.

22 김정매는 진 리스의 《광막한 사르가소 바다》를 '해체적 글쓰기'라는 관점에서 파악하면서, 해체적 글쓰기에 대해 마틴 그레이Martine Gray의 관점에 따라 중앙에 위치해 있던 인물을 밀어내고 주변에 가려져 있는 인물을 대치시켜 또 다른 의미를 구축하는 글쓰기로 정의하고

있다. 김정매, 〈해체적 글쓰기: 진 리이스의 《드넓은 사가소 바다》: 샬롯 브론테의 《제인 에어》와의 비교연구〉, 《영미문학페미니즘》 3, 1996, 7~9쪽.

23 장화홍련전 영화들을 '공포영화'로서 연구했던 백문임에 따르면 1960년대 이전의 장화홍련전 영화는 괴기 영화 혹은 서구식 명칭으로는 호러 영화horror movie로 제작되었다기보다는 가정 비극 혹은 활극의 요소를 주로 강조했다. 반면, 1962년 〈대장화홍련전〉부터 괴기스러운 요소들이 더욱 강화되면서 1972년 영화에서는 산발한 귀신, 웃음소리 등으로 공포영화의 관습을 적극 따르게 되었다. 백문임, 《월하의 여곡성: 여귀로 읽는 한국 공포영화사》, 책세상, 2008, 163~164쪽.

24 고소설 장화홍련전의 이본들 가운데 자매에 대한 연민을 강조하는 버전은 신암본 계열의 이본들이다. 고소설 장화홍련전의 이본은 박인수본 계열, 신암본 계열, 자암본 계열, 김광순본 계열로 나눌 수 있으며, 이 가운데서 이본 수가 가장 많은 신암본이 가장 널리 읽힌 이본으로 추정된다. 신암본에는 장화와 홍련의 이별 장면에서 이들 자매의 절절한 심정과 함께 서로를 얼마나 깊이 의지하고 있었는지가 세밀히 묘사되어 있다. 고소설 이본 가운데 서울대학교 소장본 《장화홍련전》에서도 사또가 장화의 정혼자로 등장한다. 고소설 장화홍련전의 이본 분류와 이본별 특징에 대해서는 이기대, 〈장화홍련전 연구〉, 고려대학교 석사학위 논문, 1998을 참조했다.

25 을유문화사는 1962년 초에 "농어촌 문화 진흥을 위해" 고전소설을 현대적인 수법으로 개작한 12권을 '고대소설전집'으로 출판하려는 기획을 하게 된다.(《동아일보》, 1962.1.23.) 을유문화사가 선정한 소설은 구운몽, 춘향전, 장화홍련전, 이춘풍전, 사씨남정기 등이며 1962년 10월부터 순차적으로 간행되어 총 12권으로 완성된다. 박용구, 최인욱, 이주홍, 김광주, 박두진, 정한숙 등의 현역 작가들이 이 시리즈의 집필에 참여했다. 《장화홍련전》은 이 시리즈의 6권으로 11월에 간행되었고 장수철이 집필했다. 장수철은 평양 출생으로 1932년 잡지 《어린이》에 동요가 입선된 이후로 동요, 어린이 방송극, 동화를 쓴 동화 작

가이다.

26 검열 대본 〈대장화홍련전〉 참조. 1962년 정창화 연출의 〈대장화홍련전〉은 필름이 유실되어 검열 대본을 참조했다.

27 조선 시대의 상속제를 통해 장화홍련전의 비극이 갖는 사회사적 의미를 읽어낸 논문으로는 정지영, 〈장화홍련전: 조선 후기 재혼가족 구성원의 지위〉, 《역사비평》, 2002를 들 수 있다.

28 쿠데타 이후 박정희는 인구 통제를 위한 가족계획 사업을 국책 사업으로 선언했다. 가족계획 사업 자체는 이미 1950년대부터 한국에서 활동하던 국제 인구 통제 기관들의 영향으로 시작되었다. 배은경, 《현대 한국의 인간 재생산: 여성, 모성, 가족계획사업》, 시간여행, 2012, 92~93쪽.

29 같은 책, 152쪽. 배은경은 가족계획을 주도했던 대한가족계획협회가 가족법 개정 운동에 결합하기도 했지만 이는 어디까지나 일시적인 결합이었고 가족계획 자체에 법률 개정을 통해 남아 선호 관념을 타파해야겠다는 전략은 없었다고 말한다. 한편, 기독교 신자들은 한국 기독교 교단이 가족계획을 지지하면서 가족계획에 동참할 수 있게 되었다. 기독교 신자들은 남아 선호 관념이 문제임을 자각하면서 가족법 개정에 일부 참여하기도 했다. 기독교 신자들의 가족계획 참여에 대해서는 윤정란, 〈국가·여성·종교: 1960~1970년대 가족계획사업과 기독교 여성〉, 《여성과 역사》 8, 2008 참조.

30 당시 언론에 아들 제일주의 혹은 남아 선호에 관한 관념을 '폐습'이라고 규정하면서 비판하는 기사들이 실리곤 했다. 〈폐습(20): 아들제일주의〉, 《동아일보》, 1972.6.26.

31 〈처-장남 똑같이 1.5씩 재산상속〉, 《조선일보》, 1977.12.16.

32 세라 블래퍼 허디, 《어머니의 탄생: 모성, 여성 그리고 가족의 기원과 진화》, 황희선 옮김, 사이언스북스, 2010, 405쪽.

33 연구자 황혜진은 영화 〈장화, 홍련〉을 오이디푸스 콤플렉스의 관점에서 해석한 바 있다. 황혜진은 아버지를 사이에 둔 연적 관계에서 계모인 은주와 수미의 갈등이 일어나고 있음을 지적한다. 황혜진, 〈문화적

문식성 교육을 위한 고전소설과 영상변용물의 비교 연구〉, 《국어교육》 116, 2005.2.

34 연구자 이정원은 이 영화에서 아버지의 '후처 들이기'가 가족 갈등과 수미의 정신질환의 원인임에도, 아버지의 성욕이나 재혼에 대한 욕망을 가족들이 받아들여야 하는 어쩔 수 없는 일로 합리화하고 있는 남성 이기주의를 읽어낸다. 이정원, 〈영화 〈장화, 홍련〉에서 여성에 대한 기억과 실제〉, 《한국고전여성문학연구》 15, 2007.12.

35 2000년대 이후 'J호러'라는 명칭이 붙은 일본의 공포영화들이 할리우드에서 적극 리메이크되었고 이러한 할리우드의 아시아 영화 리메이크라는 흐름 속에서 몇몇 한국 영화도 리메이크되었다. 할리우드의 아시아 영화 리메이크를 주도한 사람은 '리메이크 킹remake king'이라는 별칭을 가진 프로듀서 로이 킹Roy King이었다. 일본 영화 〈링〉의 할리우드 판을 제작한 로이 킹은 〈장화, 홍련〉의 할리우드 판인 〈The Uninvited〉의 제작자이기도 하다. Leung Wing-Fai, "From A Tale of Two Sisters to The Uninvited: A Tale of Two Texts", ed. Alison Peirse and Daniel Martin, *Korean Horror Cinema*, Edinburgh University Press, 2013, p.173.

36 리메이크는 원작과의 유사성이라는 구심력과 원작과의 차별화라는 원심력 사이에서 절충하는 것이다. 원작과 리메이크작의 문화가 지리적으로나 시간적으로 서로 멀리 떨어져 있는 경우 원작과 차별화하고 싶은 충동이 활발해진다. 영화 연구자 돌로레스 P. 마르티네즈Dolores P. Martinez는 이러한 이중성을 리메이크작에서 발견되는 글로벌라이제이션globalization과 그에 대한 저항이라고 일컬은 바 있다. Valerie Wee, *Japanese Horror Films and Their American Remakes*, Routledge, 2016, p.12. 할리우드 영화 〈안나와 알렉스〉에서 잘 드러나 있는 여성 섹슈얼리티의 소비는 원작과 차별화하고자 하는 원심력의 욕망 때문일 것이다. 그러나 원작과 차별화하고자 하는 욕망이 여성 인물들의 섹슈얼리티 소비로 귀결되고 있는 것은 할리우드 영화 산업의 근본적 한계에서 비롯된 것이다.

37 대체로 아시아 영화들의 할리우드 리메이크작에 대한 평가가 좋은 편은 아니지만 원작과 할리우드 리메이크작을 비교함으로써 얻을 수 있는 유의미한 문화 연구의 측면이 있다. 초국가적인 할리우드 리메이크작들은 경제와 산업의 세계화에 바탕을 두고 있지만, 이러한 글로벌라이제이션이 오히려 지역성의 재발견으로 이어지는 아이러니를 초래하기도 한다. 이러한 지역성은 문화 소비자들의 경험에 바탕을 두고 있으며, 초월적이고 결정적이지 않다. 오히려 지역성은 유동적이고 불확정적이며 구체적인 시간적, 공간적 조건에 얽매여 있다.

4장. 누가 심청을 착취하는가

1 조앤 W. 스콧·루이스 A. 틸리, 《여성 노동 가족》, 김영·박기남·장경선 옮김, 후마니타스, 2008, 13쪽. 스콧과 틸리는 산업화 초기 여성 임노동이 가족들의 필요에 의한 가족 경제family economy의 일부였다고 말한다.

2 〈"오늘의 심청沈淸" 서복동〉, 《동아일보》, 1939.7.16.

3 이북명, 〈야회夜會〉, 《동아일보》, 1939.6.12.

4 〈효녀 이월순 양은 무사히 환향했소〉, 《조선일보》, 1936.10.15.

5 김자야의 집안이 실제로 가난하지 않았을 수도 있지만, 기생이나 여급이 된 여성들이 자신의 삶을 이야기할 때 대체로 원래 가난하지 않았거나 또는 잘사는 집안이었지만 가세가 어떤 이유로 급격히 기울어 기생이나 여급이 되었다는 진술 방식을 택하곤 했다.

6 김진향, 《내 사랑 백석》, 문학동네, 2019, 25~28쪽.

7 만극 〈모던 심청전〉에 최초로 주목한 연구자 서유경에 의하면 '만극'이라는 형식은 코미디의 한 갈래인 만담처럼 세상일을 비판적, 풍자적으로 표현하면서도 이야기가 아닌 극의 형태로 창작한 것이다. 서유경, 〈심청전의 근대적 변용 연구〉, 《고전문학과 교육》 30, 2015, 50쪽. 녹음된 만극 버전 〈모던 심청전〉은 1930년대 중반 음반 형태로 출

시되었는데 이 음반은 1935년 콜럼비아 음반사에서 리갈Regal 대중반 大衆盤으로 녹음되었으며 김선초, 김성운, 이리안이 출연했다. 김만수, 《유성기로 듣던 연극모음(1930년대)》, 신나라, 1996, 13쪽. 콜럼비아 음반사는 일본계 음반 회사로 1930년대 조선에서 역시 일본계 음반사인 '빅타'와 함께 음반 시장의 양대 산맥을 이루었다. 장유정, 《오빠는 풍각쟁이야: 대중가요로 본 근대의 풍경》, 민음in, 2006, 61쪽.

8 김만수, 《유성기로 듣던 연극모음(1930년대)》, 신나라, 1996, 50~51쪽.

9 조두영·류인균, 〈한국고전소설 '심청전'의 정신역동적 연구〉, 《신경정신의학》, 1992, 415~435쪽; 조수연, 《심청전에 숨은 심리학적 이야기: 죄책감과 희생양 콤플렉스》, 이담북스, 2015, 98쪽에서 재인용.

10 최서해, 〈내가 조와하는 소설 중의 여성〉, 《삼천리》, 1931.1, 44쪽.

11 채만식, 《심 봉사》, 지만지, 2014, 185~186쪽.

12 채만식, 《탁류》, 문학과지성사, 2014, 532쪽.

13 송화섭, 〈심청전 인당수의 역사민속학적 고찰〉, 《역사민속학》 25, 2007.

14 미미 셸러, 《모빌리티 정의》, 최영석 옮김, 앨피, 2019, 118쪽.

15 20세기 전반부가 여성의 모빌리티에 대한 권리가 본격화된 시기라면 20세기 후반의 산업화는 여성들에게 일자리와 교육의 기회를 찾아 이동할 수 있는, 상대적으로 자유로운 모빌리티의 기회를 주었다. 그러나 이러한 이동의 기회에 비례해 여성들의 이동에 대한 사회적 통제는 더욱 정교해지고 미시화되었다.

16 2002년까지 《한국일보》에 연재된 후 2003년 단행본 《심청》으로 간행되었으며 2007년 《심청, 연꽃의 길》이라는 제목으로 개정판이 간행되었다. 이 장에서는 개정판 《심청, 연꽃의 길》을 기준으로 논의를 전개하고 있다.

17 최인훈, 〈달아 달아 밝은 달아〉, 《옛날 옛적에 훠어이 훠이: 최인훈 전집 10》, 문학과지성사, 2009, 358~359쪽.

18 같은 책, 388쪽.

19 황석영, 《심청, 연꽃의 길》, 문학동네, 2007, 208쪽.

20 같은 책, 42쪽.

21 김경자, 〈영화 심청전을 보고〉, 《동아일보》, 1937.7.4.

22 신상옥, 《난, 영화였다》, 랜덤하우스코리아, 2007, 135쪽.

23 김정일은 신상옥을 위해 평양에 아시아 최대 규모의 신필름영화촬영소를 만들어주었고 해외 로케이션도 적극 지원했다. 북한에서 신상옥이 연출한 〈돌아오지 않는 밀사〉는 체코에서 촬영되었는데 북한 영화 최초의 해외 로케이션 영화였다. 신상옥의 〈소금〉 역시 중국 창춘에서 촬영되었다.

24 신상옥, 《난, 영화였다》, 랜덤하우스코리아, 2007, 135쪽.

25 박선욱, 《윤이상 평전: 거장의 귀환》, 삼인, 2017, 463쪽.

26 하랄트 쿤츠, 〈심청〉, 안인길 옮김, 《문학사상》, 1972.10, 49쪽. 윤이상의 오페라 〈심청〉은 1972년 《문학사상》 창간호에 번역되어 게재되었다.

27 앨리슨 버틀러, 《여성영화》, 김선아·조혜영 옮김, 커뮤니케이션북스, 2011, 28쪽.

28 마르트 로베르, 《기원의 소설, 소설의 기원》, 김치수·이윤옥 옮김, 문학과지성사, 1999.

5장. 도시로 간 심청 혹은 70년대 여성 프롤레타리아

1 황석영, 〈초판 작가의 말〉, 《심청, 연꽃의 길》, 문학동네, 2007, 699쪽.

2 박경, 〈조선 후기 노비로 팔려 간 소녀들〉, 《여/성이론》 19, 2008.12.

3 고정갑희는 성노동sex work의 개념을 여성이라는 성별로 인해 부과된 노동들을 지칭하는 데 사용하고 있다. 고정갑희에 의하면 인간생산활동노동(모성노동, 아내노동 등), 쾌락생산관계노동(매춘노동, 연예인의 노동 등), 그리고 상품 생산을 위한 성별/성애화된 임노동(가사노동 등) 등이 포함될 수 있다. 고정갑희, 《성이론: 성관계·성노동·성장

치》, 여이연, 2011, 162~198쪽. 고정갑희는 성노동의 개념을 매우 광범위하게 사용하고 있지만 일반적으로 좁은 의미의 성노동은 호스티스 멜로드라마 속의 여성 인물들처럼 자신의 섹슈얼리티를 직접 파는 성 판매 여성들의 노동을 가리킨다.

4 영화진흥공사, 《1977 한국영화연감》, 1978, 44~45쪽.

5 영화진흥공사, 《1978 한국영화연감》, 1979, 68쪽.

6 호현찬, 〈관객은 영화에서 무엇을 원하는가〉, 《월간 영화》, 1975.9, 31쪽.

7 《별들의 고향》 신문 광고, 《동아일보》, 1973.10.1.

8 〈영자의 전성시대 촬영 끝내〉, 《매일경제》, 1975.1.31.

9 〈꽃순이를 아시나요〉, 《경향신문》, 1979.6.1.

10 〈그 시절 그 소설 리바이벌 붐〉, 《조선일보》, 1994, 3. 12.

11 〈영자의 전성시대 촬영 끝내〉, 《매일경제》, 1975.1.31.

12 생애사life history는 일반적으로 구술사oral history 연구에서 중요하게 취급된다. '생애사'란 살아온 이야기 혹은 삶의 경험을 표현하는 용어로서 삶의 경험이 갖는 역사적 의미를 보다 강조한 용어이다. 윤택림, 〈여성은 스스로 말할 수 있는가: 여성 구술 생애사 연구의 쟁점과 방법론적 논의〉, 《여성학논집》 27(2), 이화여대 한국여성연구원, 2010, 78쪽.

13 낸시 에이블먼, 《사회이동과 계급, 그 멜로드라마: 미국 인류학자가 만난 한국 여성들의 이야기》, 강신표·박찬희 옮김, 일조각, 2014, 68~69쪽.

14 일정한 학력을 갖춘 여성들에게도 남성과의 '혼전' 성관계는 계급적 추락의 원인이 되기도 했다. 1943년생으로 여수에서 여고를 졸업한 뒤 지역 신문사의 수습기자로 일했던 김연자는 남성과의 우연한 관계가 임신으로 이어져 사회적으로 고립되고 생계가 막막해져 매춘을 하게 되었다고 말한다. 김연자, 《아메리카타운 왕언니, 죽기 오분 전까지 악을 쓰다》, 삼인, 2005, 44~49쪽.

15 이혜정, 〈1970년대 고등교육을 받은 여성들의 '공부' 경험과 가부장적

젠더규범〉, 《교육사회학연구》 22(4), 2012, 252쪽. 고등교육기관의 성별 취학률 참조. 이 표에 따르면 전두환 정권 초기부터 남녀 대학생의 숫자가 폭발적으로 증가한다.

16 위의 글, 234쪽.

17 안연선, 〈경제개발시기 젠더화된 이주: 독일의 한국간호사〉, 이재경·유철인·나성은 외, 《'조국 근대화'의 젠더정치: 가족·노동·섹슈얼리티》, 아르케, 2015, 185쪽.

18 로라 멀비Laura Mulvey의 유명한 논문 〈시각적 쾌락과 내러티브 영화Visual Pleasure and Narrative Cinema〉는 내러티브 영화가 남성의 응시와 시선을 토대로 내러티브를 구축한다는 점을 강조한 바 있다. 멀비는 시선의 주체인 남성이 여성을 그 시선의 대상으로 상정하여 구성된 내러티브 영화들이 젠더적으로 매우 불균등한 것임을 이야기한 바 있다. 로라 멀비의 이론에 대해서는 쇼히니 초두리, 《페미니즘 영화이론》(노지승 옮김, 앨피, 2012)의 2장 〈로라 멀비: 남성적 응시〉 참조.

19 권은선, 〈호스티스 멜로드라마 속 여성의 질병과 생체정치: 〈별들의 고향〉을 중심으로〉, 《여/성이론》, 2010.12, 226쪽. 이에 따르면 호스티스 멜로드라마에 자주 등장하는 질병은 이들 호스티스를 비천한 존재로 타자화하고 사회적으로 통제하는 기능을 갖고 있다.

20 노지승, 〈영화 〈영자의 전성시대〉에 나타난 하층민 여성의 쾌락〉,《한국현대문학연구》, 2008.4, 413~444쪽.

21 황혜진, 〈1970년대 유신체제기의 한국영화 연구〉, 동국대학교 박사학위 논문, 2004, 100쪽.

22 엘리자베스 D. 하비, 《복화술의 목소리》, 정인숙·고현숙·박연성 옮김, 문학동네, 2006, 67쪽.

23 James C. Scott, *Weapons of the Weak: Everyday Forms of Peasant Resistance*, Yale University Press, 1985.

24 제임스 C. 스콧, 《우리는 모두 아나키스트다》, 김훈 옮김, 여름언덕, 2014, 22쪽. 스콧은 이러한 하찮아 보이는 저항 행위가 '수없이 쌓이고 쌓이면' 큰 변혁을 이룰 수 있다고 말한다.

25 1970년대 검열 체제에 대해 연구한 송아름에 따르면 당시의 호스티스 멜로드라마는 검열을 통과하기 위해 부단히 노력해야 했다. 특히 원작이 갖고 있는 '가난'이나 사회비판적 문제를 삭제했고 밝고 희망 있는 인물들의 앞날을 보여주려고 했다. 〈영자의 전성시대〉의 예를 들면 영화로 제작하면서 주인공이 불에 타 죽는 원작의 결말을 결혼 후 행복해지는 해피엔딩으로 바꾸었다. 결과적으로 애써 정치적 성향을 띠게 하지 않으려는 노력 덕분에 대부분의 삭제, 단축 지시는 외설적인 장면들에 내려졌다. 실사 검열에서 〈영자의 전성시대〉가 단축 지시를 받은 장면은 외설적인 장면 이외에 뜻밖에도 '판잣집 장면'이었는데, 가난 역시 정권 측을 불편하게 할 만한 민감한 요소였기 때문이다. 송아름, 〈1970년대 한국영화 검열의 역학과 문화정치〉, 서울대학교 박사학위 논문, 2019, 170~171쪽. 〈영자의 전성시대〉에 대한 판잣집 장면 삭제 요구는 검열 당국이 보통의 상식이나 제작진의 예측을 뛰어넘어 사회비판과 저항적 요소를 해석한다는 사실을 말해준다.

26 마스터 플롯은 내러티브의 원형이라 할 수 있을 정도로, 반복적으로 출현하는 내러티브의 특정 패턴이다. 예컨대 신데렐라 스토리는 수많은 내러티브로 재생산되는 마스터 플롯이다. 마스터 플롯에 관해서는 H. 포터 애벗, 《서사학 강의》, 우찬제 외 옮김, 문학과지성사, 2010, 99~105쪽 참조.

27 캐서린 H. S. 문, 《동맹 속의 섹스》, 이정주 옮김, 삼인, 2002, 212~223쪽.

28 같은 책, 85쪽.

29 〈접대부가 첫 스트리킹〉, 《경향신문》, 1974.3.28. 대표적인 히피 문화의 하나로서 알몸으로 질주하는 시위인 스트리킹이 전 세계에 유행하면서 한국의 언론이 스트리킹을 보도하기 시작한 것은 1974년 초부터였다. 1974년 3월 고려대학교 앞에서 대학생으로 보이는 한 청년이 완전 나체로 질주한 것이 언론에 보도된 한국 최초의 스트리킹이었다.(〈스트리킹 한국 상륙〉, 《동아일보》, 1974.3.13.) 이후에 주로 젊은 남성들에 의해 스트리킹으로 의심할 만한 사건들이 간헐적으로 일어

났으나 언론에서는 대부분 호기심에 의한 모방 행위로 폄하하여 보도했다.

30 장세룡, 《미셸 드 세르토, 일상생활의 창조》, 커뮤니케이션북스, 2016, 43쪽. 세르토와 앞서 언급한 제임스 C. 스콧은 직접적인 영향 관계는 없지만, 세르토의 전술 개념을 스콧의 '약자들의 게릴라적 저항'의 도시적, 현대적, 문화적 버전으로 읽을 수 있다. 세르토와 스콧의 공통점은 정치적, 상징적 권력을 갖지 못한 약자들이 어떻게 일상적으로 강자의 논리를 뒤엎고 저항하는가에 있다.

31 린다 맥도웰, 《젠더, 정체성, 장소》, 여성과공간연구회 옮김, 한울아카데미, 2010, 169쪽.

32 도린 매시, 《공간, 장소, 젠더》, 정현주 옮김, 서울대학교출판문화원, 2015, 301쪽.

33 장세룡, 《미셸 드 세르토, 일상생활의 창조》, 커뮤니케이션북스, 2016, 55쪽.

에필로그: 새로운 시대의 춘향, 장화·홍련, 심청

1 웹툰 《그녀의 심청》에 대한 정보를 주신 인천대학교 한상정 교수님께 감사드린다.

여성의 다시쓰기

초판 1쇄 펴낸날 2022년 3월 29일
초판 2쇄 펴낸날 2023년 2월 1일
지은이 노지승
펴낸이 박재영
편집 이정신·임세현·한의영
마케팅 신연경
디자인 조하늘
제작 제이오
펴낸곳 도서출판 오월의봄
주소 경기도 파주시 회동길 363-15 201호
등록 제406-2010-000111호
전화 070-7704-2131
팩스 0505-300-0518
이메일 maybook05@naver.com
트위터 @oohbom
블로그 blog.naver.com/maybook05
페이스북 facebook.com/maybook05
인스타그램 instagram.com/maybooks_05

ISBN 979-11-6873-007-6 93800

만든 사람들
교정교열 황인석
디자인 조하늘

이 저서 또는 논문은 2018년 대한민국 교육부와 한국연구재단의 지원을 받아 수행된 연구임
(NRF-2018S1A6A4A01037479).
This work was supported by the Ministry of Education of the Republic of Korea and
the National Research Foundation of Korea(NRF-2018S1A6A4A01037479).